RATTRAPE-MOI

VIVRE L'INSTANT PRÉSENT
TOME 2

LEXI RYAN

EBOOK ISBN: 978-1-940832-45-6
PRINT ISBN: 978-1-940832-46-3

Cover und Titelbild: © 2018 Sara Eirew

Traduit de l'anglais par Well Read Translation.

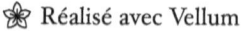 Réalisé avec Vellum

Pour Sue, une dame délicieuse, la meilleure des belles-mères et une mamie hors du commun pour mes lutins.
Merci pour tout !

REMERCIEMENTS

Je voudrais pouvoir me vanter d'avoir accompli tout ça toute seule, mais la vérité, c'est que je n'aurais jamais pu publier aucun de mes livres sans l'aide de toutes ces personnes.

D'abord et surtout, mon mari Brian, et nos enfants, Jack et Mary. Ma petite famille est la meilleure qui soit et j'ai de la chance de partager mes journées avec vous. Merci de m'encourager, de me remonter le moral et de me rappeler ce qui est vraiment important ici-bas.

Merci à mon beau-frère, Gary, d'avoir apporté toutes les réponses à mes questions sur les voyages au Moyen-Orient. Merci d'avoir partagé ton expérience et ton savoir. S'il y a des erreurs, c'est entièrement de ma faute.

Un énorme merci à mes amis et à ma famille pour votre bonne humeur. J'ai la meilleure équipe qui soit.

Merci à tous ceux qui ont donné leur avis sur mon histoire un peu délirante et complètement tordue, surtout à Rhonda Helms, Adrienne Hogan, et Samantha Leighton. Les rock stars, c'est vous.

Merci à l'équipe qui m'a aidée à mettre en forme ce livre et à en faire la promotion. À mon équipe d'éditeurs, Rhonda Helms, Mickey Reed, et Arran Nicol, qui améliorent mes livres. À Chris, mon assistant, qui tente d'organiser mon travail. Merci à Christine de iHeartBig-Books pour tous les contenus promotionnels. Je remercie aussi Julie de chez ATOMR d'avoir organisé mes événements promotionnels, ainsi que tous les blogueurs et critiques qui ont aidé à faire connaître mes livres. Vous êtes géniaux. Chacun de vous.

À mon agent Dan Mandel et mon agent littéraire étranger Stefanie Diaz qui ont permis la distribution de mes livres à des lecteurs du monde entier — mes rêves se réalisent grâce à vous.

À tous mes amis écrivains sur Twitter, Facebook, et mes différents réseaux d'auteurs, merci pour votre soutien et l'inspiration que vous m'offrez. Merci à Emma Hart pour tous ces compliments sur le premier tome et pour avoir lancé le hashtag #TeamNateDansMaCulotte. Ma mère est fière de sa fille. Je remercie tout particulièrement NWB — Sawyer Bennett, Lauren Blakely, Violet Duke, Jessie Evans, Melody Grace, Monica Murphy, et Kendall Ryan — vous me faites sourire chaque jour !

Et pour finir en beauté, merci à mes fans. À ceux qui ont lu *Unbreak Me* et *Wish I May* et m'ont supplié d'écrire une autre histoire basée à New Hope. À ceux qui ont lu *Lost in me* et qui m'ont fait part de leur impatience à lire la suite dans *Rattrape-moi*. Vous êtes le genre de fans que tout auteur rêve d'avoir. Je ne pourrais pas faire cela sans vous et ne le souhaiterais pas. Merci d'acheter mes livres et d'en parler à vos amis. Merci pour vos lettres pleines de gentillesse. Vous êtes les meilleurs !

-Lexi

À PROPOS DE RATTRAPE-MOI

Rattrape-moi est le second volet de la série *Vivre l'instant présent*. Il faut le lire après le premier tome, *Retrouve-moi*. L'histoire de Hanna se conclura dans le troisième tome, *Tout ce que j'ai.*

Déchirée entre deux histoires...

À mon réveil, après mon accident, je n'avais plus aucun souvenir de l'année qui venait de s'écouler, y compris ma relation avec Max Hallowell. Aucun souvenir non plus de ce que j'avais vécu avec Nate Crane. Maintenant, ma mémoire revient peu à peu, mais au lieu de lever le voile sur certains mystères, de plus en plus de questions m'assaillent.

L'homme qui m'a brisé le cœur et souhaite partager ma vie...

Max, c'est l'homme que j'ai toujours désiré et il veut m'épouser. Il est prêt à tout pour m'aimer, m'offrir une famille et une vie confortable. Aujourd'hui, je ressens un besoin impérieux pour toutes ces choses. Mais, puis-je lui donner ma confiance ?

L'homme qui est entré dans mon cœur et qui veut me laisser partir...

Nate ne m'a jamais rien promis, et je ne lui ai jamais rien demandé. Je tentais de recoller les morceaux de mon cœur et cherchais à me changer les idées. Dans ses yeux, je me sens belle et désirée, et c'est exactement ce qu'il me faut pour me reconstruire. Il dit qu'il doit me laisser vivre ma vie. Et si je ne pouvais pas vivre sans lui ?

Chaque jour apporte son lot de nouvelles révélations, et je me sens comme Alice précipitée dans le terrier du lapin. Je suis en chute libre. Qui me rattrapera ?

PARTIE UN : AVANT

MAX

TROIS MOIS AVANT L'ACCIDENT DE HANNA

*M*aman retient ses larmes en me tendant l'écrin en velours.

— J'aurais aimé que ta grand-mère soit avec nous aujourd'hui, chuchote-t-elle. Elle adorait Hanna et elle aurait été heureuse de vous savoir ensemble.

Bizarrement, mes doigts ne tremblent pas en ouvrant le couvercle pour révéler la bague sans prétention que ma mamie a portée sur sa main gauche jusqu'à son dernier jour. Hanna mérite un bijou plus luxueux, mais je sais qu'elle préférera la valeur sentimentale de cette bague à celle d'un gros caillou que je n'ai pas les moyens de lui acheter.

Je referme l'écrin et je le serre dans mes deux mains en expirant lentement. Je n'aurais jamais cru ressentir une telle anxiété à l'idée de me marier. Je pensais que je serais plutôt le genre de mec à céder sous la pression de ma petite amie. Mais je n'ai jamais eu de relation comparable à celle que je partage avec Hanna.

— Quand vas-tu te jeter à l'eau ? m'interroge ma mère, assise sur le canapé, en glissant une jambe sous elle.

Je crois bien que je l'ai comblée de bonheur en lui demandant la bague de ma grand-mère ce soir.

— Le week-end prochain.

— Ne sois pas nerveux. Hanna est amoureuse de toi.

Mon téléphone bipe brièvement pour signaler la réception d'un SMS. Une fois, deux fois, et puis trois. Quelqu'un vient sûrement de m'envoyer un long message dont l'envoi a été fait en plusieurs fois. Je le sors de ma poche et le déverrouille.

Je ne comprends d'abord pas ce que je suis en train de lire. Ma mère continue à me parler, mais le bourdonnement dans mes oreilles m'empêche d'entendre ce qu'elle dit. Je ne peux pas détacher mes yeux de l'écran. Ce sont des messages échangés il y a cinq mois, mais j'ai l'impression qu'ils remontent à des années-lumière. Un goût de bile envahit ma bouche alors que je les relis. Je ne suis plus le même homme, mais Meredith ne me laissera jamais oublier la grosse erreur que j'ai commise.

Meredith : *Tu sors vraiment avec Hanna Gros Cul Thompson.*

Max : *Tu vas réellement entamer une conversation en te conduisant comme une garce ?*

Meredith : *Explique-moi simplement comment c'est arrivé.*

Max : *C'est juste un arrangement temporaire. Elle avait besoin d'un petit coup de pouce avec son estime d'elle-même.*

Meredith : *Je ne savais pas que tu acceptais les cas sociaux.*

Max : *Ne t'inquiète pas, je préfère toujours les blondes.*

Meredith : *Alors, c'est comment de baiser une petite grosse ?*

Max : *Pas besoin d'être une garce.*

Meredith : *Il évite la question.*

Max : *Crois-moi, je ne compte pas laisser cette mascarade en arriver là. C'est une fille adorable, mais ce n'est pas mon genre.*

Meredith : *Et moi, je suis ton genre ?*

Max : *Tu sais bien que oui. Mais aux dernières nouvelles tu courais toujours après Will Bailey.*

Meredith : *C'est totalement dépassé. Viens chez moi et je te le prouverai.*

Max : *À quoi tu penses ?*

Meredith : *Toi. Ma bouche. Plus précisément, ta bite dans ma bouche.*

Max : *Merde. Ne dis pas des trucs comme ça quand tu sais que je ne peux pas.*

Meredith : *Tu as dit toi-même que cette histoire avec Hanna était n'importe quoi.*

Max : *Je ne veux pas la blesser. Point final. Je vais devoir remettre ça à plus tard.*

Meredith : *Je peux garder un secret. Je sais quand me servir de ma bouche. Et où.*

Max : *C'est une mauvaise idée.*

Meredith : *Alors on se voit dans dix minutes ?*

Max : *Plutôt cinq.*

Si je pouvais remonter le temps jusqu'à ce jour de décembre, alors que ma relation avec Hanna n'en était qu'à ses débuts et que je pensais qu'elle n'allait pas durer, que je rendais juste service à une amie. Si je pouvais remonter le temps et me donner un bon coup pied au cul, je le ferais.

Ou du moins, je garderais mes distances avec Meredith. Elle a eu une mauvaise influence sur moi la majeure partie de ma vie, et elle a du mal à accepter de ne plus avoir cet ascendant sur moi.

Je parcours une nouvelle fois cet échange de messages vieux de cinq mois quand je m'en aperçois. Je vois l'autre numéro dans la liste des destinataires.

Le numéro de Hanna.

Et brusquement, tout s'écroule autour de moi.

— Merde, je marmonne.

Ma mère saute du canapé et pose ses mains sur ses hanches.

— Maximilian !

— Pardon, maman, je lance en me relevant. Je dois y aller.

Ma poitrine est serrée. Il faut que je parte. Il faut que je parle à Hanna.

— Que se passe-t-il ? me demande-t-elle les sourcils froncés par l'inquiétude.

Je suis presque à la porte et je sors sans lui répondre. Hanna vit à quelques rues de chez ma mère, alors je ne prends pas ma voiture. Je me mets à courir, l'écrin en velours renfermant la bague de ma grand-mère toujours au creux de la main.

Elle est décédée pendant mon année de terminale. Avant de mourir, elle m'avait prévenu que Meredith gâcherait mon existence. Elle était trop gentille pour me le dire comme ça, mais je m'en souviens très bien. Elle se

tenait dans sa petite cuisine. J'entends encore ses bracelets en or tinter à son poignet alors qu'elle coupait des
pommes pour préparer une de ses dégoûtantes salades
baignant dans la mayonnaise.

— Maximilian, me disait-elle d'une voix grinçante
comme les charnières d'une porte ancienne. Tu es du
genre à plonger la tête la première sans gilet de sauvetage
si tu voyais quelqu'un se noyer. Je le sais. Mais tu ne peux
pas sauver tout le monde. Meredith se noie, mais Max, ça
ne servira à rien d'essayer de la sauver, ça vous détruira
tous les deux. Ne la laisse pas te faire couler.

À ce moment-là, j'ai mis son commentaire sur le
compte de sa propension à me couver. Elle avait vu de
quelle façon Meredith m'utilisait et me jetait ensuite,
encore et encore. Elle n'appréciait pas du tout. Mais elle
avait raison, et aujourd'hui Meredith a détruit ce que j'ai
de plus cher au monde, et m'a anéanti au passage.

Les lumières sont éteintes dans la maison que Hanna
partage avec sa sœur, et quand je cogne à la porte,
personne ne répond. J'utilise ma clé pour entrer.

— Hanna ? je lance à la ronde.

Mon Dieu, ma voix chevrotante trahit ma peur.
Comment vais-je me tirer de ce mauvais pas ? Comment
puis-je l'empêcher de voir les messages dans ces vieilles
captures d'écran ?

Je sens la présence de Hanna avant d'entendre ses pas
résonner derrière moi. Je me tourne, et je lis la vérité sur
son visage. Elle a lu les messages. J'arrive trop tard.

— Ce n'est pas ce que tu crois.

Elle hoche la tête et pénètre dans la maison.

— Super. Parce que je crois que tu es un connard de menteur.

Merde. Merde, merde, merde. J'enfouis l'écrin au fond de ma poche. La panique resserre ses griffes autour de mon cœur.

— Hanna, ne commence pas. Ok ?

Je tente de lui fournir une explication malgré le poids que j'ai sur la poitrine qui m'empêche de réfléchir et de respirer.

— Tu n'étais pas censée voir ces textos.

— Oh mon Dieu. Sérieusement ?

Sa voix est dure. Distante. Je veux retrouver ma douce et compréhensive Hanna.

— C'est ce que tu as trouvé de mieux ? poursuit-elle. Je n'étais pas censée *voir* que notre relation n'est qu'un mensonge ? Que c'est une *mascarade* ? Que tu...

Sa voix se brise et un sanglot s'échappe de sa poitrine. Je voudrais pouvoir la serrer dans mes bras. Mais je sais qu'elle ne me laissera pas faire.

— Mais c'est faux, je la supplie.

Elle essaie de me contourner, mais j'attrape sa main et la tiens fermement.

— Tout ceci est bien réel. Rien de ce que je ressens pour toi n'est un mensonge.

— Mais c'en était un. C'en était un, *à un moment.*

Des larmes se forment dans ses yeux sombres, et chacune me transperce comme un poignard. Chacune me rappelle que je ne vais pas me réveiller de ce cauchemar. J'étais supposé être celui qui sécherait ses larmes, pas celui qui les ferait couler.

— Je me suis conduit comme un idiot, je murmure. Un véritable idiot.

Je sais que je suis pathétique. C'est généralement le cas quand on est sincère.

Elle relève le menton avec dignité, et une partie de moi est fière d'elle, du fait qu'elle me tienne tête.

— Tu ne comprends pas ce que ça fait de te sentir minable à cause de ton physique. Tu n'imagines pas l'élan de foi qu'il m'a fallu pour croire que tu voulais être avec moi quand tu pourrais être avec n'importe quelle femme dans cette ville.

— Meredith et moi avons une longue histoire tordue, et jusqu'à ce que les choses soient sérieuses entre Will et Cally...

Dans ses yeux, la douleur fait place à la colère.

— Va-t'en, crache-t-elle en indiquant la porte.

— Ne fais pas ça, Hanna. Ces messages datent de *décembre*. C'était il y a des mois. Nous ne nous étions même pas encore embrassés. Je ne savais pas que j'allais tomber amoureux de toi.

— Arrête, m'enjoint-elle en entourant ses bras autour d'elle et en reculant comme pour se protéger du connard que je suis.

Elle a raison.

— Je n'en peux plus, continue-t-elle. J'ai passé trop d'années à me détester. Je ne peux pas rester avec toi. Je ne peux pas....

Un nouveau sanglot secoue sa poitrine, l'empêchant de terminer sa phrase.

— Va-t'en s'il te plaît.

—Je vais te laisser du temps, mais s'il te plaît...

— C'est terminé, Max. Va-t'en.

Elle lève ses yeux sur mon visage et ses traits se crispent comme si me regarder lui faisait mal physiquement, et tout ce dont j'ai envie, c'est de la soulager de cette douleur.

Alors je fais ce qu'elle me demande de faire, je pars.

Je marche aveuglément dans les rues sombres. De retour chez moi, je ne suis même pas surpris de voir Meredith faire le pied de grue devant la porte.

Ses lèvres forment un sourire quand j'arrive sur le palier.

— Pourquoi tu fais cette tête, Max ?

— Casse-toi de chez moi, je grogne.

Je jure devant Dieu que je n'ai jamais ressenti l'envie de faire mal à une femme avant. Je ne suis pas mon père. Mais à cet instant, un accès de rage m'envahit.

— Tu n'es pas sérieux, rétorque-t-elle en s'approchant pour glisser une main sous mon T-shirt en griffant mes abdos du bout de ses ongles.

La seule chose qui me retient d'éloigner sa main pour qu'elle arrête de me toucher, c'est que je crains de me laisser aller à lui faire mal si je pose un doigt sur elle. Je recule d'un pas, et elle me suit.

— Tout ira bien, murmure-t-elle.

Elle me regarde à travers ses cils et s'attaque au bouton de mon jean.

Je m'empare de ses poignets.

— Putain, ne me touche pas.

Ses yeux bleus calculateurs deviennent tristes et se remplissent de larmes.

— Tu m'aimais avant.

— Et tu crois que ça te donne le droit de détruire ce que j'avais avec Hanna ? De détruire ma vie ?

— Tu ne me regardes même plus. Tu réponds rarement à mes messages, s'explique-t-elle, la lèvre tremblante. Pourquoi ? Un jour tu m'as dit que j'étais tout pour toi.

— Je suis amoureux de Hanna. Tu n'y changeras rien, surtout en te comportant comme une salope de première.

— Laisse-moi me faire pardonner.

Elle s'approche et presse son corps contre le mien. Pour la première fois de ma vie d'adolescent et d'adulte, la chaleur du corps de Meredith contre le mien me laisse de marbre.

— Je sais ce que tu aimes Max. Laisse-moi te faire du bien.

— Dégage d'ici, putain.

HANNA

L'amour me fait faire n'importe quoi.

L'amour m'a fait croire qu'un mec comme Max pouvait désirer une fille comme moi. L'amour m'a fait perdre la raison pendant cinq mois. Et c'est encore l'amour qui me pousse à être ici, devant la porte de Max Hallowell à six heures du mat' le lendemain de notre rupture.

— Hanna, m'accueille-t-il en ouvrant grand la porte pour me laisser entrer.

Ses cheveux sombres sont en désordre et il est torse nu. Mon regard est immédiatement attiré par la ligne de duvet qui se poursuit sous l'élastique de son pantalon de pyjama. Ses yeux bleus sont injectés de sang. Comme s'il avait abusé de l'alcool avant de se coucher hier soir. Ou comme s'il n'avait pas fermé l'œil de la nuit.

Tant mieux.

Je le suis à l'intérieur et mon cœur saigne quand je vois les piles de cartons de déménagement. Je me remémore les propos de Meredith pour justifier l'envoi de ses messages. *« Tout le monde sait que ta famille est pleine aux as. Le petit club de sport de Max ne va pas le mener bien loin sans l'aide d'une maman gâteau pour le tirer d'affaire. »*

Brusquement, je comprends tout. Max est dans le pétrin financièrement. Il a vendu sa maison et déménage dans le minuscule studio au-dessus du club. Il a dû se séparer de deux employés et doit travailler encore plus pour faire rentrer de l'argent.

C'est moi qui lui ai suggéré d'essayer d'obtenir la subvention *Pour des lendemains plus sains*. C'est moi qui ai demandé à ma mère de soutenir la candidature de Max devant les membres du comité.

À cet instant, juste sa proximité me fait mal. Mais l'amour me fait faire n'importe quoi, et je suis là parce que je ne veux pas qu'il perde son club de sport.

— On peut se parler ? me demande-t-il doucement.

Sa voix est enrouée de sommeil et me fait craquer. Il se rend dans la petite cuisine.

— Je vais faire du café.

Je le suis en essayant de garder mes distances. Chaque seconde passée ici me coûte énormément. Il faut que j'aille droit à l'essentiel.

— Je ne veux plus être avec toi, je commence en utilisant les mots préparés dans ma tête sur le chemin. Mais je ne souhaite pas que tu perdes la subvention, et tu sais à quel point ces décisions sont politiques. Je pense que nous devons garder notre rupture secrète jusqu'à ce que tu reçoives l'argent.

Il s'interrompt, dépose la carafe de café dans l'évier et se tourne vers moi, la mâchoire serrée.

— Tu penses que je vais faire semblant d'être ton petit ami juste pour avoir droit à une subvention stupide ?

— Elle n'est pas stupide, tu le sais bien.

Je ferme les yeux. Il est tout près. Je donnerais tout pour pouvoir m'approcher et me blottir contre lui. Je sais à quel point sa chaleur est douce et comment je me sens bien dans ses bras.

— Il ne s'est rien passé avec Meredith, commence-t-il doucement. Je tiens à ce que tu le saches.

— Tu l'as rejointe, je chuchote.

Il opine et j'ai mal. Peut-être que je souhaitais qu'il nie tout en bloc. Qu'il me dise qu'elle avait tout inventé. Mais non, au lieu de ça, il acquiesce :

— C'est vrai.

— Et tu étais honnête quand tu disais que je n'étais pas ton genre de fille ?

— Je...

Il s'interrompt, et en deux enjambées, il se retrouve devant moi. Il me relève le menton jusqu'à ce que mes yeux se plongent dans les siens. Je peux sentir sa chaleur. C'est si tentant.

Je ferme les paupières. Son beau visage me fait trop mal, je ne peux plus voir ses yeux qui m'observaient alors qu'il me touchait, qu'il jouait avec mes seins, qu'il sentait ma moiteur au creux de mes cuisses.

Soudain, ses bras sont autour de moi et il m'attire contre sa poitrine. Il me tient dans sa chaleur comme il l'a fait tant de fois. Et je faiblis, je le laisse faire. Je le laisse me serrer contre lui, je respire son odeur, je l'imprime dans ma mémoire. Parce qu'il faut que je mette un terme à tout ça.

— Je n'ai jamais voulu te faire de mal, murmure-t-il. Je voulais aider et...

Même ma faiblesse a ses limites. Je le repousse et j'essuie les larmes sur mes joues.

— Arrête.

— Je suis tombé amoureux de toi, grommelle-t-il. Tu ne comprends pas ?

— Quoi ? Quand ? Au beau milieu de tes expérimentations ? Quand tu voulais voir si tu pouvais remonter le moral de la grosse en la sortant un peu ?

— Tu es fabuleusement belle et je déteste que tu parles de toi-même de cette façon.

Alors que je relève le menton, il hausse les épaules désemparé, avant de poursuivre :

— Je ne sais pas quand. Liz m'a convaincu de...

— Liz ?

J'ai l'impression d'avoir reçu un coup de poing dans le ventre. J'essaie de respirer, mais je n'y arrive pas.

Max grimace.

— Je l'ai invitée à sortir avec moi. Elle m'a hurlé dessus. Elle m'a dit que j'étais un idiot si je pensais qu'elle sortirait avec moi alors que tu étais à fond sur moi.

— Elle t'a demandé de faire semblant d'être attiré par moi ?

Je me surprends à réussir à formuler cette question avec le peu d'air qu'il me reste dans mes poumons. C'est une chose que Max n'ait eu d'yeux que pour ma jumelle ou qu'il ne m'avait même pas remarquée. Mais le fait que Liz, ma sœur et ma meilleure amie depuis toujours, soit à l'origine de cette machination me terrasse.

Max baisse la tête et enfonce ses mains dans ses poches.

— Elle était sûre que tu te faisais des idées à mon sujet et que tu m'imaginais plus intéressant que je ne le suis vraiment. Que si tu sortais avec moi une fois ou deux, tu te lasserais.

— Alors tu l'as fait ? Pourquoi ? Pour te débarrasser de moi ?

— L'idée n'était pas déplaisante, Hanna. Tu es magnifique et gentille et...

— Et tu es sorti avec moi, parce que ma sœur t'a dit que c'était la meilleure manière de me faire passer à autre chose.

Sa mâchoire se serre et il plante ses yeux dans les miens.

— Est-ce que c'est vraiment important ? Les choses ont changé du tout au tout pour moi, à un moment donné, entre notre premier rendez-vous et notre premier baiser. Et puis, je suis tombé amoureux de toi. Peut-être que je ne m'y attendais pas, mais c'est arrivé quand même, OK ? Putain, je suis fou amoureux de *toi*. Il y a eu quelque chose entre Meredith et moi, mais c'est terminé, il n'y a plus rien. Quand les choses sont devenues sérieuses avec toi, je te suis resté fidèle. Je ne t'aurais jamais fait un truc pareil.

— Je sais que tu ne le ferais pas, je murmure.

— Alors pourquoi tu me quittes ? Pourquoi est-ce que tu ne nous donnes pas une chance ?

Je croise les bras, pour me protéger, pour préserver mon cœur.

— Je n'avais pas besoin de ton aide pour gérer mes complexes. En fait, tu n'as fait qu'empirer les choses.

— Qu'attends-tu de moi ? Dis-moi ce que tu veux et je te le donnerai.

— Tout ce que j'ai toujours voulu, c'est toi Max.

— Je suis à toi. Tu es tout pour moi. Tu ne le vois pas ?

Je secoue la tête.

— Non.

— Prends ton temps. Réfléchis. Ne gâche pas tout.

J'aimerais tant croire qu'il me désire pour les bonnes raisons.

— C'est trop tard, la vérité me fait trop de mal.

— C'est seulement parce que tu ne te vois pas comme je te vois.

— Je t'en prie…

Je recule d'un pas.

Je ne peux pas prendre le risque de me laisser convaincre. Et je l'aime trop pour lui expliquer pourquoi je ne le crois pas. Je l'aime trop pour voir la douleur sur son visage si je lui disais ce que je vois clairement maintenant : qu'il le veuille ou non, il est plus intéressé par mon argent que par moi. Il en a plus besoin. Et je l'aime trop pour ne pas m'assurer qu'il reçoive au moins une partie de l'aide financière dont il a besoin.

— Pense à ce que je t'ai dit. Au fait de garder notre rupture secrète jusqu'à ce que tu aies reçu la subvention.

— Non. Soit tu es à moi, soit tu ne l'es pas, rétorque-t-il d'une voix rauque. Je ne joue pas à faire semblant.

Un éclat de rire sombre s'échappe de ma bouche.

— Quelle ironie.

Puis je sors de la pièce avant de perdre ce qu'il me reste de courage.

NATE

*L*es fans pleurent la disparition de Dritts Crane, acteur
et producteur.

Je sens la chaleur de la téquila se répandre
dans ma gorge et dans mon ventre alors que je fixe l'écran
de télévision affichant une photo de mon père avec sa
femme et ses trois derniers enfants.

Mon téléphone me signale la réception d'un message.

*Janelle : Tu y crois ? Quelle connerie ! Comme s'il était le
meilleur père de la terre.*

On dirait que ma chère sœur jumelle regarde également
les funérailles de mon père à la télévision. Mais elle
n'a pas à monter sur scène dans trois heures. Moi, en
revanche, je vais m'attirer les foudres d'Asher Logan si je
ne m'arrête pas de boire et si je ne retrouve pas très vite
mes esprits.

*Nate : Éteins la télé. Ça va juste t'énerver encore plus. Sors
avec tes copines.*

Janelle : Je suis prête à parier gros que tu n'es pas mieux.

J'imagine que tu es en train de boire au bar de l'hôtel et que tu es collé à la télé. Tout comme moi.

Nate : *Tu as raison pour le bar. Mais pourquoi rester collé à la télé quand je peux le faire avec une groupie entreprenante ?*

Janelle : *Je te déteste.*

Nate : *Je t'aime aussi. Éteins la télé et va prendre l'air.*

Je glisse le téléphone dans ma poche et je regarde autour de moi dans le bar. La vérité, c'est que les groupies m'intéressent peu. Je suis ici incognito, je porte une casquette et des lunettes de soleil, et pour l'instant, j'ai réussi à passer inaperçu. Si je n'avais pas ce concert ce soir, j'aurais rendez-vous avec une bouteille de téquila, ici, maintenant.

Je joue encore avec l'idée de commander un autre verre quand elle entre dans la pièce. Cheveux bruns. Lunettes de soleil. Sandales à brides. Robe noire moulante et des courbes à tomber par terre. *Putain.*

Elle se dirige directement vers le bar et se hisse sur un tabouret à quelques mètres de moi.

— Une vodka cranberry s'il vous plaît.

Je m'approche et m'assieds à côté d'elle alors que le barman lui tend son cocktail.

— Tu attends quelqu'un ?

Elle avale la moitié de sa mixture rose en une seule longue gorgée avant de reposer son verre sur le comptoir et d'en étudier le contenu.

— Je passe le temps en attendant que ma sœur ait fini de s'envoyer en l'air avec son petit ami dans sa suite.

Aucune trace de rancune dans sa voix ni de jalousie. Elle est tout à fait détachée.

— Et ton petit ami à toi, où est-il ?

Sur l'échelle de Richter de la ringardise, je suis plus proche de l'adolescent boutonneux que de la rock star.

Elle retire ses lunettes de soleil et me contemple un instant. Ses yeux ont une couleur chocolat et son visage est plus mutin que je ne le pensais, jusqu'aux taches de rousseur discrètes sur le bout de son nez.

— Si tu essaies de me draguer, on pourrait passer directement à l'étape où on se roule des pelles dans le vestiaire ? Ce sera chaud, et nous sommes sûrs de le regretter demain.

Mes lèvres dessinent un sourire sans que j'en aie conscience. C'est peut-être la première fois cette semaine que je souris. Et encore pour la première fois de la semaine, on me propose quelque chose de plus alléchant qu'un autre shot de téquila. J'imagine déjà mes mains sur ses courbes et le goût sucré de ses lèvres. Et le fait qu'elle ait dit *se rouler des pelles* plutôt que *baiser* la rend encore plus séduisante.

Elle est adorable, je réalise. Les femmes de son espèce sont rares à Los Angeles. Généralement, ce n'est pas la peine de s'en soucier. Mais les femmes adorables sont hors de portée des hommes qui n'ont rien à promettre. Je ne me souviens plus de la dernière femme adorable que j'ai embrassée. Ça n'en vaut pas la peine. Et pourtant...

Je me lève et lui tends la main, mais elle me regarde comme si j'avais perdu la tête.

— Partons à la recherche de ce vestiaire, je lui propose.

Elle sourit. Un énorme sourire qui lui mange tout le

visage et dévoile ses dents blanches. Éblouissant. Elle est magnifique quand elle sourit. Elle est magnifique quand elle ne sourit pas. Ses longs cheveux bruns qui lui tombent sur les épaules et ses courbes affriolantes suffisent, elle n'a besoin de rien d'autre. Mais son sourire est renversant.

— Tu aimes faire plaisir à ce point ? me demande-t-elle.

— C'est mon but dans la vie.

Quand elle éclate de rire, pas un gloussement, non, un rire riche, puissant, qui vient du ventre et qui remplit la pièce, je me dis encore une fois, *elle est à croquer*. Et je commence à avoir une faim de loup.

Elle secoue la tête et me tend sa main.

— Je m'appelle Hanna.

— Nathaniel, je réponds.

Je ne sais pas pourquoi je lui donne mon nom entier plutôt que mon diminutif, Nate. C'est sûrement parce que je souhaite que ce moment avec cette femme n'ait rien à voir avec ma vie de musicien.

— Nathaniel, répète-t-elle en jouant avec les syllabes. Tu as une tête de Nathaniel. Mais quel aplomb ! Je ne sais pas combien d'hommes auraient le courage d'aborder une femme, vêtus d'un T-shirt *Starwars*.

— Attends de voir mon tatouage de Hulk. Il fait craquer toutes les filles.

Elle sourit à nouveau.

— Tu plaisantes.

— Je ne plaisante jamais à propos de Hulk.

— Mmmmh... prouve-le.

Je soulève un sourcil.

— Je te montre le mien si tu me montres le tien.

Encore un éclat de rire. J'ai l'impression qu'un petit bout de moi, celui qui se sentait irrémédiablement endurci par cette semaine de merde, se réchauffe et s'adoucit.

— Et si je n'ai pas de tatouage de Hulk ?

Elle prend une autre gorgée de son cocktail. Elle est peut-être en train de flirter, mais elle est toujours collée au bar et ne montre aucun signe de vouloir trouver ce vestiaire avec moi. *Merde*.

— Quelle déception.

— J'imagine. Mais bravo de montrer qui tu es vraiment. Il y a tant de mecs qui essaient juste de faire semblant pour plaire aux filles.

— Comment sais-tu que ce n'est pas le cas ? Tu n'as pas vu *Big Bang Theory* ? Les geeks ont du succès de nos jours.

Elle m'observe un moment.

— Batman ou Superman ?

— Selon quel critère ? Attitude cool ? Batman. Aptitude à botter le plus de culs et à sauver l'humanité ? Superman.

Elle retient un éclat de rire.

— Meilleur *Doctor Who* ?

Des courbes spectaculaires et elle connait *Doctor Who* ? Je suis cuit. Quand elle soulève un sourcil impatient, je m'aperçois que je n'ai pas répondu.

— J'ai envie de dire Peter Davison, mais un geek plus sérieux opterait pour Sylvester McCoy.

— Alors tu ne fais pas semblant.

Son sourire se fane et elle déglutit.

— C'était exactement ce qu'il me fallait, merci, poursuit-elle.

— Il te fallait quoi ?

Elle hausse les épaules et sa langue humecte sa lèvre inférieure.

— Sourire. Sentir que je pourrais séduire un homme, geek ou pas.

— Trouve-nous ce vestiaire, et je te promets que tu ne parleras plus au conditionnel.

Elle baisse la tête et contemple son verre. Ses joues rougissent. Trop mignonne. *Merde.*

Mon téléphone sonne, et je n'ai pas besoin de le consulter pour savoir qu'il est temps d'aller retrouver Asher et de nous préparer pour le concert de ce soir. J'adorerais pouvoir rester et flirter avec cette superbe fille, mais je dois trop de choses à Asher pour faire foirer ce coup-là.

— Je dois y aller, dis-je avec réticence. C'est l'heure de pointer.

— Une convention pour les comics ?

— Pas loin. Passe une belle soirée.

Je m'éloigne parce que je n'ai rien à lui promettre.

Mais la faim me tenaille encore.

MAX

*N*ous nous effondrons sur le canapé, le souffle court, couverts de transpiration.

— À bien y réfléchir, marmonne Will, ce canapé est une merde qui ne mérite pas qu'on le déménage.

Je me relève du canapé en question et tous mes muscles protestent.

— Je vais chercher une bière.

— Je ne réalise toujours pas que tu as vendu ta maison, me lance Will.

J'ouvre le petit frigo, m'empare de deux canettes et les décapsule.

— Mamie aurait compris.

Il me regarde à travers les yeux rétrécis.

— Tu me le dirais s'il t'en fallait plus, pas vrai ? Parce que je peux t'aider.

— Je vais me débrouiller. J'ai un plan B sous le coude.

Will descend la moitié de sa bière en une gorgée avant de reposer sa tête sur les coussins.

— La prochaine fois, je te filerai juste le pognon pour payer des déménageurs, marmonne -t-il.

— Et me priver du spectacle ? proteste Cally depuis la porte. J'ai vu vos deux corps musclés s'emparer de ce truc énorme et le monter dans les escaliers. C'est la chose la plus sexy que j'ai vue aujourd'hui.

— Alors tu n'as pas croisé de miroir, réplique Will.

Il se lève du canapé en gémissant.

— Bordel Max, je me croyais en forme, mais je réalise que je ne vaux pas mieux qu'un retraité.

— Allez mon vieux, l'encourage Cally, je connais quelqu'un qui te fera un massage.

Will sourit de toutes ses dents, lance un regard appréciatif à sa fiancée, puis hésite.

— On se retrouve dehors ? OK ?

Elle acquiesce et nous laisse seuls.

Will balaye du regard le petit appartement situé au-dessus de ma salle de sport. Je m'en servais pour y stocker des affaires depuis que je l'ai acheté il y a deux ans. Maintenant, j'y vis. Pour une durée indéterminée.

— Ta mère ne t'en veut pas d'avoir vendu la maison ?

Je secoue la tête. C'était une décision difficile de vendre la maison que mamie m'a léguée à son décès, mais je sais que c'était la bonne. J'en suis sûr, en dépit de tout le reste.

— Ma mère comprend.

— Tu vas m'expliquer ce qu'il se passe avec Hanna ?

Je prends une gorgée de bière et j'essaye de sourire. Mais ce sourire est un mensonge et je ne peux pas mentir à mon meilleur ami. Je n'ai presque pas dormi et Hanna ne répond pas à mes messages. J'ai du mal à voir le bon côté des choses en ce moment.

Quand je relève la tête pour regarder Will, je lis l'inquiétude sur son visage. Il se fait du souci pour moi à la façon d'un grand frère.

— Elle m'a quitté.

Il faut que j'en parle à quelqu'un, et si une personne est bien placée pour comprendre mes tentatives désespérées et pathétiques pour récupérer la femme qui m'a brisé le cœur, c'est bien William Bailey. Et dire que je ne l'avais pas compris quand c'était son tour.

— Je l'ignorais, désolé. Je croyais que tu allais la demander en mariage. Que s'est-il passé ?

J'essaie d'avaler ma salive, mais la boule d'émotions dans ma gorge me complique la tâche.

— Meredith.

Pas besoin d'en dire plus, Will accuse déjà le coup avec une expression douloureuse sur le visage.

— Qu'est-ce qu'elle a fait ?

Je secoue la tête.

— Elle a envoyé à Hanna une conversation par SMS que nous avions eue en décembre. Assez éloquente.

— Tu as trompé Hanna ?

Mes yeux restent rivés sur ma bière. Cette bière est sacrément intéressante. Beaucoup plus que le visage de son ami quand on lui avoue à quel point on a tout fait foirer.

— Quand j'ai commencé à voir Hanna, j'étais toujours obnubilé par Meredith. Tu sais que nous partageons un passé plutôt mouvementé. Hanna ne m'intéressait pas vraiment au début. Je ne la *voyais* pas vraiment, tu comprends. C'était juste une fille mignonne qui en pinçait pour moi depuis toujours. Je me suis dit que j'allais l'aider à prendre confiance en elle.

Will inspire bruyamment.

— Je sais, je continue, c'était nul. Mais à ce moment-là, cela ne me semblait pas si terrible. Je me disais que nous partagerions quelques rendez-vous avant qu'elle ne s'aperçoive que je n'étais pas vraiment la personne qu'elle s'imaginait dans ses fantasmes. Et puis, on serait reparti chacun de son côté.

— Mais ça ne s'est pas passé comme tu l'espérais, dit Will.

— Non.

Je secoue la tête et lève les yeux au plafond avant de poursuivre.

— Je suis tombé fou amoureux d'elle. J'avais l'impression qu'elle me regardait et qu'elle voyait cet homme fabuleux, et brusquement j'ai eu envie de *devenir* cet homme-là. De la mériter. Tu comprends ?

— Je suis passé par là, murmure Will, je comprends.

Je souffle longuement avant de reprendre.

— Je suis sorti une ou deux fois avec Hanna, puis un jour, Meredith insiste pour que je la rejoigne. À ce moment-là, je pensais toujours que je ne vivrais rien d'important avec Hanna. Je suis allé chez elle. Mais à peine avons-nous commencé à nous câliner que je me suis aperçu que je ne parvenais pas à chasser Hanna de mes pensées. J'embrassais Meredith et je me demandais ce que je ressentirais en embrassant Hanna. Je suis vite reparti... mais Hanna est au courant. Elle sait que je l'ai invitée à sortir pour les mauvaises raisons. Elle sait que je suis allé chez Meredith ce soir-là. Je lui ai fait du mal.

— Merde. Et tout est fini ?

Je hoche la tête.

— Oui, mais elle est si gentille qu'elle me fait garder le secret au sujet de notre rupture. Elle veut que sa mère continue à m'aider à obtenir cette subvention pour ma salle de sport. Elle a peur qu'elle me laisse tomber si elle apprenait que nous sommes séparés.

— Et tu vas la laisser faire ? Faire semblant d'être ensemble juste pour une subvention ?

— Nous savons tous les deux que l'argent n'a rien à voir là-dedans, je rétorque en plantant mes yeux dans les siens. Si tu pensais avoir perdu Cally, tu ne ferais pas semblant de continuer d'être avec elle pour passer encore un peu de temps à ses côtés ? Tu n'essaierais pas de saisir ta chance pour la récupérer ?

Will expire longuement.

— Bordel, bien sûr que si, acquiesce-t-il en se passant la main dans les cheveux. Si Meredith a envoyé ces messages à Hanna, tu peux être sûr qu'elle va te créer des problèmes.

— Je le sais.

— Si tu as besoin de mon aide, tu me le diras ?

— Sérieusement, je réplique en grimaçant. Ta fiancée t'attend dehors pour te ramener chez toi et te déshabiller. Et toi tu es toujours planté ici à me proposer de l'argent ?

— Tu as raison, réplique-t-il en souriant. On se voit

plus tard. Je suis désolé pour Hanna, mais essaie de tenir le coup. Elle va changer d'avis.

J'ignore mon envie de m'écrouler rien qu'en entendant son nom. Je le raccompagne jusqu'à la porte et je la referme derrière lui. Quand je me retrouve seul dans le silence, je m'effondre par terre et prends ma tête dans mes mains.

Voilà ma vie maintenant. Tout seul dans cet appart' pourri, endetté jusqu'au cou et amoureux d'une femme qui ne veut plus jamais entendre parler de moi.

HANNA

Si quelqu'un m'avait dit, il y a un an, que d'ici peu, je serais en coulisse avec Asher «Sexy Beast» Logan juste avant un de ses concerts, je l'aurais accusé d'avoir trouvé un moyen de découvrir mes rêves les plus fous. Bien sûr, dans ce rêve, j'aurais un rocker sexy au bras, plutôt que ma sœur Maggie. Et je serais joyeuse et souriante, plutôt que munie d'une vodka cranberry et d'un cœur brisé.

Asher est en tournée pour promouvoir son nouvel album, *Unbreak Me*. Il jouera dans cinquante villes universitaires à travers les États-Unis. Ce n'est pas grand-chose comparé à ses anciennes tournées avec son groupe Infinite Grey, mais il passe encore plus de temps sur la route que chez lui, et Maggie a du mal à le vivre.

J'ai donc accepté de faire quatre heures de route pour me rendre dans l'école d'arts plastiques de Saint Louis pour assister à un concert d'Asher. C'est tout moi. Je fais des choses qui rendent les autres heureux, et je m'oublie.

— Ne fais pas cette tête, ma puce, me lance Maggie. Je vais te présenter à Nate Crane.

Je lève les yeux et j'inspire brusquement parce que mon regard vient de rencontrer celui de l'homme avec lequel je flirtais tout à l'heure. Il portait une casquette et des lunettes de soleil dans le bar, et je ne l'ai pas reconnu. Mais cette fois-ci, je suis sûre de son identité.

— Hanna, je te présente Nate Crane. Nate, je te présente Hanna, ma sœur.

Il me dévisage comme un homme dévisage généralement une femme. Comme Asher dévisage Maggie quand elle entre dans la pièce. Comme William regarde Cally quand il pense qu'elle ne le voit pas. Je suis parcourue d'un léger frisson, pas vraiment puissant ni électrique. Juste une sensation agréable, douce, des petits papillons qui réchauffent mon ventre et mes membres.

Puis je regarde derrière moi, parce que je dois faire erreur. Il ne faisait que s'amuser dans le bar, j'en suis sûre. Je veux dire, les hommes ne me regardent pas ainsi. C'est le genre de regard qu'il lancerait à une de mes sœurs ou de mes meilleures amies.

— Maggie ne m'avait jamais dit que sa sœur était si belle, lance Nate comme pour clore le débat intérieur que j'étais en train de me livrer.

Mes joues rougissent et je sens la chaleur se répandre de ma poitrine à mes cheveux.

— Maggie, je t'avais dit que je craquais pour les filles mignonnes qui rougissent, pas vrai ? Tu me la présentes en guise de cadeau d'anniversaire ? Je sais que je suis censé te dire que tu n'aurais pas dû, mais ce serait un gros mensonge.

Il a prononcé cette phrase entière sans me quitter des yeux. Puis il me détaille de la tête aux pieds, lentement, en s'attardant au niveau de ma taille, de mes hanches et de mes pieds chaussés de sandales à talons.

— J'ai été bien sage cette année, je la mérite.

Maggie le tape sur la poitrine du dos de la main.

— C'est une femme, pas un objet que l'on peut s'offrir.

— Oh, rétorque-t-il d'une voix si basse que j'ai du mal à l'entendre. J'ai remarqué que c'était une femme.

— Nous nous sommes déjà rencontrés, j'explique rapidement. Dans le bar. Il me taquine.

— Que tu la mérites ou pas, s'indigne Maggie, elle n'est pas pour toi. Hanna a un petit ami.

Oh non, non. Hanna n'a pas de petit ami. Mais je n'ai rien dit à Maggie au sujet de Max. J'ai trop mal et trop de fierté pour en parler. Et si je veux cacher notre rupture, je ne peux pas lui en parler de toute façon. Je ne peux pas prendre ce risque.

Nate me prend par la main, apparemment déstabilisé par le fait que je puisse avoir quelqu'un d'autre.

— Je t'en supplie, dis-moi qu'elle ment. S'il te plaît ? C'est mon anniversaire demain.

— Et tu aimerais que je sorte d'un gâteau pour toi ? je rétorque, tout en le laissant jouer avec mes doigts.

J'essaie de respirer normalement, mais son contact me fait sentir des choses que je ne pensais pas possibles avec un autre que Max.

— Ça ne me déplairait pas.

Je ne trouve pas de répartie et je le fixe comme une idiote. Nate Crane mesure 1m80 et des poussières. Il sort de la douche et sa peau est recouverte de délicieux tatouages. Vêtu d'un jean déchiré et d'un T-shirt *Star Wars*, il dégage un charme d'ado retardé magnifié par les tatouages qui dépassent de ses manches. Le reste de son apparence sort manifestement d'un catalogue de fantasmes pour femme. Ses épaules sont larges, ses hanches sont étroites, ses cheveux emmêlés sont encore mouillés et bouclent légèrement. Ses yeux me regardent intensément avec un petit sourire alors qu'il trace les lignes de ma main avec le bout de ses doigts calleux. Je ne l'avais pas vraiment remarqué jusqu'à cette année, quand il a commencé à jouer avec Asher sur plusieurs de ses dates. Ils se connaissent de longue date apparemment.

— Tu ne m'as pas dit que tu étais une rock star, je lui murmure.

— Tu ne m'as pas dit que tu avais un petit ami, rétorque-t-il.

— Allez Crane, l'appelle Asher, c'est l'heure.

*M*aggie me tire en direction des loges, me pousse vers le bar et se colle à Asher. Je ne suis pas sûre d'avoir envie de les regarder se tripoter, mais je ne veux pas les brusquer non plus.

Le concert était génial. Non, pas génial, ahurissant. Je

me souviendrai longtemps de cette soirée passée en coulisse pour regarder la performance de Nate et Asher.

Je suis heureuse d'être sortie plutôt que d'être restée à me lamenter chez moi.

Je me sers une vodka cranberry et je décide que, si Maggie et Asher ne se sont pas décollés quand j'ai fini mon verre, je rentrerai seule en taxi à l'hôtel.

Je relève les yeux, et je vois Nate m'approcher d'un pas nonchalant. Il porte le bout de mes doigts à ses lèvres, puis embrasse le dos de ma main. Quel genre de personne se comporte ainsi ? Et depuis quand ce geste insolite est-il devenu si sexy ?

Il n'a pas l'air de vouloir lâcher ma main, et je ne montre aucun signe d'impatience.

— Tu as vu le concert ? me demande-t-il.

— Effectivement.

— Alors ?

— Alors quoi ? je l'interroge en souriant.

Il a presque l'air éperdu, comme s'il cherchait à obtenir des compliments pour un talent pour lequel il a été applaudi par le monde entier des milliers de fois.

— Quelle est ta chanson préférée ?

— J'adore *Unbreak Me*.

J'essaie de me retenir de sourire, car j'ai choisi une chanson d'Asher plutôt qu'une composition de Nate. Si j'étais honnête, je lui dirais que la chanson qui m'a secoué les tripes alors que je me tenais sur le côté de la scène, bouche bée, qui m'a donné la chair de poule, c'est un morceau de Nate, *Lost in me*. Je la connaissais avant ce soir. C'est un tube qui passe souvent à la radio, probablement aussi souvent que *Unbreak me*. Mais c'est la première fois que l'entendais en live. C'est la première fois que je voyais le visage de Nate alors qu'il chante les paroles, les traits déformés par la douleur, comme si chacun des mots lui transperçait le cœur.

— J'ai aussi vraiment aimé *Unforgiven*, j'ajoute en nommant une autre des chansons d'Asher.

Les yeux de Nate se réduisent à deux fentes.

— Si tu n'as pas envie de me parler, tu peux le dire franchement.

Je hausse les épaules.

— Si tu as juste envie que je flatte ton ego, tu peux le dire franchement.

Ses lèvres dessinent un sourire amusé, et il se rapproche.

— Mon ego aurait bien besoin d'être flatté, puisqu'on en parle. Mais pas par n'importe qui.

— À qui tu penses ?

Il produit un son qui se situe entre le grognement et le gémissement et baisse les yeux vers le discret décolleté de ma robe. Je ne suis pas le genre de fille qui met tout en vitrine, mais c'est dur quand on porte une tenue qui ne laisse pas la place de mettre un débardeur en dessous. Et c'est le cas de cette robe.

Nate relève son visage. Son regard croise le mien et je sens une poussée d'adrénaline envahir mes veines. Un regard de braise. Affamé. J'en ai déjà vu assez pour savoir que cet homme ne pense à rien d'autre qu'au sexe. Au sexe avec moi.

— Tu as vraiment un petit ami ?

Je me tortille inconfortablement.

— C'est dur à croire ?

— C'est dur de croire qu'il ne reste pas au plus près de toi quand tu es habillée comme ça.

Je cherche Maggie des yeux, mais elle est dans un coin, à cheval sur les genoux d'Asher, et a sûrement oublié que j'étais là.

Si je dis tout haut que j'ai rompu avec Max, alors la réalité me frappera de plein fouet. Je ne suis pas encore prête. Quand j'ai acheté la robe que je porte ce soir, je pensais que Max serait à mon bras. Je n'aurais pas eu le courage de me l'offrir, si je n'avais pas vu le désir dans ses yeux quand je suis sortie de la cabine d'essayage. Il n'a pas pu faire semblant, n'est-ce pas ? Et la façon dont il a réagi quand je l'ai touché ? Est-ce que les mecs peuvent jouer la comédie à ce point ?

— Viens...

Nate me conduit vers le bar. Il me prend mon verre des mains et le pose dans l'évier pour le rincer. Il le remplit ensuite d'un liquide transparent.

— Qu'est-ce que c'est ?

— *Tequila blanco*, une bonne bouteille.

— Tu essaies de me saouler ?

Ça ne me dérangerait pas. Une soirée d'ivresse avec Nate Crane ? Je ne dirais pas non. Surtout après la semaine éprouvante que j'ai eue.

— C'est pour moi, marmonne-t-il.

Il avale son verre en deux longues gorgées sans me quitter des yeux.

— C'est mon lot de consolation, me lance-t-il en

reposant son verre. Puisque je ne pourrais pas te séduire ce soir.

— Pourquoi pas ?

Nos yeux sont soudés, et je ne sais pas lequel de nous deux est le plus surpris. J'enroule mes doigts autour de mon verre, et je fais durer le contact entre nos deux mains un peu plus longtemps que nécessaire. L'électricité et le désir circulent entre nos deux corps.

J'empoigne la bouteille de téquila et me sers une généreuse lampée. Pas aussi grosse que la sienne, mais assez conséquente pour me faire oublier mes soucis alors que l'alcool se répand dans mon corps.

— Citron vert ? me propose-t-il.

Je hoche la tête et il attrape deux quartiers dans le petit verre derrière le bar.

Il observe chacun de mes mouvements comme si j'étais la chose la plus sexy qu'il ait jamais vue. Comme si j'étais une sorte de film érotique dont il ne peut détacher les yeux.

— Nous appelions ça des téquilas paf au lycée, je lui raconte. On en buvait en soirées. Et toi, tu appelles ça comment ?

Je porte l'intérieur de mon poignet à ma bouche pour l'humecter de la langue.

— Sexy, souffle-t-il. Mais avec tes lèvres, je vais devoir rebaptiser cette boisson.

Je soulève un sourcil interrogateur, tout en m'emparant du sel pour en déposer sur mon bras. À l'époque, nous buvions les shots sur les corps de nos compagnons de soirée. En fait, je me souviens même que Will en a bu un sur Cally juste avant qu'ils ne se mettent ensemble. Je me souviens d'être restée là en me disant *Un jour, un homme me regardera comme Will regarde Cally en ce moment même*. Je ne me sens pas assez audacieuse pour le faire avec Nate, alors je poursuis mon manège, consciente du regard qu'il pose sur moi.

Lentement, je lèche le sel sur mon poignet, avant d'avaler la téquila. Elle est délicieuse et se boit facilement. Je ressens une agréable brûlure dans ma gorge qui se répand ensuite dans mon ventre.

Je place un quartier de citron vert dans ma bouche et le suce.

Nate entrouvre la bouche. Ses pupilles sont dilatées. Max me regardait comme ça, avant.

Quand je retire le citron de mes lèvres, je peux voir le pouls de Nate battre en dessous de sa pomme d'Adam.

J'ai besoin de ça. Cette semaine a été si dure pour moi. Depuis que j'ai reçu ces SMS, mon monde s'est écroulé. Je veux me perdre dans cet homme. Je veux passer la soirée à me complaire dans ce climat de séduction superficielle, même si je ne comprends toujours pas ce qu'il se passe dans la tête de ce musicien célèbre qui couche avec des stars et peut avoir toutes les femmes qu'il veut. Mais on ne peut pas dénier ce qui circule entre nous, une attraction aussi claire que les notes qu'il tire de sa guitare. Et c'est exactement ce dont j'ai besoin.

— Hanna.

La voix de Maggie me fait détourner les yeux, et le contact qui durait avec Nate depuis trop de minutes est rompu.

— Asher et moi rentrons à l'hôtel. Tu es prête ?

Je lance un regard à Nate avant de revenir sur ma sœur.

— Je la ramènerai, propose Nate avant de s'adresser directement à moi. Si c'est OK pour toi. Je me disais qu'on pourrait passer encore un moment ensemble.

— Oui... OK pour moi.

Maggie nous observe en fronçant les sourcils.

— Tu avais dit que tu étais fatiguée ?

Asher glisse un bras autour de la taille de Maggie et la serre.

— Laisse-les tous les deux. Nate est inoffensif.

Il soulève un sourcil à l'adresse de Nate et lui indique la porte.

Ils se dirigent vers le couloir, me laissant seule avec Maggie et son inquiétude.

— Tu n'es pas obligée de rester avec Nate juste parce qu'il fait son charmeur.

— Pas du tout ! je réponds rapidement.

J'inspire et je me force à me détendre avant de poursuivre.

— Je ne me sens pas obligée de rester avec lui. J'ai juste envie de discuter un peu.

Elle se mord la lèvre et opine.

— OK, appelle si tu as besoin de quoi que ce soit.

Elle me serre dans ses bras avant de se diriger vers la porte.

— Maggie ? je l'appelle pour la faire se retourner. Il est comme Asher, pas vrai ?

— Quoi ?

— Nate. Je te demande si c'est quelqu'un de bien, comme Asher.

— Qu'est-ce que tu mijotes, Hanna ?

— J'ai juste besoin de quelqu'un à qui parler. Quelqu'un qui ne connait pas New Hope. Nate me semble...

Je baisse les yeux au sol. Je me sens ridicule. Je viens juste de le rencontrer, et je craque tellement pour lui, que j'ai envie de marcher sur les mains. Je pense que j'essaie effectivement de me consoler après ma rupture.

— C'est quelqu'un de bien, me confirme-t-elle. Tout comme Max.

Je ne sais plus si c'est bien le cas, mais je me tais.

— Je sais, je réponds en la regardant partir.

NATE

Je n'ai pas l'habitude de voir Asher avec une mine renfrognée.

—Tiens-toi bien, me prévient-il. Il s'agit de ma future belle-sœur que tu déshonores du regard.

— Ah oui, future belle-sœur ? C'est un titre officiel ?

Sa colère fait place à l'inquiétude et il s'agite nerveusement.

— Pas encore. Bientôt. J'espère. Si elle dit oui.

— Bordel ! Pourquoi tu n'as rien dit ! je m'exclame en l'attirant vers moi et en lui assénant une claque dans le dos. Tu es un sacré veinard, tu le sais ?

Il me serre brièvement dans ses bras avant de reculer d'un pas. Asher est mon meilleur ami, et je ne l'ai jamais vu aussi heureux qu'avec Maggie.

— Je sais, grogne-t-il. T'inquiète, je le sais bien. C'est juste que je ne veux juste pas l'effrayer.

— Non, tu ne l'effraieras pas.

Putain. Qui aurait cru qu'Asher Logan puisse un jour avoir peur qu'une femme le rejette ?

— Elle est folle de toi et de ta sale gueule.

Il me jette un sourire narquois.

— Je suis quand même sérieux au sujet d'Hanna. Sois prudent avec elle.

J'opine et jette un œil dans la pièce où Hanna et Maggie discutent.

— Que sais-tu au sujet du petit ami ?

Asher hausse des épaules.

— C'est un gars du coin. Un type bien.

— Est-ce qu'il la rend heureuse ?

Ses traits se durcissent.

— Non mec, ne joue pas à ça. Un petit ami c'est un petit ami.

Je lève les mains en l'air.

— C'est bon, j'ai compris.

— Tu as vraiment compris ? Parce que Maggie aura ma peau si tu séduis sa sœur.

J'opine, mais je ne promets rien. Il y a une certaine tristesse dans les yeux d'Hanna que je connais bien. Elle n'est pas heureuse. Elle ne resterait pas ici avec moi si elle l'était.

Maggie se précipite hors de la pièce en dévorant Asher du regard. Il a peur qu'elle dise non ? Elle est raide dingue de lui. Au moins autant qu'il l'est d'elle. Il y en a qui ont vraiment du bol.

Elle prend Asher par le bras et tourne son visage vers lui, les yeux pétillants et pleins de dévotion.

— On y va ?

— Bonne nuit ! je les salue alors qu'ils s'éloignent, mais ils sont déjà si absorbés l'un par l'autre qu'ils ne me remarquent même pas.

Je retourne dans la loge, et je vois qu'Hanna s'est resservi un verre. Elle est appuyée contre le mur les yeux fermés.

Ses cheveux bruns tombent dans son dos, ses courbes sont soulignées par sa robe moulante, et putain, quelles chaussures. Elle porte des talons hauts avec de fines brides noires qui dévoilent ses orteils aux ongles vernis en rouge. J'imagine ses talons enfoncés dans mon dos depuis le premier sourire qu'elle m'a adressé.

C'est la plus belle chose que j'ai vue depuis des mois, peut-être depuis toujours. Et j'en ai bien besoin après la semaine horrible que j'ai passée.

Elle ouvre les yeux et plante son regard dans le mien. Puis d'un haussement d'épaule, elle parait intimidée pour la première fois de la soirée.

— Et voilà.

Elle m'observe puis humecte sa lèvre inférieure de la pointe de la langue.

Putain.

Je ne suis pas le genre de mec qui court après la femme d'un autre. J'en connais que ça excite, l'impression de conquête, de gagner une compétition. Mais pas moi. Mais *Putain.*

— Ma sœur va être dégoûtée d'avoir choisi de passer la soirée dans une boite de nuit à Indianapolis plutôt que d'avoir accompagné Maggie à ce concert.

Je prends une bière dans le frigo.

— Pourquoi donc ?

— Quand elle saura qu'elle aurait pu passer la soirée avec Nate Crane ? Tu me demandes pourquoi ?

Son téléphone sonne dans son sac et son sourire disparait.

— Je parie que c'est elle.

— C'est peut-être ton petit ami ?

Elle secoue la tête en sortant son téléphone de son sac et lit le message.

— Elle demande si elle rate quelque chose. Tu vois, télépathie de jumelles.

Mais elle ne sourit pas quand elle en parle. Comme si ses mots lui rappelaient une vieille souffrance.

— Tu as une *jumelle ?*

Elle glisse le téléphone dans son sac sans taper de réponse.

— Pourquoi les hommes sont-ils tous obsédés par les jumelles ?

Je souris et je secoue la tête.

— Je te jure que ma curiosité n'a rien de sexuel.

— Tant mieux, parce que je ne suis pas ce genre de jumelle. Absolument pas.

— Tu veux dire que vous ne vous ressemblez pas ?

— Si Lizzy était là, tu n'aurais d'yeux que pour elle.

— Je ne crois pas, je réponds d'une voix bourrue.

— Lizzy est... Elle est magnifique. C'est une belle blonde aux yeux bleus. Elle a beaucoup d'humour et son sourire ne la quitte jamais. Elle met tout le monde de bonne humeur.

Elle baisse les yeux vers le sol.

— Les hommes ne préfèrent pas tous les blondes.

— Crois-moi, être une brune ne me dérange pas le moins du monde, rétorque-t-elle.

— Je ne vois pas le problème. Tu penses qu'elle est plus drôle que toi ou quoi ?

Elle marche doucement vers le canapé et s'affale dans les coussins avant de croiser les jambes et de dévoiler cinq centimètres supplémentaires de ses cuisses dans la foulée. Une autre femme aurait fait ce mouvement délibérément, pour m'attirer, mais pas elle, et c'est ce qui la rend encore plus sexy.

Elle pose son verre sur son genou et l'observe attentivement.

— Je pense qu'elle est plus séduisante que moi, avoue-t-elle avec un sourire peu crédible et un haussement d'épaules. Pas de quoi fouetter un chat.

— Il n'y a pas qu'un seul critère pour la séduction, j'objecte. Elle sera plus séduisante que toi aux yeux d'un homme, mais tu le seras plus qu'elle pour un autre.

— Seigneur, qu'est-ce que je peux être rabat-joie parfois !

Je sais qu'elle veut changer de sujet, mais j'insiste. Je n'en ai pas encore fini avec elle.

— Tu es absolument renversante. Je suis assez surpris de te savoir si complexée.

Elle prend une longue gorgée dans son verre.

— C'est agréable de te parler, ça me flatte et ça me fait du bien.

— Et avec ton petit ami ?

— Je... commence-t-elle avant de fermer les yeux. Nous avons rompu. Mais pas un mot à Maggie. Je ne l'ai pas encore prévenue. Je ne l'ai dit à personne pour l'instant. C'est compliqué.

Je voudrais dire que ses mots ne me rendent pas heureux, mais je ne suis pas un saint.

— Oh, merde, je suis désolé. Tu veux en parler ?

— Non.

Le glaçon tinte contre la paroi de son verre quand elle le pose sur ses lèvres. Elle boit lentement, et sa langue récupère une gouttelette qui s'est échappée.

— Je ne veux pas en parler, je ne veux pas y penser. Tu sais de quoi j'ai envie ? J'ai envie de ...

Elle s'arrête brusquement, et je sais que je vais être déçu. Elle va me dire qu'elle veut s'envoyer en l'air comme une folle, qu'elle veut se faire la rock star pour prouver à son idiot d'ex qu'il aurait dû plus l'apprécier.

Et je le ferais. Si elle veut que je la prenne sur ce canapé avec son petit ami qui regarde en Facetime, je ne pourrais pas lui refuser.

Et c'est dingue, parce que je ne suis pas un adolescent en rut qui cherche à tout prix à baiser.

Je le ferais juste pour voir ses yeux s'éclairer quand je la regarde. Pour la voir rougir et pour voir son pouls battre plus fort sur le côté de son cou. Je le ferais juste pour la goûter.

— J'ai envie de m'amuser, finit-elle enfin en me regardant dans les yeux. Je n'ai rien fait d'autre que d'étudier pour les partiels, je n'ai pas eu le temps de me détendre.

— Et comment te détends-tu, Hanna ?

Son sourire est si éclatant que j'ai l'impression d'avoir reçu un coup de poing dans le ventre tellement j'ai envie d'elle. Sa gentillesse rayonne autour d'elle et j'ai envie de ramper à l'intérieur.

— Je danse.

HANNA

*I*l y a peu de soirées dont on sait déjà qu'on s'en souviendra toute sa vie. Mais celle-ci en fait partie. C'est un rêve. Un fantasme.

Toutes les soirées, les baisers et les moments que j'ai partagés avec Max m'ont tous laissé la sensation que nous nous dirigions vers autre chose. Une relation plus sérieuse. Mais ce soir, je ne me fais aucune illusion. Je ne pense pas à après. C'est peut-être pourquoi je me lâche complètement. Une seule nuit. Un fantasme. Une échappatoire pour mon cœur brisé.

La piste de danse grouille de corps transpirants qui ondulent littéralement au rythme de la basse.

D'abord, je bouge maladroitement. Le manque d'espace nous oblige à danser l'un contre l'autre.

Puis j'inspire pour me donner du courage et je m'approche d'un pas. Mes bras passent autour de son cou et je balance mes hanches au rythme de la musique.

Il me regarde sous la visière de sa casquette, et ses

yeux restent rivés aux miens pendant qu'il glisse ses mains autour de ma taille avant de les poser dans le creux de mon dos.

Nous adaptons nos mouvements à la musique et à l'autre tout en nous dévorant du regard. Il sent si bon. Je voudrais pouvoir enfouir mon visage dans son cou et inspirer jusqu'à en avoir la tête qui tourne.

Les minutes s'entrechoquent, se brisent et finissent par fondre entièrement. À un moment donné, il fait glisser une de ses mains de mon dos vers ma hanche, et nos mouvements deviennent alors encore plus intimes.

Je me suis sentie complexée toute ma vie, mais la danse m'a toujours donné un exutoire. La musique possède ce pouvoir magique qui fait disparaître tout le reste. Pendant mes cours de danse classique, j'étais une petite fille parfaitement consciente d'être la plus ronde du groupe, mais dès que la musique commençait à jouer, plus rien d'autre ne comptait.

Des couples autour de nous s'embrassent. Une femme à notre droite a passé sa jambe autour de la taille de son partenaire et se frotte contre lui alors qu'il l'embrasse dans le cou.

Les mains de Nate glissent vers mes fesses et remontent plusieurs fois.

Son contact me coupe le souffle et m'excite, une douleur sourde et brûlante s'installe entre mes jambes et me donne envie d'imiter nos voisins. Je sens son érection, longue contre mon ventre, mais je voudrais la nicher dans le creux de mes cuisses.

Cette constatation me fait m'écarter de lui de quelques centimètres.

Je n'ai jamais voulu être encore vierge à vingt-trois ans, mais je le suis. J'aurais pu sauter le pas avec Max, mais j'étais si terrifiée de le décevoir que je lui ai dit que je n'étais pas encore prête. Que je préférais attendre le mariage. C'était un mensonge. Mon corps est complètement prêt. Et mon cœur appartient à Max depuis le début. Peut-être même encore maintenant.

— À quoi tu penses tout d'un coup, mon ange ?

La voix de Nate résonne dans les oreilles. Puis je sens son souffle dans mon cou, chaud et chargé de désir, comme s'il me demandait la permission de me goûter.

Brusquement, ma virginité me pèse comme un manteau de fourrure en plein été. Je veux m'en débarrasser, en finir avec ça, et ne plus avoir à y penser.

Je relève la tête et me hisse sur mes orteils jusqu'à ce que nos lèvres se frôlent. Il fixe ma bouche une seconde, mais au lieu de m'embrasser, il me retourne, me prend par les hanches et attire mon dos contre son ventre. Son mouvement est si fluide et décontracté, il a presque l'air d'avoir été répété.

Une de ses mains vient se poser à plat sur mon estomac. L'autre explore mon corps. Ses doigts caressent le haut de mes cuisses, remontent vers mes hanches et mon ventre puis filent sous mes seins. Je ne peux plus respirer. Respirer n'a aucune importance. Chacune de mes cellules n'aspire qu'à être touchée à nouveau.

Puis sa main se pose sur mon cou, sur mon menton et me fait tourner la tête pour lui faire face à nouveau. Sa bouche est si proche. Je me mets sur la pointe des pieds, j'ouvre légèrement les lèvres. Une invitation.

Mais au lieu de poser sa bouche sur la mienne, il fait retomber ses mains et s'éloigne de moi.

— Tu veux boire quelque chose ?

— Boire ?

Je ne veux pas boire. Je le veux, lui. Sa bouche contre la mienne. Son corps. Sa voix sexy, basse et rauque qui murmure des promesses au creux de mon oreille.

Je secoue la tête, le pousse et fends la foule pour sortir dans l'air frais de la nuit.

Mes oreilles paraissent soupirer de soulagement dans le silence et ma peau chauffée à blanc semble fumer dans l'air frais.

Des fumeurs discutent tout près de moi. Je sens l'odeur des kreteks mêlée à autre chose. De l'herbe probablement. Le coin du bâtiment est plongé dans l'ombre, et je m'y réfugie avant d'appuyer ma tête contre le mur et de fermer les yeux.

Il a flirté avec moi toute la soirée. Il est très clairement attiré. Il a dansé si proche de moi que mon corps vibre encore, que ma peau le réclame. Il m'a fait croire qu'un homme comme lui pouvait me trouver sexy.

Mais il faisait sûrement semblant. Il faisait semblant pour me remonter le moral.

Rien que d'y penser, mon cœur saigne et enfle comme s'il avait été martelé. Pourquoi est-ce que je ne ressemble pas plus à mes sœurs ? Maggie ne surveille pas son poids et mange ce qu'elle veut. Krystal fait beaucoup de sport, mais même si je suis le même régime et passe autant de temps qu'elle à la salle de sport, je ne perds même pas un kilo. Et Lizzy a été mince toute sa vie. Ma jumelle qui n'a aucune idée de ce que je vis.

— Hanna.

J'ouvre brusquement les paupières pour trouver Nate qui se tient devant moi, les mains dans les poches. Ses yeux sont insondables, masqués par sa casquette. J'ai envie de me jeter dans ses bras, même s'il vient de me repousser, et de me frotter à lui comme un chat.

Mais je ne suis pas le genre de fille qui peut se frotter contre un homme et obtenir une réaction. Je viens de le prouver d'ailleurs. Comment ai-je pu l'oublier une seule seconde ?

— Hanna, parle-moi.

Mon cœur bat la chamade et j'ai envie de hurler.

— Je m'excuse. Je croyais..., je tente en secouant la tête. J'ai mal compris ce qu'il se passait entre nous. Désolée, ça n'arrivera plus.

— Merde, répond-il en s'approchant tout près de moi. J'ai voulu poser mes mains sur toi depuis la minute où je t'ai vue entrer dans le bar de l'hôtel.

Il prend mes bras et les fait passer autour de son cou. Son geste s'accorde avec ses paroles et me donne une dernière dose de courage.

Mon estomac se noue nerveusement, mais je me hisse sur la pointe des pieds pour murmurer au creux de son oreille.

— Alors pourquoi tu ne m'embrasses pas ?

J'ai du mal à croire que je suis si audacieuse. C'est lui. Il me fait cet effet. Ses yeux, ses mains, ses mots. Il me montre qu'il est clairement attiré alors que ce serait ridicule pour moi de penser que je pourrais le séduire.

Avant de répondre, ses mains s'agrippent à mes hanches. Il me caresse le long de ma taille. Quand il parle, sa voix est rauque et animale.

— J'ai eu envie de t'embrasser toute la soirée. Je suis obsédé par cette idée depuis que nous avons commencé à danser. Mais, je n'ai pas juste envie de t'embrasser, Hanna. Si je pensais qu'il me suffirait de t'embrasser, je l'aurais fait il y a des heures.

Je suis si distraite par la chaleur de ses mains à travers ma robe que je ne comprends pas.

— Pourquoi tu ne l'as pas fait ?

— Parce que je veux plus que des baisers. Je veux te toucher. T'explorer.

Il baisse la tête et son souffle chaud glisse le long de mon cou, ses lèvres me frôlent, mais ne me touchent pas.

— Mais j'ai promis à Asher que je ne te toucherai pas.

— Asher ? Il pense que je suis encore avec Max. Il...

— Il m'aurait dit la même chose s'il savait la vérité. Tu as le cœur brisé.

— Je...

Je ne peux pas le nier.

— Je dois m'empêcher de faire ces choses que j'ai envie de te faire.

Sa voix baisse d'un cran et il passe son pouce sur ma lèvre inférieure.

— Je ne dois pas embrasser ces lèvres.

Il finit sa phrase puis effleure ma bouche de la sienne. Un frisson de plaisir me traverse quand il recommence. Mes lèvres s'ouvrent sous les siennes et il tire ma lèvre inférieure entre ses dents avant de la sucer douce-ment. Puis sa bouche s'écrase contre la mienne et nos langues se retrouvent pour un baiser intense et désespéré. Pendant un moment, mon cerveau compare le baiser de Nate à celui de Max, insatiable contre délicat, brut contre doux. Puis je perds le fil de mes pensées et je ne réfléchis plus du tout. Je l'embrasse, je tire sur sa chemise, je veux le sentir encore plus près de moi. Je ne me trompais pas. Cet homme me désire. Et j'ai tellement envie de lui que cette envie prend le dessus, me fait vibrer et me consume jusqu'à ce qu'il ne reste rien d'autre que le désir.

Quand il s'écarte de mon visage, ses yeux m'observent comme pour garder ce moment en mémoire.

— Je ne dois pas passer ma main sous ta jupe.

Et pendant qu'il parle, ses doigts se posent sur la peau sensible de l'intérieur de mes cuisses.

Je bouge, j'écarte mes jambes instinctivement pour mieux le sentir. Un gémissement s'échappe de mes lèvres et je pose mon front contre sa poitrine en fermant les yeux.

— Pourquoi pas ?

— Parce que tu es adorable, Hanna.

Sa main remonte lentement, implacablement le long de ma cuisse.

— Tu es trop adorable pour que je te touche là.

Il trouve ma culotte du bout des doigts, et caresse mon entrejambe avec la légèreté d'une plume. Je reçois son haleine lourde et chaude dans mon oreille.

— Tu es trop adorable pour que je te doigte juste parce que j'ai envie de sentir si tu mouilles. Trop adorable pour que je te fasse hurler de plaisir alors que ces gens peuvent nous entendre. Pour que je te fasse jouir juste parce que je veux te sentir t'écrouler dans mes bras.

Il tire sur ma culotte. Puis, comme par magie, la dentelle a disparu et sa main est contre moi. Je sens d'abord la chaleur de sa paume puis ses doigts trouvent mon clitoris. Nous haletons de concert. Je suis si enflée et glissante, et j'ai besoin qu'il me fasse toutes ces choses qu'il vient de décrire.

C'est délirant. Je ne devrais pas. Pas ici. Pas du tout. Mais mon corps a fermé toute communication avec mon cerveau, et la seule chose qui semble m'importer est de sentir ses doigts en moi.

Il joue avec mon clitoris, le caresse avec deux doigts et je m'agrippe à ses bras. Ses triceps se tendent sous ma main, et pendant une demi-seconde, je pense à Max, à ses bras musclés et à son corps solide. Max qui me touche, Max qui m'embrasse.

Max qui me brise le cœur.

— S'il te plait, je le supplie en pressant mon bassin contre lui. J'en ai besoin.

J'ai besoin d'éteindre mon cerveau. D'oublier.

Nate s'écarte et m'observe. Je vois la tension dans sa mâchoire et ses épaules. Il se retient.

— Je t'en supplie Nate.

NATE

Quand je l'entends prononcer mon nom, ce qu'il me restait de volonté disparaît. Je veux la sentir. Je fais un pas en avant, une jambe de son côté, pour positionner mon corps de façon à la protéger du regard d'un passant éventuel. Je passe ma main sur son sexe mouillé avant de glisser un doigt en elle.

— Seigneur, je souffle dans son oreille. Tu es si serrée.

Ma queue presse inconfortablement contre ma braguette en réaction à la sensation de sa chair autour de mon doigt. Elle est chaude et mouillée, et c'est si bon que j'oublie tout, sauf d'essayer de savoir combien de temps je vais devoir attendre pour la pénétrer. Je veux attraper le premier taxi et la ramener à l'hôtel pour qu'elle me chevauche toute la nuit. Bordel, j'ai envie de déboutonner mon jean pour la prendre contre ce bâtiment. J'ai envie de serrer son magnifique cul et m'insérer brutalement en elle. J'ai envie de la faire crier et de la faire jouir avec ma queue plutôt qu'avec ma main.

J'inspire profondément et j'essaie de revenir à la raison. Son odeur me rend la tâche presque impossible. Ses lèvres s'ouvrent et ses paupières s'alourdissent. Le plaisir se lit par vagues sur son visage. Je bouge lentement, je retire mon doigt pendant que mon pouce décrit des cercles autour de son clitoris, puis je le glisse de nouveau à l'intérieur, juste assez fléchi pour qu'elle frissonne de plaisir dans mes bras.

— Tu es si mouillée, ça m'excite, je gémis contre son oreille.

Elle aime quand je lui dis des mots cochons et je ne vais pas me priver de ce plaisir.

— J'aime quand ta chatte serre mon doigt, quand tu réagis à mes caresses.

Je retire une nouvelle fois mon doigt, et cette fois-ci j'en réintroduis deux.

Quand elle sent cette nouvelle pression, elle ouvre sa bouche contre mon cou et me mordille la peau. Elle m'embrasse dans le cou alors que je la doigte, sa bouche me lèche, me mord et me suce d'une façon qui ne laisse pas ma queue indifférente.

Je pense à sa bouche sur mon membre et je masse son clitoris avec mon pouce en enfonçant mes doigts plus profondément.

— Chaque seconde que tu as passée à danser avec moi m'a rapproché du précipice.

— Vas-y, me supplie-t-elle.

— Tu es trop adorable pour une épave comme moi. Mais à chaque seconde près de toi, je sens ton parfum, je caresse ton corps parfait et je perds un peu plus le contrôle de moi-même. Rien ne peut plus m'empêcher de te baiser jusqu'à ce que tu jouisses en criant mon nom.

Elle enfouit son visage dans mon cou et frissonne à nouveau. Elle balance ses hanches contre moi et son corps entier vibre autour de moi. Et juste quand elle se détend dans mes bras, un orage éclate et nous nous retrouvons trempés.

Hanna regarde l'averse, étonnée, et je retire lentement ma main avant de remettre sa jupe en place.

Elle cligne des yeux dans la pluie, ses joues rougies sont mouillées. Sa langue passe sur ses lèvres enflées.

— Je ne sais pas si je dois être gênée ou... reconnaissante.

Je lâche un éclat de rire. Je prends sa main et je dépose un baiser sur ses phalanges.

— Tu viens avec moi ?

Ma voix déraille, et ma proposition devient une question. Il y a un truc chez Hanna qui me rend vulnérable.

— Allons-y, répond-elle avec un sourire.

Quand nous trouvons enfin un taxi, nous sommes trempés, mais elle ne pleurniche pas pour ses cheveux ou son maquillage comme le ferait une autre fille. Au lieu de ça, nous nous glissons sur le siège arrière, et elle se retient de sourire du mieux qu'elle peut. *Trop adorable.*

Elle prend ma main et entrelace nos doigts. J'avais le projet de commencer les préliminaires pendant les dix minutes du trajet en taxi, mais je change d'avis. Je reste là, et je respire son odeur.

HANNA

*N*ous pénétrons dans le luxueux lobby de l'hôtel et nous dirigeons vers l'ascenseur en laissant derrière nous des traces de pas mouillés sur le sol en marbre.

Nous entrons dans la cabine et les portes se referment. Nate appuie sur le bouton P et glisse la clé de sa chambre dans la fente prévue à cet effet. Je frissonne. Ça allait dehors, mais ici, avec l'air conditionné, j'ai la chair de poule.

Il passe ses doigts pliés sur mes épaules nues.

— Tu vas enlever tes vêtements mouillés et te réchauffer.

Il prend mon visage dans ses mains et m'embrasse.

Mon cœur bat la chamade, et je le sens dans mes oreilles. Je vais vraiment le faire. Je vais perdre ma virginité avec un mec que je viens de rencontrer.

Il s'écarte et je lis l'inquiétude sur son beau visage.

— Tout va bien ?

J'acquiesce, mais avant que j'aie pu prononcer un mot, la porte s'ouvre sur une suite somptueuse. J'entre tout de suite, effrayée par l'idée de manquer de courage si je trainais trop dans l'ascenseur.

Il se tient derrière moi, et pose une main possessive sur ma taille.

— Ça te plait ?

— C'est très beau.

L'ascenseur sonne, et je me retourne pour voir les portes se refermer.

— Hanna, commence-t-il en me relevant le menton pour que je le regarde dans les yeux, ta chambre se situe à l'étage au-dessous. Nous pouvons nous dire au revoir maintenant si tu le souhaites.

—Je...

Je voudrais me sentir comme je me sentais devant la boite de nuit. Audacieuse, désinhibée. Prête à me débarrasser enfin de ma virginité. Au lieu de ça, je suis tendue comme un arc et hyper vigilante. J'entends les bulles de l'aquarium d'eau de mer dans le mur, le discret bourdonnement de l'air conditionné, et je vois comment Nate me cherche des yeux.

Que pensera-t-il de moi si je me dégonfle ? Et moi, quelle opinion aurais-je de moi-même ?

Et si j'avais tort au sujet de Max et que nous nous remettions ensemble ? Est-ce que je lui avouerais pour ce soir ? Est-ce qu'il me détestera ? Ou est-ce que je garderais ce secret qui restera entre nous pour le restant de nos jours ? Est-ce qu'il nous empêchera d'être vraiment connectés comme nous l'avons été par le passé ?

Je chasse mes pensées, et je me hisse sur la pointe des pieds pour coller ma bouche contre celle de Nate. Il réagit très vite et la sensation de ses lèvres contre les miennes, de sa langue caressant la mienne, aide à apaiser le chaos dans ma tête.

— Tu veux prendre une douche ? murmure-t-il contre ma bouche.

— Mmmmh mmmh.

— Tous les deux ?

Un autre frisson me traverse, dû autant à l'anticipation qu'au froid.

— Si tu es d'accord.

Ses yeux brillent.

— Je suis plus que d'accord.

Il me prend par la main et me guide à travers la suite, dans le salon puis dans une immense chambre. Le lit king size est garni de draps blancs immaculés et semble énorme et effrayant, tout comme ce que je m'apprête à faire.

Toute la nervosité que j'ai ressentie devant le lit s'évanouit quand Nate poursuit son chemin et allume la lumière dans une imposante salle de bain avec une douche à parois en verre et un jacuzzi.

Je le regarde dans un silence inconfortable alors qu'il actionne trois têtes de douche différentes. Que suis-je supposée faire ? Faut-il que je me déshabille, ou que j'attende, ou... ?

Mon inquiétude ne dure pas. Avant que j'aie pris une décision sur ce que je dois faire, il est de retour et recommence à m'embrasser en me poussant contre le comptoir en granit. Il repousse la bretelle de ma robe et tire sur le tissu pour découvrir mon sein couvert de dentelle.

— Ton soutien-gorge est assorti à ta culotte, gémit-il doucement.

— Et elle est passée où d'ailleurs ?

Avec un sourire puéril, il la tire de la poche de son jean. Je m'en empare et la lève devant moi. Elle est foutue. Déchirée sur les deux côtés. Et je ne suis même pas embêtée.

Je pose mes mains sur mes hanches avec une colère feinte.

— Et qu'est-ce que je vais mettre après notre douche ?

— Si c'est moi qui décide, rien du tout.

Il baisse la tête, pose sa bouche sur mon sein et le suce à travers la dentelle. La sensation est indescriptible, sa langue mouillée, la texture râpeuse du tissu, le plaisir douloureux de sa bouche avide. Je pousse un cri de plaisir qui résonne dans la pièce.

Avant que je réalise ce qu'il fait avec ses mains, ma robe tombe à mes pieds, autour de mes chevilles, et je suis vêtue uniquement de mon soutien-gorge et de mes sandales. Il retire doucement sa bouche de mon sein et mon mamelon se durcit au contact de l'air froid. Nate fait un pas en arrière pour m'observer.

C'est la partie que je déteste. Le regard critique des hommes sur toutes mes imperfections.

Les vergetures sur les seins, les bourrelets sur le ventre, la cellulite sur les fesses et en haut des cuisses. Rien de sexy à ce niveau-là. Et s'il y a une chose qui coupe tous mes élans, c'est bien cette lueur de déception dans les yeux des hommes quand ils me voient nue. Ça n'est jamais arrivé avec Max, mais c'est parce que je ne l'ai jamais laissé me voir nue. Pas entièrement. Et quand il m'a vue à moitié nue, il était déjà amoureux de moi.

Du moins, c'est ce que tu croyais.

Je reporte mon attention sur Nate et m'efforce de ne plus penser à Max. Je ne vais pas laisser mon cœur brisé m'empêcher de profiter de cette soirée. Il ne s'agit ni d'amour ni d'une relation avec un homme qui vous complète. Il s'agit de sexe, de plaisir, de...

Nate relève les yeux vers moi et ce que je lis dans son regard interrompt brutalement le fil de mes pensées. Je n'y vois aucune déception. Non. Le désir est presque palpable. Le désir pour moi.

— Hanna, tu es si parfaite.

Je baisse les yeux, confuse. Est-ce que mon corps s'est transformé, comme par magie ? C'est vrai que je me suis un peu raffermie au cours de ces derniers mois en faisant du sport avec Max. J'ai perdu environ cinq kilos, mais mon corps n'a toujours rien à voir avec celui de mes sœurs. Je ne fais toujours pas moins qu'une taille 46. La même depuis mon adolescence tourmentée.

Nate relève mon menton de son pouce. Il penche la tête en m'observant.

— Tu n'en as aucune idée, pas vrai ? Notre conversation de tout à l'heure était entièrement honnête. Tu ne sais pas à quel point tu es belle.

J'ai envie de l'ignorer, mais son regard est si intense, je sais qu'il attend une réponse de ma part.

— Je n'ai jamais rencontré d'homme qui... aime les grosses.

— Tu crois qu'il s'agit d'une obsession quelconque ? grommelle-t-il.

Je hausse les épaules et fixe sa gorge.

— Hanna, *je n'aime pas les grosses*, comme tu le dis. J'aime les femmes. Les belles femmes. Les femmes qui ont des formes.

Il s'avance vers moi et défait la fermeture avant de mon soutien-gorge. Les bretelles glissent le long de mes épaules et le sous-vêtement tombe à terre.

— J'aime les seins, murmure-t-il en posant ses mains sur ma poitrine, ses pouces caressant mes mamelons.

Je frissonne à son contact. Un nœud de plaisir se contracte entre mes jambes.

Il s'approche encore, et mes seins sont serrés contre sa poitrine. Il glisse ses mains dans mon dos jusqu'à saisir mes fesses.

— Et je n'ai pas honte de déclarer que j'aime les fesses, continue-t-il en les serrant. J'aime les regarder et avoir les mains pleines quand je te baiserai par-derrière.

J'arrête de respirer à cette évocation. *Me baiser par-derrière.* Je ne pense pas qu'il parlerait de cette façon s'il savait à quel point je manque d'expérience.

— Nate...

Je m'interromps quand il tombe à genoux.

— Et là, poursuit-il en posant sa bouche sur mon ventre rebondi. J'ai couché avec des femmes qui avaient le ventre plat, ou plus mou à cet endroit. La beauté se présente sous différentes formes, couleurs ou tailles. Il n'y a pas de mètre étalon pour la beauté.

Quand je sens une légère pression à l'intérieur de mes cuisses, j'écarte les jambes instinctivement en m'accrochant au comptoir alors que ma partie la plus intime lui est offerte. Je frissonne quand il suit une ligne imaginaire entre mon mont de Vénus jusqu'en bas avec deux doigts.

— Et ça, murmure-t-il en relevant les yeux vers moi et en portant ses doigts à ses lèvres juste une seconde. La façon dont tu réagis quand je te touche ? Quand je te parle ? Je ne connais rien de plus excitant.

Il dépose un baiser sur chacun des os de mes hanches. Puis sa bouche est sur moi, ouverte et avide. Sa langue caresse mon clitoris. Il glisse un doigt en moi et mes jambes se mettent à trembler. Je ne me sens pas capable de rester debout tant que sa bouche est sur moi. Mes jambes vont lâcher.

Mais il se relève et me soulève sur la surface froide du comptoir. Avant que je comprenne ce qu'il a l'intention de faire, il est à nouveau à genoux.

— Je fantasme de te voir nue, avec uniquement tes chaussures depuis que je t'ai rencontrée. Tes jambes avec ces talons...

Il caresse l'intérieur de mes cuisses et mon dos se cambre instinctivement, mes hanches se soulèvent vers son souffle chaud. Ses yeux se plantent dans les miens pendant deux longues secondes, puis il place mes chevilles sur ses épaules.

— Mais que...

Et puis je comprends tout, parce que son visage est

enfoui entre mes jambes et ses mains sont sous mes hanches. Il me lèche goulûment et mon corps entier frissonne.

Je pousse mes hanches contre son visage. J'essaie de m'en empêcher, gênée par mon manque de contrôle sur moi-même, mais il me tient fermement, ses doigts s'enfoncent dans ma chair.

— Ne pense même pas à essayer de te retenir.

Ses mots sont assourdis, mais je l'entends, je le sens.

Il donne un petit coup de nez contre mon clitoris et glisse sa langue en moi. Je perds tout. J'imprime à mes hanches un rythme saccadé et toute la chaleur et la pression de sa langue sont si délicieuses que je perds la notion de tout ce qui m'entoure.

Je m'appuie en arrière sur mes mains parce que ça me rapproche encore de lui, de la caresse de sa langue et de la sensation de ce baiser. Quand il glisse un doigt en moi, je suis déjà à moitié partie, et quand ses lèvres se posent sur mon clitoris, je suis projetée dans le précipice.

Quand Nate se relève, sa respiration est lourde et il me dévore du regard. Je tente de me redresser, mais il se place entre mes jambes avant que j'aie pu redescendre du comptoir. Il prend mon visage dans ses mains et il m'embrasse. Un baiser long et ferme. Mes nerfs désintégrés reviennent à la vie, un par un.

Si j'avais su ce que l'on ressentait quand un homme nous embrasse entre les jambes, je me serais débarrassée de mes complexes avant et aurait accepté que Max me le fasse, comme il me le réclamait.

« *Tu me donnes tant de plaisir Hanna, laisse-moi t'en donner aussi. J'ai tellement envie de t'embrasser à cet endroit là.* »

Je rends son baiser à Nate et je passe mes doigts dans ses cheveux comme si j'avais besoin de me raccrocher à lui, à l'instant présent, pour garder mes souvenirs à distance.

Entre deux baisers, je trouve l'ourlet de son T-shirt et le fais passer au-dessus de sa tête. Son corps me coupe le souffle. Il n'est pas bâti comme Max, mais il est quand même superbe. Une date est tatouée sur le haut de son pec droit, une épée étincelle sur son flanc gauche et le fameux Hulk dont il m'a déjà parlé trône sur son épaule. Je me fais la promesse de les explorer plus tard.

Mes mains tombent sur la taille de son jean. Je le déboutonne et le fais glisser sur ses cuisses. Je passe une main dans son caleçon et j'enroule mes doigts autour de lui. Il inspire profondément d'une façon qui fait courir un courant électrique dans mes veines et qui me remplit d'audace. J'ai des complexes sur mon physique, mais je sais que je suis douée dans ce domaine.

Il caresse mon épaule du pouce.

— Tu as froid, constate-t-il.

— Ça va, je le rassure.

Il retire tout de même son caleçon et me conduit sous la douche.

L'eau ruisselle sur nous alors qu'il m'attire vers lui, mon dos contre son ventre. Il fait mousser du savon entre ses mains et me l'étale lentement sur la peau. Ses doigts dessinent de petits cercles vers mon ventre, glissent entre mes jambes et remontent. Quand ses mains se posent sur mes seins, je ferme les yeux et je le laisse jouer avec mes mamelons.

— Je pourrais faire ça toute la journée, murmure-t-il dans le creux de mon oreille. J'aime la façon dont tu réagis quand je te touche.

Je me retourne dans ses bras et sa virilité s'érige entre nous, longue et épaisse. Je me mets à genoux sous l'eau.

— Hanna, dit-il en me touchant.

Avant qu'il ne puisse ajouter quoi que ce soit, je fais glisser ma langue sous son membre, de la base à la pointe. Je me concentre sur son goût salé, sur la façon dont il murmure des mots d'appréciation et passe ses doigts dans mes cheveux. Je me souviens comment il m'a touchée à l'extérieur de la boite, comment il a bougé ses doigts en moi et comment il m'a fait jouir avec tous ces gens à moins de trois mètres de notre coin. Je sens encore sa barbe à l'intérieur de mes cuisses. Tout se joue dans ma tête pour me rappeler où je suis. Avec cet homme, ce soir, la façon dont je me sens avec lui.

Je le prends dans ma main et je commence à le caresser et le serrer en rythme. Puis j'écarte les lèvres et je goûte son gland, le lèche avant d'ouvrir grand la bouche et de le prendre plus profondément.

Il s'appuie contre les carreaux et me tire tendrement les cheveux.

— Putain mon ange. Je pourrais jouir rien qu'en regardant tes lèvres tendues sur moi comme ça.

Ses mots font naître un nid de désir entre mes jambes et je le suce plus fort. Il est bien monté, et je me sers de ma main pour caresser la partie qui ne rentre pas dans ma bouche. Je pose doucement mon autre main sur ses bourses et j'entends un long gémissement rauque qui semble sortir de sa poitrine.

Toute ma vie, j'ai ressenti ce besoin de faire plaisir aux autres sans penser à moi. C'est une qualité qui m'a parfois desservie, mais je suis devenue plutôt douée à ce petit jeu. Aujourd'hui, savoir exactement comment donner du plaisir à Nate, c'est la seule chose qui m'importe. J'aime la sensation qu'il me procure en tirant mes cheveux quand je le prends plus profondément, son goût sur ma langue, la façon dont ses hanches se propulsent vers moi et se retirent quand je le suce. Il lutte pour garder le contrôle de lui-même, et rien que de le savoir me donne encore plus envie de lui, de ça, de ce qui vient ensuite.

— Hanna, prononce-t-il d'une voix rauque, en essayant douloureusement de contrôler son plaisir. Viens-là bébé, je...

Je détends ma gorge et laisse tomber ma main, le prenant presque entièrement, plus profondément que je ne le pensais possible. Je suis si excitée que je remarque à peine l'inconfort que ça me cause. Je rajoute de la pression sur ses bourses et les masse, jusqu'à ce qu'il perde tout contrôle et balance ses hanches contre mon visage. Son mouvement le pousse encore plus profond, et je déglutis, car je sais qu'il sentira la pression. Ses hanches se balancent à nouveau, et ça m'excite tellement que je gémis. La vibration de mes lèvres et de ma bouche le pousse à bout. J'avale alors qu'il jouit au fond de ma gorge, sa main crispée presque douloureusement dans mes cheveux.

Je me retire lentement, et il m'aide à me relever, mon corps tremblant de désir pour lui.

Il relâche son empoigne dans mes cheveux et m'embrasse, longuement, passionnément et un peu brutalement. Il me mord la lèvre avant de s'écarter.

— Je ne pensais pas que ta bouche pouvait avoir un meilleur goût que ta chatte, m'explique-t-il avant de reposer ses lèvres sur les miennes en gémissant. Mais quand je sens mon propre goût sur toi, mon Dieu Hanna, rien ne pourrait plus m'exciter.

— Mmmh, j'aime ton goût.

C'est à moi de m'emparer du savon. De laisser mes doigts explorer son corps quand je lave chaque centimètre carré de sa peau. Il me regarde à travers ses cils épais et foncés quand je fais mousser le savon sur ses épaules, ses pecs et son ventre.

Je suis frappée par l'intimité de ces gestes, par notre vulnérabilité quand on se lave. C'est encore plus intime que ce qu'il m'a fait sur le comptoir du lavabo. Et me voilà partageant cette intimité avec un homme que je viens tout juste de rencontrer. Je lui montre et je lui offre plus que je ne l'ai jamais fait avec Max. Parce que je me sens rassurée par le fait que ce n'est que pour une nuit. Si Nate n'aime pas mon corps, ou s'il est déçu parce que je ne connais pas telle ou telle position inspirée du yoga au lit, je n'ai rien à perdre.

Combien de fois Max m'a-t-il proposé de prendre une douche avec lui ? J'ai toujours refusé, parce que je le faisais automatiquement à chaque fois qu'il fallait que je me dénude devant lui. Je ne voulais pas qu'il voie toutes les imperfections de mon corps. J'avais peur qu'il ne s'aperçoive que je n'étais pas aussi belle qu'il le pensait.

Je fais le tour de Nate et je lave son dos quand il se tourne vers moi, me prend le savon des mains et nous rince tous les deux.

— J'ai envie d'autre chose, mon ange, murmure-t-il.

Je ne sais pas vraiment de quoi il parle, mais il me prend par la main et me fait sortir de la douche. Je le suis. Il m'essuie avec une serviette toute douce et me guide dans la chambre.

Je trébuche en entrant dans la pièce.

Il se tourne vers moi et mon estomac se serre. Il bande à nouveau. Déjà. Cette découverte me rend à la fois heureuse et terrifiée. Est-ce que je vais vraiment sauter le pas ?

Il m'observe, les traits marqués par l'inquiétude. Mon Dieu qu'il est beau. Je serais bête de ne pas en profiter. N'est-ce pas.

NATE

Je ne sais pas ce qu'il s'est passé entre la salle de bain et la chambre, mais Hanna a l'air terrifiée. Est-ce que je vais trop vite pour elle ?

— Que se passe-t-il dans ta tête ?

— Rien... Je veux dire, rien de mauvais. Enfin... On peut le faire. OK.

Oh merde. Elle flippe. Ses cheveux foncés encadrent son visage de longues ondulations mouillées qui tombent sur ses épaules et recouvrent presque ses seins. Elle est absolument sublime. Mouillée, nue. Comme Aphrodite émergeant de l'écume.

Je pose une main sur son visage et je souligne ses lèvres de mon pouce. Elle ferme les yeux à mon contact et je peux voir une certaine tension émaner d'elle.

— Tu veux que je te ramène dans ta chambre ?

— Tu... Enfin, je croyais que nous allions..., m'explique-t-elle en m'indiquant le lit.

Je pourrais la faire s'allonger et la caresser jusqu'à faire disparaître sa boule au ventre, quelle qu'en soit la cause.

— Tu penses à lui ? À ton ex ?

— Non ! s'exclame-t-elle en écarquillant les yeux et en me regardant. Je te promets que ce n'est pas le problème.

J'opine.

— Alors, il y a un problème.

Elle fronce les sourcils et mord sa lèvre pendant au moins trente secondes d'affilée avant de me répondre.

— C'est juste... Je n'ai jamais fait ça de ma vie.

Mes épaules retombent de soulagement. Elle n'a jamais eu d'aventure sans lendemain, et ça la stresse.

— C'est bien ce que je croyais.

Elle en reste bouche bée.

— Tu le savais ?

— Que tu n'es pas le genre de fille à avoir de coup d'un soir ?

— Oh, non. Pas ça.

— Tu as déjà eu des coups d'un soir ?

Je n'aime pas tellement cette idée, mais c'est un peu hypocrite de ma part.

— Non jamais. J'ai...

Elle lève les yeux au ciel et inspire profondément avant de poursuivre.

— Je vais juste lâcher le morceau.

— Je t'en prie.

— Je n'ai jamais fait ça de ma vie, répète-t-elle en me montrant le lit à nouveau.

Elle est si belle, la combinaison parfaite entre adorable et sexy. Toute nue, avec sa chevelure épaisse et mouillée retombant sur ses épaules, ses mains nouées devant elle. J'ai tellement envie de la toucher encore que mon cerveau ne comprend pas ce qu'elle essaie de me dire.

— Fait quoi exactement ?

— L'amour.

— L'amour ?

— Je suis vierge.

HANNA

*N*ate passe une main dans ses cheveux et expire longuement.

— Tu es vierge ? Genre, catho ?

— Non, pas catho, juste vierge.

C'est vraiment une conversation embarrassante, surtout quand on se tient là, à poil.

— Tu pourrais me prêter un T-shirt ou un autre truc pour me couvrir ?

Il laisse tomber ses mains sur le côté, jette un œil à son corps dénudé et semble se rappeler maintenant que nous sommes nus.

— Hum, bien sûr.

Il attrape un vêtement dans un tiroir et revient vers moi. Il est tout proche de moi lorsqu'il m'observe de haut en bas et secoue la tête.

— Ça m'embête vraiment de recouvrir ce corps splendide.

— Désolée, je réplique en lui arrachant le T-shirt des

mains et en l'enfilant rapidement. Il est en doux coton bleu avec l'insigne de Superman étiré par mes seins. Il est serré au niveau de la poitrine, mais il tombe jusqu'en haut de mes cuisses et je me sens moins exposée.

Nate m'observe une minute, son regard balayant mon corps vêtu de son t-shirt et mes jambes nues jusqu'à mes orteils vernis. Il finit par tirer un short de sport de son tiroir. Il l'enfile et reste torse nu. En dépit de l'embarras qui s'est installé entre nous, et du fait que ma confession a mis un frein à nos ébats ce soir, j'ai envie de le lécher.

Juste entre ses pecs et sa tablette de chocolat. J'ai envie de lécher ces chiffres au-dessus de son pec gauche et l'épée sur le côté.

Un gémissement s'échappe de mes lèvres et je m'imagine déjà ce que je vais rater ce soir. Des heures passées au lit avec Nate. J'aurais pu explorer son corps pendant qu'il découvrait le mien. Son visage entre mes jambes, ses mains sur mes seins...

— Je peux retirer ce que je viens de dire ? je lui demande.

— Que tu es vierge ?

— Oui, je voudrais revoir ma déclaration.

Il a l'air plein d'espoir, et ses yeux sombres s'adoucissent quand son regard trouve le mien.

— Parce que ce n'est pas vrai ?

— Malheureusement, c'est vrai. Je voudrais juste pouvoir le retirer parce que ça a tout changé entre nous.

Il glisse une mèche de cheveux derrière mon oreille.

— Je suis désolé, Hanna, je veux juste..., commence-t-il en secouant la tête. Manger, voilà ce qu'il nous faut.

— Quoi ?

— J'aime cuisiner, ça me détend. Je prends toujours la suite équipée d'une cuisine s'il y en a une dans l'hôtel.

Son sourire timide fait fondre quelque chose en moi.

— Tu serais d'accord pour que je te prépare quelque chose ?

Cette soirée est en train de prendre une tournure inattendue, mais bon.

— D'accord.

Je le suis dans la cuisine, pas très grande, mais luxueuse, dotée d'une cuisinière, de plans de travail en granit et d'un réfrigérateur en acier inoxydable. Je me demande comment une célébrité comme Nate fait la cuisine. Il sait sûrement faire plus que de balancer une pizza dans le four. Mais est-ce qu'il sait vraiment cuisiner ? Pour moi, la cuisine implique forcément des sauces, des morceaux de viande tendre et des légumes frais et croquants. J'aime cuisiner, et ma mère ne m'a jamais comprise sur ce point. Et le meilleur dans la cuisine, c'est la pâtisserie. La chimie qui opère entre le sucre et la farine, et les saveurs subtiles qui fondent sur la langue. Je cherchais toujours à passer le plus de temps possible dans la cuisine et elle essayait toujours de m'en chasser.

Nate lave ses mains dans l'évier et sort une poêle à frire du placard avant de la poser sur la cuisinière éteinte. Il sélectionne des aliments dans le frigo et les place sur la planche à découper. Des asperges fraîches, des poivrons doux, des blancs de poulet en tranches fines, des fraises et de la crème fouettée épaisse.

Il commence à rincer, émincer, couper. L'étonnement

doit se lire sur mon visage parce qu'il me lance un clin d'œil.

— Tu t'attendais à des lasagnes congelées ?

Je souris avant de lui répondre.

— Peut-être bien. Je peux t'aider ?

— Tu es mon invitée. Assieds-toi, et laisse-moi m'occuper de toi. Tiens...

Il s'empare d'une bouteille de vin dans le frigo et me verse un verre. Pinot Gris.

— Bois.

Je ramène un tabouret près de l'endroit où il travaille et je m'installe pour le regarder s'activer. Il a de belles mains. Il émince les légumes, farine le poulet et verse de l'huile dans la poêle pour la faire chauffer. Le spectacle est étonnement sexy. Pas si étonnant que ça, finalement. Un bel homme en train de cuisiner . Comment ne pas apprécier ?

— Où as-tu appris à cuisiner ? je le questionne.

Ses lèvres forment un drôle de sourire.

— Ici et là. Ma mère était toujours absente, en tournage, et mon père, et bien..., commence-t-il en secouant la tête. Je passais mon temps avec la gouvernante, elle me laissait l'aider dans la cuisine, elle m'a tout appris.

— Ta mère est une actrice ?

— Télé et cinéma, opine-t-il. La malédiction de la famille. Je me sens chanceux d'y avoir échappé.

— Et ton père, il était où ?

— Occupé, répond-il évasivement en haussant les épaules.

Il expire et ses épaules retombent comme si ses frustrations s'étaient évacuées avec son souffle.

— Donc, j'ai appris tôt à cuisiner, et j'ai aimé ça, continue-t-il. J'ai commencé à regarder les émissions de cuisine et tout ça, juste pour avoir de nouvelles idées.

Il place le poulet enfariné dans l'huile chaude et commence à rincer et à équeuter les fraises.

— J'adore cuisiner, je confesse. Surtout la pâtisserie. J'ai toujours rêvé d'ouvrir une pâtisserie. J'adore faire des gâteaux pour mes amis lors d'occasions spéciales. Je vois déjà ma petite échoppe dans la rue principale, près de chez moi.

Il relève la tête en souriant.

— Je te vois bien enfant en train de préparer des cookies avec ta mère.

— Tu es à côté de la plaque, je réponds avec un soupir en roulant les épaules. Ma mère ne cuisine pas. En fait, elle déteste tous les plats qui ont du goût. J'avais l'impression qu'au plus elle essayait de me dégoûter de la nourriture, au plus j'adorais ça.

— Manger, c'est la vie, conclut-il en choisissant une fraise lavée dans le bol et en me la tendant.

J'ouvre la bouche et il la place entre mes lèvres pour que je croque dedans. Son goût sucré explose dans ma bouche et je ferme les yeux.

— La nourriture et le sexe, murmure-t-il. Je n'ai jamais compris pourquoi les gens cherchaient à diaboliser ce qui est si bon.

NATE

J'ai envie d'elle. *Putain* ce que j'ai envie d'elle. Je regarde son visage s'illuminer de plaisir alors qu'elle mange, et mon esprit vagabonde immédiatement vers une image d'elle en prise à un autre type de plaisir. Il faisait trop sombre à l'extérieur du club, je n'en ai pas vu assez. Je veux la voir en train de jouir. Je ne pouvais pas voir son visage quand ma tête était enfouie entre ses jambes. Et puis sa confession a fait s'écrouler tous mes projets.

Je ne peux pas prendre sa virginité, et si j'avais su avant...

Non, je ne vais pas me mentir et me dire que j'aurais pu résister. Asher m'avait prévenu et je n'ai quand même pas réussi à garder mes distances. J'avais besoin d'elle ce soir. Besoin de m'échapper en elle, et elle m'a montré que c'était bien meilleur de m'échapper en elle que dans la téquila.

Elle ne me quitte pas des yeux alors que je cuisine. Je

bande dur, et cette nourriture ne m'intéresse pas le moins du monde. Tout ce dont j'ai envie c'est de la pénétrer. Je peux m'imaginer combien ce serait bon. Elle était si serrée autour mon doigt, elle réagissait au moindre frémissement, *putain*, cette fille est un rêve. J'ai envie de voir la douceur dans son regard devenir du désir alors que je l'élargis lentement.

Je dois reprendre mes esprits. Si je regarde ses lèvres encore une minute, je vais soit perdre la tête, soit l'embrasser, et nous savons tous les deux que nous ne nous arrêterons pas là. Je rajoute le vin et la crème dans le poulet et je fouette pour faire monter ma sauce. Puis je jette les asperges dans la poêle. Une fois que tout est prêt, je prépare deux assiettes et je les emmène sur la table de la suite.

Hanna saute du tabouret et me suit, son T-shirt remonte à chacun de ses pas et me dévoile quelques centimètres de cuisse avant de retomber.

Elle s'installe sur la chaise en face de la mienne.

— Non, non, je lui lance. Viens plutôt par ici, ma belle.

Je rapproche encore davantage la chaise voisine de la mienne.

Elle s'assied en souriant.

— D'accord, seulement si tu ne mords pas.

— Je ne te promets rien de tel.

— Oh, alors dans ce cas, réplique-t-elle en déplaçant encore la chaise de quelques centimètres vers moi.

Elle suit du doigt la date tatouée sur la poitrine.

— Qu'est-ce que ça veut dire ?

— C'est la date de naissance de mon fils.

Sa bouche s'ouvre sous l'effet de la surprise et elle ramène son attention vers les chiffres.

— Tu as un fils ?

J'opine et j'avale la boule qui s'est formée dans ma gorge. Je ne parle généralement pas de mon fils aux femmes que je rencontre. Ce n'est pas un secret, mais elles n'ont rien à voir avec lui. En parlant de lui à Hana, j'ai l'impression de faire un trou dans ma tête et de la laisser regarder à l'intérieur.

— C'est un super gamin. Il est chouette, intelligent, il a beaucoup d'humour, si tu n'es pas contre quelques blagues pipi-caca.

Elle sourit.

— Comment s'appelle-t-il ?

— Collin.

— Et tu lui as déjà montré *Star Wars* ? me demande-t-elle on ne peut plus sérieusement.

— Pas encore, je murmure. Quand il sera prêt.

Son sourire éclaire son visage et son rire résonne dans la pièce.

Je suis cuit.

— Tu as envie de parler de ton petit ami qui n'est plus vraiment ton petit ami ?

Ce n'est pas mon genre de parler des ex petits amis, mais je dois me changer les idées. Mon esprit revient constamment sur ce grand lit dans la pièce d'à côté et aux sons qu'elle faisait quand je l'ai léchée.

Les sourcils froncés, elle picore dans son assiette, alors je prends une bouchée sur ma fourchette et la lui offre. Elle écarte les lèvres et les referme sur le couvert si lentement que j'ai des flashbacks de notre douche. Hanna agenouillée, ses lèvres autour de ma queue.

— Tu cuisines très bien, dit-elle avec un gémissement.

Elle mâche posément et elle avale avant de soupirer et de hausser les épaules.

— Je n'ai pas envie de parler de Max. Il a tout gâché. Il n'est pas méchant. En fait...

Elle s'interrompt pour déplacer quelques bouts de poulet dans son assiette

— Je te promets qu'il était mort avant que je le fasse cuire.

J'ai réussi à la faire sourire. J'adore quand j'arrive à lui faire oublier sa tristesse. Un peu plus que de raison.

— Maggie a ramené Asher chez elle lors de leur première rencontre, me confie-t-elle, les yeux rivés sur la table, un léger sourire aux lèvres. Elle s'est déshabillée et elle lui a dit qu'elle avait envie de lui.

— On dirait que ça a bien marché pour eux.

Elle opine avant de poursuivre.

— Mais je suis différente. Maggie sait que les hommes la désirent. *Elle le sait.* Je n'ai jamais eu ce genre d'assurance, et pendant des mois, je me suis retenue avec Max et...

— Il a rompu parce que tu ne voulais pas faire l'amour avec lui ?

Elle relève brusquement la tête pour me regarder.

— Non, c'est moi qui ai rompu.

Je soulève un sourcil.

— Et moi qui pensais qu'il t'avait brisé le cœur.

— C'est pour cette raison que je l'ai quitté, chuchote-t-elle.

Ses joues s'enflamment et elle secoue la tête.

— Je suis vraiment la pire invitée qui soit, reprend-elle. J'ai enfreint toutes les règles. Ma confession, mauvaise idée. Et maintenant, je te parle de ma relation ? Je pleure dans mon assiette ?

— Désolée si j'ai perdu les pédales quand tu as parlé de ta virginité, je réponds en me raclant la gorge.

Je ne me suis jamais retrouvé dans cette situation auparavant.

— Une première fois, c'est important. Et en plus, tu viens de rompre avec ton petit ami. Je serais un vrai connard si je couchais avec toi aujourd'hui.

— Il fallait que je tombe sur le gentil rocker...

HANNA

— Je ne suis pas gentil, répond Nate, mais même alors qu'il prononce sa phrase, il me tend à nouveau sa fourchette.

Je la prends, et je regarde ses yeux s'enflammer pendant que je mâche. C'est comme si presque tout ce que je faisais était sexuel pour lui, et j'adore cette sensation.

— Je suis un bâtard, un bon à rien. C'est pour cela que nous avons dû mettre un frein à notre soirée. Ne te laisse pas duper par mon côté ado retardé. Je suis le mec qui ne te rappellera pas demain. Je suis le mec qui ne répondra pas à tes SMS. Je suis le mec qui va te baiser comme un dingue et qui fera ensuite comme si rien ne s'était passé. C'est moi. Je vis comme ça.

— J'ai du mal à te croire.

— Crois-moi, ma belle. Merde, s'énerve-t-il en laissant tomber sa fourchette.

Il prend une mèche de cheveux et l'enroule autour de ses doigts.

— Je savais bien que tu étais beaucoup trop adorable pour moi.

Je caresse sa barbe naissante du bout des doigts. Et si je faisais l'amour avec lui ce soir, et qu'il se comportait ensuite comme si de rien n'était ? Comment me sentirais-je ? Mes hormones sont en ébullition et mon corps le désire tellement, que j'ai envie de faire comme si je ne m'en souciais pas.

— Je ne suis pas venue ici pour obtenir des promesses d'éternité. Je suis venue juste pour ce soir.

— Et demain, je ne serai que cette erreur que tu as faite, un soir. Normalement, ça ne me dérangerait pas, mais tu es différente.

— Je me moque de demain. Ça ne m'a jamais servi à rien de penser au lendemain. Tout ce qui m'intéresse, c'est le moment présent.

Je me rapproche de lui dans ma chaise et je l'embrasse avec hésitation. Je ne sais pas s'il a encore envie de me toucher. Je ne sais pas si je dois garder mes distances, mais j'ai envie de l'embrasser. J'ai envie qu'il m'embrasse, qu'il frotte sa barbe contre ma peau avant qu'il ne me morde dans le cou.

Sa main se détend dans mes cheveux et il me rend tendrement mon baiser, plus tendrement qu'il ne l'a fait au cours de toute cette soirée. La fougue de nos baisers précédents me manque. J'ai envie qu'il me tire les cheveux sauvagement comme il l'a fait plus tôt. Mais il m'embrasse, et c'est déjà ça.

Comme s'il pouvait lire dans mes pensées, il s'écarte et m'observe.

— J'étais trop brutal avec toi tout à l'heure. Mon Dieu, je...

Je l'interromps en posant un doigt sur ses lèvres.

— Ça m'a plu. Surtout quand tu m'as tiré les cheveux pendant que tu jouissais dans ma gorge.

Il gémit.

— Mon Dieu, Hanna, tu me tues. Tu es un ange qui pourrait tenter un saint. Et je ne suis pas un saint.

— Tu as peut-être raison, je réponds en suivant du doigt l'épée qui orne son flanc. Ce n'est peut-être pas une bonne idée de faire l'amour ce soir.

— Je sais que j'ai raison. Et je fais preuve d'une résistance plutôt inhabituelle. Je devrais te ramener à ta chambre avant de céder.

Son biceps se contracte sous ma caresse alors que je pose les doigts sur le Hulk de son bras gauche. Mon Dieu, cette combinaison de rocker sexy à mort et de geek est irrésistible.

— Tu ne mentais pas au sujet du tatouage.

Il soulève un sourcil.

— Je ne suis pas sympa quand je suis en colère.

— Tu es un petit chaton, je rétorque en riant.

Il se raidit.

— N'essaie pas de prétendre que je suis quelqu'un d'autre.

J'inspire profondément et je me souviens de son regard quand il a examiné mon corps nu. Pour lui, je suis aussi belle que mes sœurs. Encore plus belle peut-être, même si je ne comprendrai jamais pourquoi. Cette idée me donne le courage de glisser de ma chaise et de monter sur ses genoux. Je le chevauche. Je suis si proche de lui que je sens son érection presser entre mes cuisses. Seule la fine étoffe de son short nous sépare.

— Peut-être que nous ne devrions pas faire l'amour. Mais je m'amusais comme une folle quand nous faisions des choses qui n'étaient pas vraiment du sexe, et il me semble que toi aussi.

— Il te *semble* ?

— Je *sais*, je chuchote, parce que j'ai toujours ton goût dans ma bouche.

— Hanna, m'interrompt-il avec une sorte d'urgence dans la voix que ni lui ni moi ne voulons écouter.

— Rien que le son de ta voix m'excite.

Je passe la langue sur mes lèvres et je glisse ma main dans son short et pose les doigts sur son gland glissant.

— Putain, lâche-t-il en pressant ses hanches contre moi pour que mes doigts se referment sur lui.

Je regarde l'horloge sur le mur. Il est trois heures du matin, et je ne suis pas du tout fatiguée. Il bande déjà dur, et je sens le sang battre dans sa queue qui devient de plus en plus dure, et de plus en plus grosse alors que je le caresse.

— C'est vraiment ton anniversaire ?

Il me regarde sous ses paupières lourdes pendant que je le branle.

— Oui.

— Et si je te disais que j'avais envie de rester ? Et si je

te disais que j'avais envie de recommencer ce que nous avons fait dans la salle de bain ?

Mes vieux complexes s'entendent dans ma voix à la fin de ma question. Je pourrais élaborer. Lui dire combien l'idée de sa bouche entre mes jambes m'excite, mais j'arrive à court de courage.

— Je ne vais pas te dépuceler, me prévient-il.

— Je ne te le demande pas.

Mon cœur bat dans ma gorge alors qu'il me dévore du regard. Je pose ma bouche sur la sienne avant qu'il n'ait une chance de se dérober.

D'une caresse, je mordille sa lèvre inférieure. Lentement, il ouvre la bouche et il m'embrasse. Ses doigts s'enfoncent dans mes hanches, et je sais que la nuit ne fait que commencer.

NATE

*J*e n'ai pas passé une nuit entière aux côtés
d'une femme depuis la naissance de mon fils.
Et pourtant, me voilà au lit, je la tiens dans
mes bras comme un grand romantique, comme si je ne
savais pas qu'elle allait partir dans quelques heures. J'ai
aimé chaque minute de notre nuit ensemble. J'adore la
façon dont elle me cherchait dans son sommeil,
comment elle frottait ses fesses contre ma queue comme
si elle essayait de mettre une pièce du puzzle à la place.
Et peut-être que cette comparaison avec un puzzle n'est
pas mauvaise, parce que son corps s'adapte si parfaitement au mien que j'ai l'impression qu'il me manque
quelque chose quand elle s'éloigne dans le lit.

En ce moment, elle est sur son dos, le bras tendu, ses
doigts sont posés sur mon biceps comme si elle avait
peur que je m'échappe. Les femmes que j'invite dans
mon lit partagent généralement la même crainte, mais je
sais que ça n'a rien à voir avec le fait que je me rêve en

Dieu du sexe. Pour elles, il s'agit d'acquérir un statut, une célébrité de plus à ajouter dans leur carnet. Et pour Hanna ?

L'air conditionné fait voler les rideaux et la lumière du matin inonde le lit. Cela me rappelle que je devrais être en train de la presser de sortir de mon lit. Seulement, je n'ai pas envie qu'elle parte. Je suis trop fasciné par les traces noires laissées par ces cils sur ses joues et par ses lèvres gonflées légèrement entrouvertes. Elle a de légères taches de rousseur sur le dessus du nez. Encore un détail qui vient confirmer ma théorie des contrastes. Une douce vierge qui n'a pas encore pris la mesure de son pouvoir de séduction, et la déesse dévergondée qui m'a sucé si goulûment et profondément que je ne verrai plus jamais les fellations sous le même jour. Et la façon dont elle réagit quand je la touche...

Hanna est vierge, mais elle a été faite pour aimer le sexe. Mon Dieu, comme je suis jaloux de l'homme qui lui fera découvrir ces plaisirs. Est-ce que ce sera son ex ? Max ?

Quelque chose brûle dans mon ventre, mais j'ignore ce sentiment de jalousie. Elle l'aime encore. Je suis juste là pour lui changer les idées, et ça devrait me faire plaisir, parce que je n'ai rien de mieux à lui offrir.

— Mmmh...

Elle lâche un gémissement, ses yeux s'ouvrent et se referment comme si elle n'était pas encore prête à affronter la journée.

— Qu'est-ce que tu regardes ?

— Toi.

Elle pose une main sur ses cheveux avant de remonter le drap pour recouvrir sa poitrine dénudée.

— Pas grand-chose à voir avant d'avoir pris un café. J'ai probablement une sale tête.

— Une magnifique sale tête, je grogne en repoussant le drap. Ne me dérange pas, j'étais en train de joindre les points avec tes grains de beauté.

Elle soulève un sourcil, sans essayer de se recouvrir.

— Comment ça marche ?

— Et bien, évidemment, ça commence ici, je murmure en touchant son nez. Puis, on continue jusque là...

Mon doigt glisse sur son nez, sur ses lèvres douces et le long de sa clavicule parsemée de feintes taches de rousseur.

— Ce n'est pas la chasse au trésor du siècle.

— Oh vois-tu, l'amateur pourrait croire que ça s'arrête là. Mais je suis un expert à ce jeu, et je n'abandonne pas aussi facilement.

— Ah tant, mieux, j'ai eu peur.

Je secoue la tête et dépose un léger baiser sur ses lèvres.

— Je ne vais pas te décevoir. Mais est-ce que tu es prête pour la suite ?

— Je ne sais pas. Tu veux faire un pendu ? Je ne suis pas certaine de vouloir jouer au pendu avec mes grains de beauté.

Son sourire est stupéfiant.

— On continue à joindre les points, mais vois-tu, c'est un jeu très intuitif quand on passe au niveau supérieur, et pour que mon intuition fonctionne au max, je dois arrêter de chercher avec mes doigts, et poursuivre cette quête avec ma langue.

— Oh, vraiment ? glousse-t-elle.

Je me mets sur elle, en m'appuyant sur les coudes et elle remonte instinctivement les genoux pour que mon torse repose entre ses cuisses. Ma queue me fait mal, j'ai juste envie de remonter le long de son corps, encore plus près. Putain, j'ai tellement envie de plus. De la pénétrer. De la sentir serrée, chaude, profonde. Mais j'ignore ma douleur et je pose ma bouche sur les grains de beauté de sa clavicule.

Le goût de sa peau sur ma langue me donne faim. J'ai envie de lécher son clitoris à nouveau, de la pénétrer avec ma langue jusqu'à ce qu'elle perde la tête et qu'elle balance ses hanches au doux rythme du désir.

Au lieu de ça, je fais glisser ma langue entre ses seins pour atteindre le petit grain de beauté qui se trouve en dessous de ses côtes.

— Trouvé, je murmure avant de mordiller doucement sa peau.

Elle se cambre contre ma bouche.

— Ta langue est sacrément intuitive.

— Oh ! Et tu n'as encore rien vu.

Je fais descendre ma bouche plus bas, mordillant les os de ses hanches avant de presser mon visage entre ses cuisses et de trouver finalement ce qui me faisait languir. Je lèche son clitoris, passe mes mains sous ses fesses et la soulève vers mon visage.

Elle gémit et ses hanches se soulèvent. J'en veux

encore. Je deviens fou, indigent, désespéré. Alors je m'écarte et souffle doucement. Elle inspire un grand coup et je suis mon souffle avec ma bouche pour la goûter avec le sourire.

— Nate, lance-t-elle en se cambrant sur le lit. Tu n'en as pas marre de... *Oh mon Dieu*...

Je pose mes lèvres sur son clitoris enflé et je le suce. Elle m'empoigne par les cheveux et commence à se balancer de façon désespérée comme je l'espérais, mais j'ai tellement besoin de la regarder. Je veux découvrir son visage pendant qu'elle jouit, alors je m'allonge à côté d'elle et glisse deux doigts en elle.

— Nate, commence-t-elle en se tournant vers moi, les yeux brillants. Je...

— Désolé, mon ange, je m'excuse, les doigts enserrés dans sa chaleur glissante. Je te regoûterai tout à l'heure. Maintenant, je veux te voir en train de jouir.

Elle écarte les lèvres et ses paupières se ferment doucement. Puis le téléphone sonne.

Elle s'immobilise.

— C'est probablement Maggie, devine-t-elle en mordant dans sa lèvre inférieure.

—Ne t'en préoccupe pas.

Elle secoue la tête et se dérobe.

— Je suis sûre qu'elle s'inquiète à mon sujet. Elle est peut-être allée dans ma chambre et a vu que je n'y étais pas, explique-t-elle en tirant son téléphone de son sac. Allô ?

Son visage se décompose et son corps se raidit.

— C'était bien... Oui... Désolée. Je n'en ai pas envie...

Elle lève les yeux vers moi puis les rebaisse vers le sol avant de poursuivre sa conversation.

— Je ne veux pas en parler maintenant... Moi aussi je t'aime, chuchote-t-elle avant de raccrocher.

Elle pose sa main sur sa bouche, baisse les paupières, et se ferme à moi.

— Ton petit ami ?

— *Ex*-petit ami, me corrige-t-elle, sans toutefois me regarder.

— Tu dis souvent à tes ex que tu les aimes ?

Je ne suis pas du genre jaloux. Mais on aurait du mal à le croire en entendant le ton de ma voix.

Elle plante ses yeux dans les miens.

— On n'arrête pas d'aimer quelqu'un juste parce que l'on comprend un jour qu'on n'a pas de futur avec lui.

J'en sais quelque chose.

Elle ramasse mon T-shirt par terre et l'enfile.

— Écoute, est-ce qu'on pourrait garder ce qu'il vient de se passer être nous ? Je n'ai pas tellement envie que ma sœur l'apprenne et pète un plomb.

— Et tu ne veux pas que ça arrive aux oreilles de Max, dis-je d'une voix morne.

Elle hausse les épaules.

— Ça lui ferait du mal, et je n'ai pas envie de lui faire du mal.

J'opine en ignorant le nœud qui serre mon estomac.

— Ce sera notre secret, je lui promets.

— Il faut que je m'habille.

Je ne suis pas préparé à ce qu'elle me repousse tout de suite. Je n'ai pas envie que notre moment se termine maintenant. J'essaie de trouver une excuse, n'importe laquelle, pour la faire rester.

Et pour cette raison, plus que pour toutes les autres, j'acquiesce.

— Je te raccompagne à ta chambre.

HANNA

*B*ougies. Musique. Pétales de roses.

Est-ce que je me trouve dans la mauvaise maison ? Mais mes clés toujours accrochées à la serrure me confirment que je suis à la bonne adresse. Je suis peut-être en train d'interrompre une soirée romantique de Lizzy, ça faisait longtemps qu'elle en avait envie. Mais je vois Max s'approcher de moi, le visage sérieux, les yeux tendres.

Dans les enceintes du salon, Jason Mraz promet qu'il n'abandonnera pas.

— Que se passe-t-il ? je demande d'une voix stupide.

Maggie vient de me déposer et je vibre toujours des étreintes d'un autre homme, je sens encore l'irritation de sa barbe à l'intérieur de mes cuisses quand je marche. Et voilà que Max se sent d'humeur romantique.

Il se met sur un genou et...

— Putain de merde.

La bague entre ses doigts étincelle dans la lueur des bougies alors qu'il me la tend.

— Hanna Thompson, commence-t-il les yeux plantés dans les miens. Je t'aime. Je t'aime plus que je n'ai jamais aimé quiconque. Je ne savais pas ce qu'était l'amour avant de te rencontrer. Je ne savais pas que j'allais devenir une meilleure version de moi-même. Tu me l'as montré. Et je suis désolé de t'avoir fait du mal. Tu es tout ce dont j'ai envie. Aujourd'hui et pour toujours.

Je ne peux plus respirer. Je n'arrive pas à réfléchir ni à comprendre où il veut en venir. C'est un rêve, on est d'accord ? Parce que là, j'ai vraiment l'impression que Max Hallowell est en train de me demander en mariage dans mon salon. Et c'est impossible, non ?

Sa respiration devient saccadée.

— Quand j'imagine ma vie, quand je m'imagine me réveiller aux côtés de quelqu'un, quand j'imagine mon enfant dans les bras de sa mère, c'est toi que je vois. Ça fait des mois que j'ai compris que tu es tout ce dont j'ai besoin. Tout. Et peut-être que je ne te mérite pas, mais je suis assez égoïste pour te le demander de toute façon. Épouse-moi Hanna. Je veux faire ma vie avec toi, je veux me trouver à tes côtés quand tes rêves deviennent réalité.

J'inspire laborieusement, et l'air parvient difficilement dans mes poumons. Mes membres sont si lourds que je reste immobile.

— Dis quelque chose, chuchote-t-il en me regardant de ses beaux yeux bleus remplis de larmes retenues.

—Je...

Que pourrais-je lui dire ? La nuit dernière j'ai supplié

un autre homme de prendre ma virginité, et aujourd'hui, Max, cet homme fabuleux, beau, que j'ai toujours voulu, pose le genou à terre et me promet l'éternité.

— C'est impossible, je murmure.

Ses épaules s'affaissent et il baisse la tête. Je reste debout et regarde sa poitrine se gonfler et se dégonfler au rythme de sa respiration. La douleur qui se dégage de son corps est si intense que j'en suis toute retournée.

— Je suis désolée, je continue.

Mais ce que je voudrais vraiment lui dire c'est que je regrette qu'il ne l'ait pas fait plus tôt. Avant que Meredith n'envoie ces SMS. Avant qu'il ne me brise le cœur et essaie désespérément de me récupérer. Avant que j'arrête de croire en lui.

Il secoue la tête et se relève.

— Tu ne me dois aucune excuse. C'est moi qui ai tout gâché.

Il lève une main vers mon visage et juste avant que ses doigts ne touchent ma joue, il la laisse retomber.

— Je n'ai pas envie de dire non, j'admets. J'ai envie de croire que tu es sincère, mais Max... Une partie de moi pensera toujours que tu m'as demandée en mariage parce que tu te sentais coupable. Une partie de moi pensera toujours que c'est une énorme plaisanterie pour toi. Un sacrifice que tu fais pour faire plaisir à la grosse.

Une partie de moi pensera toujours qu'il m'a épousée pour mon argent.

— Hanna, tu es magnifique.

Il ferme les yeux et quand il les rouvre, ils sont tendres et tristes.

— Je ne sais pas quoi faire pour que tu comprennes à quel point tu es belle. Tu ne me laisses pas te toucher, et ça ne me dérangeait pas, parce que je préférais mille fois ne pas te toucher plutôt que de te perdre. Mais ne crois pas que cela signifie que je n'en avais pas *envie*.

Je garde mes mains pour moi et serre les poings, parce que j'ai follement envie de le rejoindre, de me blottir contre lui. Mais il ne faut pas.

Il pose son front sur mon épaule.

— J'ai été un idiot, et j'en suis désolé.

— Moi aussi, je chuchote.

Avant que je ne puisse faire un geste, des larmes chaudes roulent sur mes joues. Parce que je l'aime, et je veux tout ce qu'il me propose.

— Mais ton timing est terrible, je continue.

Il pose la bague dans le creux de ma main, pressant ensuite mes doigts autour de l'objet.

— Garde-la. C'est te dire à quel point j'ai envie de ça, Hanna. Garde-la. J'attendrai.

MAX

Quand la porte de Hanna se referme derrière moi, j'ai l'impression d'être vide. Je repars d'ici sans mon cœur. Je dois m'arrêter sur les marches. Je ferme les yeux, et essaie de me souvenir comment on respire, comment on marche, comment on vit sans la seule chose qui nous importe.

Je dois lui donner l'espace dont elle a besoin. Si Dieu le veut, elle me reviendra un jour.

Mes pensées sont interrompues par le bruit des sanglots, et quand je descends dans la rue, je vois une silhouette appuyée contre un vieil érable quelques maisons plus bas. Son visage est baigné dans l'obscurité de la nuit, mais ses épaules tressautent et le son évoque sans aucun doute quelqu'un qui pleure.

Je m'approche lentement.

— Tout va bien ?

— *Vas. Te. Faire. Foutre.*

La voix de Meredith me prend par surprise et je titube en arrière.

— Qu'est-ce que tu fais là ?

Je ne peux pas dissimuler la pointe de colère dans ma voix. J'accepte mes responsabilités pour ce qu'il s'est passé en décembre, mais je ne pardonnerai jamais à Meredith la façon dont elle a tout déballé à Hanna.

Elle renifle et essuie son visage du dos de la main avant de se tourner vers moi.

— Je... me promenais, la porte était ouverte. J'ai tout vu... me révèle-t-elle d'une voix tremblante. Cette bague aurait dû me revenir.

Je passe une main dans mes cheveux, et j'essaie de mon mieux d'ignorer que ma poitrine se serre à la vue de ses larmes. J'ai gaspillé trop de temps à me soucier de ce que pense Meredith et de ses sentiments. On ne change pas comme ça, j'imagine.

— Pourquoi maintenant, Meredith ? J'ai passé des années à te courtiser, et tu ne m'as jamais rien donné d'autre que du sexe. Tu dis que cette bague devrait être pour toi, mais tu n'as jamais été intéressée par ce type de relation avec moi. Tu l'as seulement voulue une fois que j'ai trouvé quelqu'un d'autre. Ça ne marche pas comme ça. Je suis amoureux de Hanna, et je ne te laisserai pas détruire ma relation avec elle.

Une petite voix chuchote *Trop tard* dans ma tête, mais je l'ignore.

— Et ta relation avec moi ? chuchote-t-elle. Tu vas la détruire ?

— Toute une série de coups d'un soir imbibés d'alcool

et de rejets ? Des années pendant lesquelles tu ne m'appelais que si le mec que tu voulais vraiment n'était pas disponible ? Aux dernières nouvelles, c'est tout ce que l'on partage toi et moi.

— Non, ce n'est pas vrai.

Elle s'avance vers moi et la lumière du lampadaire éclaire son visage. Son mascara a coulé sur ses joues, ses yeux sont remplis d'une douleur qu'elle ne montrera jamais à personne d'autre.

Voilà la vraie Meredith. Celle que je connaissais au lycée. Celle qui se réfugiait près de moi quand les hurlements devenaient trop forts, qui se cachait dans ma chambre quand son père avait trop bu. Celle qui savait quel genre de bleus peut laisser un père, ceux que personne d'autre ne peut voir. La première fille dont je suis tombé amoureux.

— Qu'est-ce que je n'ai pas vu, alors ? je l'interroge en me radoucissant. Je ne te parle pas du passé, je ne parle que de maintenant. Que partageons-nous maintenant ?

— Un bébé, chuchote-t-elle. Nous avons un bébé.

— Non. *Tu* as un bébé. Je suis désolé si l'idée d'être une maman célibataire te fait peur tout d'un coup, mais c'était ton choix. Tu as acheté du sperme, et tu t'es lancée.

— Je n'ai jamais acheté de sperme, murmure-t-elle.

— Arrête de te foutre de moi. Je sais que tu prétends que cet enfant est celui de Will, mais...

— Il n'est pas de Will, et je n'ai pas acheté de sperme. C'est juste une histoire que j'ai inventée parce que je ne voulais pas qu'on pense que j'étais tombée enceinte par accident. C'est ton bébé, Max. C'est toi le père.

Une voiture nous dépasse à toute vitesse et éclabousse les flaques d'eau laissées par l'orage d'hier dans l'herbe. Des éclats de rire résonnent au loin.

— Je ne te crois pas.

Elle hausse les épaules et essuie ses joues.

— Que tu y croies ou non, c'est la vérité.

Puis, elle s'éloigne.

HANNA

L'obsession secrète de Nate Crane pour les grosses.
Je ne sais pas pourquoi je suis allée chercher des infos sur lui en ligne. Peut-être que d'avoir la bague de Max dans ma boîte à bijoux me fait perdre la tête. Peut-être que je voulais juste voir des images de cet homme sexy qui semblait vraiment me désirer moi, pas seulement les choses que je peux faire pour son avenir ?

Quoi qu'il en soit, je me suis assise devant mon ordinateur ce matin, et sans me contrôler je suis allée sur Google pour taper le nom de Nate. Et dans les premiers résultats, un site people connu, j'ai trouvé une photo de Nate qui me tenait contre le mur de cette boite, ma grosse cuisse quasiment enroulée autour de sa taille.

Obsession pour les grosses.

Merde. Pour qui je me prends ? Je n'ai rien de spécial et quoi que Nate semble voir en moi, c'est invisible pour le reste de la planète. En tout cas, moi je ne le vois pas.

Je referme l'ordinateur et je replie mes jambes sous

moi, mon cerveau est déjà en train de préparer une stratégie pour perdre du poids. Peut-être que Nate me trouvait superbe, mais je ne le reverrai jamais. C'était juste une nuit, et maintenant je dois faire face au reste de ma vie dans un monde où je suis la fille ronde, dans le meilleur des cas, la grosse au pire. Je ne l'accepte pas. Je ne vivrai pas comme ça.

— J'ai ramené des beignets ! clame Lizzy de la cuisine.

Le bruit des sacs froissés m'indique qu'elle est en train de ranger les courses.

— Merci.

Mais la dernière chose dont j'ai besoin, c'est d'un beignet. Ce dont j'ai *vraiment besoin*, c'est de passer quelques heures sur un tapis de course. Et pourquoi pas ? Après tout, je peux utiliser gratuitement la salle de sport de Max.

Mon téléphone sonne et je le tire de ma poche. L'écran indique un numéro d'Indianapolis. Qui peut bien m'appeler de là-bas ?

— Allô ?

— Bonjour, je souhaite parler à Hanna Thompson, me demande une voix masculine de l'autre côté de la ligne.

— C'est moi. Qui est à l'appareil ?

— J'appelle de la firme Smith, Peterson et Frank d'Indianapolis. Nous aimerions programmer un rendez-vous pour vous parler d'un arrangement professionnel au nom de l'un de nos clients.

Liz entre dans la pièce avec un beignet au chocolat entamé dans la main.

— Qui est-ce ? me chuchote-t-elle.

— Qui est ce client ? je l'interroge en ignorant Liz.

— Nous vous expliquerons tout lors de notre rendez-vous, répond l'assistant. Vous êtes libre cet après-midi ? Aux alentours de quatorze heures ?

Je fronce mes sourcils.

— Oui, j'imagine.

L'assistant me donne l'adresse, et je l'écris sur un bout de papier sous le regard interrogateur et impatient de Liz.

— De quoi s'agissait-il ? me demande-t-elle quand je raccroche.

Elle mord dans son beignet et mon estomac gronde. Je n'ai rien mangé à part une banane pour le dîner hier soir.

— Un avocat d'Indianapolis veut me rencontrer.

— Est-ce qu'un parent lointain dont nous ignorions l'existence vient de mourir en te laissant sa fortune ?

Je souris.

— C'est ce que j'espère.

— On part là-dessus. Comme ça, tu ouvres ta pâtisserie et tu me donnes un travail, puisque personne dans cette ville ne veut me confier une place d'enseignante.

— Tu sais bien que la plupart des enseignants ne prennent la décision de partir en retraite qu'au début de l'année scolaire suivante, je la rassure. Tu vas trouver quelque chose.

— Nous verrons bien, répond-elle en haussant les épaules. Tu veux un beignet ?

La vue de son gâteau donne presque la nausée. Il me

rappelle trop ma grosse cuisse exposée au monde entier sur cette photo.

— Non merci. Tu veux aller courir avec moi ce matin ?

Elle plisse son nez et regarde par-dessus son épaule.

— Tu vois quelqu'un qui me poursuit ?

MAX

lle a tout découvert. Mon ventre se tord à cette idée alors que j'entre dans le vieux bâtiment Woolworth sur Main Street. *Hanna a tout découvert, et cela va tout gâcher.*

Elle se tourne vers moi quand j'entre, et, pendant une minute, c'est comme si les deux dernières semaines avaient été effacées.

Elle sourit et s'approche de moi la main tendue. Elle s'arrête, comme si la mémoire lui revenait brusquement, et laisse retomber sa main.

— Salut, murmure-t-elle. Merci d'être venu.

Je déglutis. Difficilement. Encore un pas, et elle serait dans mes bras. Une vieille habitude qui m'aurait permis de sentir son odeur, la sensation de son corps contre le mien, à la fois apaisante et excitante. Mais elle n'a pas fait ce dernier pas, parce que même si je suis désolé à en crever, même si je me tue à lui expliquer ce que je ressens, elle ne peut pas oublier. Elle ne peut pas pardonner.

— Que faisons-nous ici ? je lui demande.

— Et si je te disais que je vais ouvrir une pâtisserie ?

Je souris. Je ne peux pas m'en empêcher. Sa joie est palpable quand elle prononce le mot *pâtisserie*.

— Je te demanderais comment je peux t'aider.

Elle sautille en tapant dans ses mains.

— Je veux le faire. Je le veux vraiment. Et on m'a proposé de me financer. De rénover ce bâtiment et de le transformer en pâtisserie. Mais j'ai l'impression que c'est trop beau pour être vrai, et je t'ai appelé parce que...

Elle s'interrompt et son sourire disparaît.

— C'est bon.

Je sais à quoi elle pense. Nous avions parlé de son projet de pâtisserie, mais c'était toujours dans le contexte de notre futur, ensemble.

— Tu crois que c'est une idée folle ? Je ne sais même pas qui est mon associé, il veut rester anonyme. Mais je crois que je sais qui c'est.

— Ah bon ?

— Je crois, répond-elle en haussant les épaules, comme si ce n'était pas important. Tu crois que c'est dingue de faire affaire avec un associé tacite ? Et si je me plantais ? Et si je n'y arrivais pas ?

— Je crois que la personne qui fait ce genre d'opération sait où elle met les pieds.

Et dans *qui* elle place son investissement.

— Ah oui, les études de marché et tout ça, pas vrai ? opine-t-elle. C'est difficile de réaliser que j'ai la chance d'ouvrir cette pâtisserie, d'avoir ma propre affaire à New Hope, d'offrir aux gens de bonnes choses qui vont les réconforter. Je ne trouve même pas les mots pour expliquer cette envie, tellement j'en ai envie.

— Je crois que je vois ce que tu veux dire, je réponds.

Mais mes mots restent à moitié coincés dans ma gorge et ma voix est enrouée. Ses yeux se plantent dans les miens et s'adoucissent.

— Hanna...

— Tu me manques, m'avoue-t-elle en fermant les yeux et en secouant la tête. Désolée, je ne devrais pas...

— Toi aussi, tu me manques.

— Tu n'as parlé à personne de notre rupture ?

— Seulement à William.

Quand je lui ai dit que je ne ferais pas semblant, j'y croyais vraiment. Mais en vérité, j'ai l'impression que si j'en parle, ça devient réel. C'est comme si j'abandonnais.

— C'est bien, répond-elle en mordant sa lèvre inférieure. Tu me promets de ne rien dire à personne d'autre ?

Je m'approche, je prends sa main et je caresse ses phalanges du pouce.

— Si nous allons faire semblant d'être ensemble jusqu'en septembre, il faut que tu comprennes quelque chose.

— Quoi donc ?

— Chaque fois que nous dînons chez ta mère, chaque fois que nous rencontrons nos amis, je serai là, à tes côtés. Si tu es décidée à continuer cette mascarade, tu dois me laisser m'approcher de toi. Sinon, ils se douteront de quelque chose.

Elle opine.

— C'est vrai. C'est bon. Ça en vaut la peine.

Je m'approche d'un pas et passe un doigt sur sa mâchoire. Je glisse ma main dans ses cheveux. Elle balance la tête en arrière et écarte les lèvres.

— J'utiliserai chaque opportunité pour te reconquérir, je la préviens. Et j'insisterai pour que tu gardes la bague jusqu'en septembre. Peut-être que toi, tu feras semblant, mais moi...

Je penche ma tête jusqu'à ce que mes lèvres frôlent les siennes.

— Pour moi, ce sera une seconde chance.

J'ai seulement quelques millimètres à faire pour réduire la distance entre nous et quand mes lèvres touchent les siennes, elle soupire contre ma bouche. J'ai envie de l'embrasser passionnément et de prendre mon temps. Et si je la poussais contre le mur pour lui rappeler le feu qui brûle entre nous ? Je pourrais passer ses jambes autour de ma taille en pressant ma queue durcie contre elle et elle comprendrait qu'il n'y a rien de *factice* dans mon attirance pour elle.

Mais je reste nonchalant. Léger. Je la laisse diriger les opérations et prendre le temps qui lui faudra. Elle s'ouvre sous moi et passe une main dans mes cheveux. Quand elle se cambre, ses seins se collent contre ma poitrine. Je m'écarte et mets un terme au baiser avant que je finisse par lui demander plus que ce qu'elle veut bien me donner.

Elle pose le bout de ses doigts sur sa bouche et ouvre les yeux pour me regarder.

— C'était une erreur.

— Non, je murmure contre sa bouche. C'était *tout* sauf une erreur. Meredith était une erreur.

— Arrête de m'embrouiller, Max. C'est assez dur comme ça.

Je passe le dos de mes doigts sur sa joue, et tout ce à quoi je peux penser c'est, *trois mois*. J'ai trois mois pour la reconquérir.

PARTIE DEUX : APRÈS

HANNA

AUJOURD'HUI

*E*lle n'est pas morte. *Elle n'est pas morte.*
Je me répète ces mots comme un mantra sur la route entre l'aéroport et l'hôpital. Lizzy m'attendait au retrait des bagages quand je suis sortie de l'avion, blanche comme un linge. J'ai à peine compris ce qu'elle me disait. *Maman. Douleurs dans la poitrine. Hôpital.*

Nous avons pris la route pour New Hope en silence, la terreur nous empêchait de prononcer un traitre mot.

Qu'aurions-nous pu dire, de toute façon ? *Est-ce que c'est un cauchemar ? Est-ce que nous allons perdre maman, comme nous avons perdu papa ?*

— Elle se trouve ici, nous lance Nix alors que nous sortons de l'ascenseur au deuxième étage.

— Est-ce qu'elle est consciente ? Est-ce qu'elle a mal ? l'interroge Lizzy.

Elle était en train de se garer à l'aéroport quand elle a reçu l'appel de Nix.

— Elle est consciente et ses jours ne sont pas en danger, nous rassure Nix. Nous lui avons fait passer un électrocardiogramme et des analyses sanguines. Nous allons la garder en observation cette nuit.

Ses yeux tombent sur ma main gauche dénuée de bague.

— Oh mon Dieu ! s'exclame Lizzy d'une voix aigüe. Ta bague, Han !

Je retiens ma respiration.

— Elle est dans ma valise.

— Ça va aller. Je crois qu'elle a des soucis plus importants que ta collection de bijoux. Par ici, temporise Nix en nous conduisant dans la chambre de maman.

Je ne sais pas vraiment à quoi je m'attendais, mais maman n'a rien d'une femme qui vient d'avoir une crise cardiaque. Quoiqu'un peu pâle, elle a l'air presque tranquille, installée dans son lit, feuilletant un magazine de décoration et jardinage.

Elle voit Nix en premier et lui sourit. Liz entre ensuite et obtient le même traitement. Mais quand elle me voit, son sourire disparaît.

— Où étais-tu passée Hanna ?

Son air réprobateur m'écrase comme un insecte. Comme toujours.

— Je... Et bien...

Elle vient d'avoir une crise cardiaque et voudrait que je lui raconte mon voyage à Los Angeles de dernière minute ?

— Elle était en voyage d'affaires, intervient Liz. Comment te sens-tu ?

Maman réajuste sa blouse d'hôpital et remet son collier en place. Elle est si obsédée par son apparence. Elle doit vivre un enfer.

— Embarrassée, surtout, répond-elle en me jetant un regard, comme si j'étais, on ne sait pourquoi, la cause de sa gêne. Je ne savais pas que je risquais une crise cardiaque. Je fais attention à ma ligne. Je mange sainement, fais de l'exercice et n'ai jamais fumé une seule fois dans ma vie.

— Parfois, les problèmes cardiaques ne sont pas causés par nos choix de vie, mais par nos antécédents familiaux, lui explique Nix. Mais, attendons d'avoir les résultats du cathétérisme cardiaque de ce matin.

Maman rejette son explication d'un geste.

— Je vais mieux maintenant, je suis juste un peu fatiguée, nous assure-t-elle en jouant avec ses bracelets.

Est-ce qu'il lui arrive de ne pas accessoiriser ?

J'opine et la regarde, gênée , ne sachant pas trop quoi dire ou faire. Nous avions seize ans quand papa est mort d'une crise cardiaque dans notre jardin. Je l'ai trouvé, la main crispée sur sa poitrine, grimaçant. J'ai appelé les pompiers. J'ai essayé le massage cardiaque. Plusieurs jours plus tard, à son enterrement, maman a critiqué mon choix vestimentaire qui ne mettait pas en valeur « mes formes uniques ». Pendant une seconde, je me suis dit que j'aurais préféré que ce soit elle dans ce cercueil, et pas mon père. Une pensée brève, conséquence de mon deuil. J'étais faible et je me suis laissé aller à un comportement méprisable. J'ai effacé cette pensée de ma tête une seconde plus tard. Bien sûr que ce n'était pas ce que je voulais. Je voulais mes deux parents en bonne santé.

Mais je n'ai jamais oublié cet instant. Ces moments de faiblesse ont fini par modeler notre relation. Je me suis toujours sentie coupable d'avoir souhaité, ne serait-ce qu'une seconde, de pouvoir échanger la vie de ma mère contre celle de mon père.

Maman m'observe, les yeux plissés, calculatrice.

— Quel timing abominable. Le mariage approche à grands pas, annonce-t-elle les yeux rivés sur mon annulaire. Le mariage est toujours d'actualité, n'est-ce pas, Hanna ?

Liz me regarde et je m'exclame :

— Bien sûr !

Parce qu'en dépit de cet horrible moment sept années auparavant, en dépit du poids de mon deuil pour mon père le jour où nous l'avons enterré, je ne souhaite pas la mort de ma mère. Même si j'aimerais que la conversation où je lui annonce que j'ai rompu mes fiançailles soit déjà dans le passé, ce n'est pas le moment de le faire. Je ne sais pas ce qu'il se passerait si je lui disais la vérité maintenant.

— Tu as encore laissé ta bague sur le plan de travail de la pâtisserie, intervient Liz à la recherche d'une explication. Je t'ai dit d'acheter une chaîne pour que tu puisses la porter autour du cou quand tu travailles.

Mon pouce passe sur mon annulaire, là où devrait se trouver la bague.

— Bonne idée, je marmonne.

— Le docteur dit qu'il ne me laissera pas sortir aujourd'hui ou demain, alors je vais te faire une liste des choses à faire avant le mariage. Le temps manque et il faut que tu commences à t'impliquer plus activement dans les préparatifs.

Nix sourit à maman.

— Pour le moment, repose-toi.

Puis elle se tourne vers Liz et moi.

— Je dois retourner au bureau. Votre mère a un cardiologue formidable, elle est entre de bonnes mains. Mais vous savez où me trouver si vous avez des questions que vous ne voulez pas lui poser. Hanna ?

Elle penche la tête pour m'indiquer le couloir.

— Je reviens tout de suite, dis-je à maman avant de suivre Nix.

— Comment vas-tu ? me chuchote-t-elle après avoir fermé la porte derrière elle.

Je croise mes bras.

— Comment ça ?

— Comment gères-tu la nouvelle de ta grossesse ?

— Je ne suis pas enceinte, je réponds d'une voix morne. On ne tombe pas enceinte quand on est vierge.

Les yeux de Nix s'emplissent de tellement de pitié que c'en est inconfortable.

— Si c'était le cas, je le saurais déjà, non ? lui fais-je remarquer.

J'y ai pensé constamment depuis son annonce hier.

— Si j'étais enceinte, on l'aurait vu quand j'étais à l'hôpital, je poursuis. Vous faites des tests pour ce genre de trucs, non ?

— Oui, effectivement, répond-elle d'une voix prudente et mesurée. Ton taux de hCG était normal quand tu étais à l'hôpital.

C'est bien ce que je pensais, et si je n'étais pas si inquiète pour ma mère, je sourirais.

— Donc je ne suis pas enceinte. Il y a eu une erreur. Peut-être que mes analyses sanguines ont été mélangées avec une autre patiente ou autre chose s'est produit. Parce que je me souviens de tout depuis que je me suis réveillée à l'hôpital, et crois-moi, je suis toujours vierge.

— Ou, rétorque Nix en s'assurant que personne ne nous écoute, ta grossesse était alors si récente que ton taux de hCG était encore bas. La grossesse ne se détecte pas comme ça. C'est tout un processus. L'ovule rencontre le spermatozoïde, descend dans l'utérus, s'implante dans la paroi utérine...

— J'ai déjà appris ça en biologie à l'école.

— Alors tu sais qu'il y a une petite fenêtre entre le moment de la conception et celui où le corps commence à produire les hormones de grossesse.

Je secoue la tête, je ne veux pas penser à ça maintenant. C'est impossible.

— Quelqu'un me joue un sale tour. Ils ont échangé mes analyses sanguines.

— Ça c'est seulement dans les films.

— Et les vierges tombent seulement enceintes dans la Bible, donc...

Elle m'observe un moment.

— Tu es sûre d'être encore vierge ?

— Je n'ai pas couché ni avec Max ni avec Nate. Donc

à moins que je sois encore plus une trainée que je le pense déjà et qu'il y ait un troisième mec dont je ne me souvienne pas... Je prononce lentement en la regardant droit dans les yeux pour qu'elle comprenne bien :

—Je. Ne. Suis. Pas. Enceinte.

Nous nous fixons mutuellement, engagées dans une bataille pour déterminer qui aura raison.

— Prends rendez-vous dans mon cabinet, dit Nix. Si tu es convaincue que ces analyses appartiennent à quelqu'un d'autre, nous devons les refaire.

— Très bien.

— Hanna.

Je ferme les yeux en entendant la voix qui m'interpelle. Ça me fait tellement mal d'entendre sa voix.

Quand j'ouvre les yeux, Nix doit lire la question sur mon visage. Est-ce que Max a tout entendu ?

— C'est bon, murmure-t-elle avant de reprendre à voix haute. On en parlera demain.

Lentement je me force à me retourner pour faire face à Max. Il porte un vase de roses colorées, et même s'il se force à sourire, il ne parvient pas à masquer la douleur dans ses yeux ni ses interrogations.

— Est-ce qu'elle va bien ? demande-t-il doucement.

—Je pense que oui, j'opine.

— Ça t'embête si j'entre avec toi ?

— C'est une bonne idée.

Il m'ouvre la porte et me laisse passer en premier.

— Max, s'exclame maman visiblement ravie quand elle le voit derrière moi.

— Comment te sens-tu ? lui demande-t-il.

— Mieux maintenant que je vois l'heureux couple ensemble.

Je sens Max se raidir à côté de moi, mais il reste muet. Au lieu de la corriger, il s'approche et pose les fleurs sur sa table de nuit.

— Tu n'aurais pas dû, lui reproche ma mère.

— Ça me fait plaisir, répond-il.

Maman soupire et s'appuie sur ses oreillers.

— Merci à tous d'être venus, mais j'aimerais me reposer maintenant, si ça ne vous ennuie pas.

— Bien sûr, maman, je murmure.

— Je ne peux pas m'empêcher de m'inquiéter pour mes filles, dit maman quand nous sortons de la pièce.

— Tu n'as pas à t'inquiéter, je la rassure tout en me demandant ce qu'elle a voulu dire.

Une fois dehors, Liz ferme la porte et souffle longuement.

— Je suis désolée, elle pense encore que nous allons nous marier, je chuchote à Max. Je n'arrive pas à lui dire la vérité tout de suite.

Il fronce les sourcils.

— Bien sûr, je ne te demanderais pas de... commence-t-il en se passant une main dans les cheveux et en expirant doucement. Je ne te demanderais pas de lui annoncer alors qu'elle est à l'hôpital.

— C'est seulement temporaire, je lui promets. Je le lui annoncerai quand les docteurs la sauront tirée d'affaire.

Liz écarquille les yeux.

— Le mariage est prévu dans trois semaines. Tu ne peux pas attendre longtemps.

Liz a raison, mais je ne trouve pas d'autre solution. Je n'arrive pas à digérer les événements de ces derniers jours.

—Je sais.

Liz tape Max sur l'épaule.

—Je suis en colère contre toi.

— Liz ! je siffle en indiquant la porte de la chambre du bras et les poussant à s'éloigner.

C'est le pire endroit pour parler de ça.

— Un bébé ? souffle-t-elle indignée. Avec Meredith ?

Max ne dit rien, mais je vois sa mâchoire se serrer.

— Liz, laisse tomber, je la préviens.

Elle enfonce son doigt dans la poitrine de Max.

— Peut-être que Hanna a fini par l'accepter, mais moi...

— Arrête ! dis-je.

Elle a dû entendre le désespoir dans ma voix parce qu'elle obéit. Elle recule d'un pas et laisse retomber ses mains.

L'ascenseur arrive et je me force à suivre Liz et Max à l'intérieur.

— On peut se parler ? demande Max. Demain ?

J'opine sans savoir ce que je fais. Hier encore, j'étais sûre de vouloir mettre un terme à notre histoire. J'étais même impatiente. Maintenant que je vois la ligne d'arrivée, je me mets à traîner des pieds. Pas seulement pour faire plaisir à ma mère, mais aussi parce que j'aime Max.

Nous sortons de l'ascenseur et nous nous dirigeons vers le parking. Quand nous arrivons à la voiture de Lizzy, Max m'observe longuement. Comme s'il voulait dire quelque chose, mais ne sait pas comment aborder le sujet.

— On se voit plus tard.

Je le regarde s'éloigner, et je sens la moitié de mon cœur partir avec lui.

MAX

$\mathcal{V}$oir Hanna dans sa robe de mariée me coupe le souffle et fait peser un poids sur ma poitrine. Elle est absolument parfaite, ses cheveux flottent dans son dos, ses lèvres sont entrouvertes, comme si le photographe l'avait immortalisée au milieu d'une phrase.

Meredith remonte l'anse de son sac à main sur son épaule et recoiffe ses mèches blondes. Son apparence est impeccable, comme toujours, et elle se montre encore plus prétentieuse que d'habitude. Elle allait rendre visite à la mère de Hanna quand je l'ai croisée dans le parking.

— Gretchen lisait cet article quand elle a commencé à se plaindre de douleurs dans la poitrine. J'ai appelé une ambulance qui est venue la chercher dans mon salon de coiffure.

J'essaie de détacher mes yeux de la couverture de ce magazine people, mais je n'y arrive pas. C'est impossible quand je vois la photo de Hanna en robe de mariée côtoyer un autre cliché dans lequel elle chevauche Nate Crane dans un jacuzzi. Cette photo a été prise il y a deux jours si on en croit la légende de ce torchon.

— C'est avec elle que tu veux vivre tes vieux jours ? me demande Meredith.

Je souffle doucement et j'essaie de soulager la tension dans mes épaules. Je n'arrive pas à croire que j'ai un jour pensé que cette méchanceté était une qualité chez Meredith.

—Je suis sûr que les apparences sont trompeuses.

Elle croise les bras et secoue la tête.

— Tu as dit que je t'avais mal traité. Mais tu as vu comment elle te traite, elle ?

Elle laisse retomber ses mains et se dirige vers l'entrée de l'hôpital, en me laissant ce putain de magazine dans les mains.

Quand je repose mes yeux sur les photos, mon cœur tombe en miettes. Pour la première fois, je vois pourquoi je préférais les femmes comme Meredith plutôt que comme Hanna. Ce n'était pas leur cœur que je voulais protéger. C'était le mien.

HANNA

— *O*n peut prendre un café ? je demande à
Liz alors que nous entrons dans la
voiture.

— Un café ? s'indigne-t-elle. Non, nous allons boire
des Martini jusqu'à ce que nous ayons la vue trouble.
Avec la journée qu'on a eue, le *mois* même, je pense que
nous le méritons bien.

Je secoue la tête.

— Non, pas de Martini.

Elle soulève son sourcil blond.

— Des téquilas ?

— Du café ?

— Rabat-joie, marmonne-t-elle en démarrant.

Nous atterrissons dans un café modeste, et je la sens
presque vibrer de toutes les questions qu'elle aimerait me
poser, mais qu'elle garde pour elle.

Je la fais patienter et je commande un déca' et un
milkshake. Elle choisit un café et une montagne de frites

avec une sauce au fromage et nous restons face à face en attendant notre repas.

— Je n'ai pas annulé le mariage à cause du bébé de Meredith, je lui annonce. Meredith était enceinte en octobre, et Max et moi avons commencé à nous voir en novembre.

Elle fronce les sourcils.

— Alors pourquoi ?

J'inspire profondément et pose mes mains sur ma tasse de café en savourant la chaleur qu'elle procure.

— Parce que j'ai découvert qu'il m'a invitée à sortir parce qu'il me prenait en pitié, et ça fait mal. Il l'a fait sans penser que cela puisse aboutir sur quoi que ce soit.

Elle inspire rapidement et n'ose pas croiser mon regard.

— Mais ça, tu le savais déjà, pas vrai ?

— Je ne savais pas que tu étais au courant, finit-elle par avouer en agrémentant son café de trois sucres et de trois doses de crème. Du fait que j'avais demandé à Max de t'inviter.

Je soupire.

— Ce n'est pas parce que tu lui as demandé de m'inviter Liz, c'est parce que tu lui as dit de faire semblant d'être intéressé.

Ses yeux se remplissent de larmes.

— Et pourtant, ça a marché ?

— Je l'ai appris de la bouche de Meredith, en plus. Et ça m'a fait du mal.

— Je suis désolée, souffle-t-elle. Depuis combien de temps es-tu au courant ?

— Je l'ai d'abord découvert en mai. Et puis je m'en suis souvenue dimanche matin, je l'informe en lui montrant les messages entre Meredith et Max.

— Quel fils de pute ! s'indigne-t-elle.

Quand je vois Lizzy lire les messages, j'ai l'impression de les lire pour la première fois moi aussi.

— Je n'ai rien dit à l'époque parce que je ne voulais pas que Max perde la subvention pour son club.

— Alors tu t'en es souvenue et tu es allée voir Nate ? J'opine.

— Ça me paraissait être un choix logique à ce moment-là.

Un papillon de nuit s'agite contre la vitre et je le regarde se débattre.

Je suis étrangement calme depuis que Liz m'a annoncé la crise cardiaque de maman. J'ai ressenti la même sensation quand j'ai retrouvé mon père inconscient dans notre jardin. Comme si mon cerveau avait mis de côté toutes les émotions jusqu'à ce que j'aie fait tout ce qu'il y avait à faire. Appeler les secours, vérifier son pouls. Commencer le massage cardiaque. *Triage*. Rien ne paraît réel pendant cette étape. Rien ne peut nous faire de mal parce qu'on se conduit comme une machine, en enchaînant les opérations.

Avec papa, je n'ai réalisé que plus tard. Une fois l'ambulance partie, mon père était déjà officiellement décédé. Ma mère s'est écroulée et nous avons dû trouver un docteur qui lui prescrive un sédatif. Mes sœurs pleuraient ensemble. C'est après que j'ai été frappée par toutes ces émotions. La crainte, la colère, la terreur. Et finalement le deuil déchirant. J'attends encore que la nouvelle de la crise cardiaque de maman arrive jusqu'à mon cerveau. Mais là, je suis encore sous le choc.

— Alors, vous êtes ensemble maintenant ? Toi et Nate ?

Je souffre rien que d'entendre son nom.

— Nous n'avons jamais été vraiment ensemble. Ce devait juste être une passade. Il a été très honnête sur ses intentions le soir où nous nous sommes rencontrés, je lui explique en soupirant lentement. Je ne sais pas vraiment ce qu'il y avait entre nous, mais c'est terminé maintenant. Nous nous sommes dit au revoir.

Elle remue son café.

— Alors tu restes avec Max ?

Je secoue la tête.

— Comment le pourrais-je ?

Bien sûr, je m'interroge aussi sur ma grossesse, mais je ne suis pas encore prête à en parler avec Liz. J'attends d'être sûre. Est-ce que Nix pourrait avoir raison ? J'espère toujours que mes résultats d'analyses se sont mélangés avec ceux de quelqu'un d'autre.

Quand notre repas arrive, nous mangeons en silence. Lizzy me prend en pitié et ne me pose pas d'autres questions.

Nous sommes toutes deux épuisées, inquiètes au sujet de maman et émotionnellement vidées. Mais quand nous partons du restaurant, Liz nous conduit à la pharmacie plutôt qu'à la pâtisserie.

— Tu peux venir avec moi ? me demande-t-elle.

J'opine et je la suis dans le magasin. Elle se dirige

directement vers l'arrière et s'arrête devant les tests de grossesse.

— Tu n'en veux qu'un ou tu préfères un pack de deux ?

Je retiens ma respiration.

— Je ne suis pas enceinte, je proteste trop faiblement.

— Je suis ta jumelle, réplique-t-elle calmement. Je peux ressentir ces choses. Tu as déjà fait un test ?

— Nix dit que mes analyses sanguines..., je commence en secouant la tête. Mais c'est impossible. Elle fait erreur.

Elle me serre la main.

— Ça va aller.

Mes yeux se remplissent de larmes. Il y a juste quatre semaines, je me réveillais avec une vie de rêve. Elle s'est peu à peu dégradée pour devenir un cauchemar aujourd'hui.

— Que vais-je faire si je le suis vraiment, Liz ?

— Pas la peine d'anticiper. Nous verrons bien à ce moment-là.

Nous payons les tests et nous nous dirigeons vers les toilettes. Lizzy ouvre la boîte, et me tend un bâtonnet. Elle glisse le deuxième dans mon sac à main.

— Pour les urgences, m'explique-t-elle avec un petit sourire.

J'essaie de rire, mais je n'y parviens pas vraiment.

— Quelles sont les instructions ? je lui demande en fronçant les sourcils.

— C'est un test de grossesse, pas d'entrée à la NASA. Tu fais pipi dessus, et tu attends...

Elle s'interrompt pour lire la boîte.

— Deux minutes. Une ligne, c'est négatif. Deux lignes...

— Il y a un problème.

— On va se débrouiller Han, OK ?

Je déglutis, mais je ne parviens pas à acquiescer. Je ne vois pas du tout comment nous pourrions nous débrouiller.

Liz me serre la main et me pousse vers une cabine.

Mes mains tremblent alors que je tiens le bâtonnet entre mes jambes. Je le pose sur la chasse d'eau et je regarde ailleurs. Je m'effondre en boule sur le sol et j'attends le résultat.

Je suis allée à l'église toute ma vie. Je n'ai jamais été très assidue dans mes prières, mais aujourd'hui, je ne peux rien faire d'autre. Je ramène mes genoux sur ma poitrine et pose ma tête dessus. William et Cally feraient de fabuleux parents. Ils ont une relation merveilleuse, et je sais combien un bébé les rendrait heureux. Mais Cally m'a confié que William ne peut pas procréer à cause d'une blessure qu'il s'est faite lors d'un match de football au lycée. Mais je sais qu'ils adoreraient être parents. Pourquoi est-ce que Dieu ne leur donnerait pas *à eux* un bébé surprise ? Pourquoi moi ?

Je relève la tête et fixe le bâtonnet. Il faut que je me lève pour voir le résultat. Une ligne ou deux. Simple.

Incroyablement compliqué. Deux lignes signifient que je ne sais pas qui est le père de mon bébé. Deux lignes signifient que je dois découvrir qui m'a mise enceinte, et selon la réponse, une possibilité est beaucoup plus compliquée que l'autre.

Et si c'était Nate ? Nate, c'est un homme fabuleux qui ne veut pas de famille parce qu'il ne veut pas que son fils se sente délaissé. Si c'est lui, je ne peux pas lui dire. Parce qu'il pensera qu'il doit briser la promesse qu'il s'est faite à lui et à son fils. Et il m'en voudra pour toujours.

Et si c'était Max ? Max qui veut partager ma vie pour de mauvaises raisons, mais que je garde quand même dans mon cœur. Devrais-je annuler mon mariage avec un homme que j'aime si je porte son enfant ?

Deux lignes signifient que je dois annoncer à ma mère que je vais avoir un bébé sans être mariée. Autrement dit, la décevoir. Deux lignes mettent un terme à toute cette mascarade et marquent le début d'une vie terrifiante et inconnue.

Mes genoux sont trempés de larmes quand Liz frappe à la porte. Je lève la main pour la déverrouiller et elle grimace quand elle me voit rouler par terre.

— Quel est le résultat ?

— Je suis censée être vierge, je chuchote comme pour répondre à sa question.

Je ne dis plus rien alors qu'elle s'empare du bâtonnet.

Les émotions se succèdent rapidement sur son visage. Déception, tristesse, frustration et finalement, joie.

— Alors ?

Une larme roule sur sa joue.

— Je n'arrive pas à être déçue, parce que je vais bientôt être tata.

Ma poitrine est soulevée par un sanglot et mon corps entier tremble alors qu'elle tombe à terre pour me prendre dans ses bras.

— Chut, me réconforte-t-elle, nous allons trouver une solution. Chut.

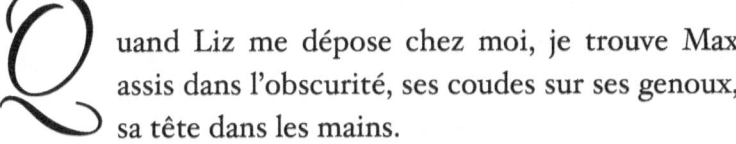

Quand Liz me dépose chez moi, je trouve Max assis dans l'obscurité, ses coudes sur ses genoux, sa tête dans les mains.

— Depuis combien de temps tu le vois ? murmure-t-il. Ça a commencé après notre rupture ou avant ?

— Quoi ?

J'allume et pose mes clés et mon sac à main sur le comptoir de la cuisine. J'aurais préféré qu'il me prévienne de sa venue. Je ne suis pas prête à le voir ce soir. Ça me fait mal de le regarder, de le savoir si près de moi alors que cette dernière journée vient de chambouler ma vie entière.

Il relève la tête et jette le magazine sur la table basse.

— Nate Crane ? Le putain de rocker ? lâche-t-il avec un ricanement sarcastique. Et moi, l'idiot qui pensait avoir une chance de te récupérer. Je pensais qu'il fallait que je te prouve mon amour, mais pendant tout ce temps-là, tu avais quelqu'un d'autre.

Mon cœur bat deux fois plus vite et chaque battement me fait souffrir le martyre.

— J'ai rencontré Nate après notre rupture.

J'ai l'impression que je suis sur la défensive et secoue la tête avant de poursuivre.

— Je ne te dois aucune excuse. Pendant un mois, j'étais accablée par un sentiment de culpabilité parce que je pensais t'avoir trahi. Mais je ne t'ai pas trompé. Nous avions rompu. Et le pire dans tout ça ? Nous avions rompu parce que tu n'avais aucune envie de commencer une relation avec moi.

— Aucune envie d'être avec toi ? Tu te fous de moi ? Je te veux, Hanna. Je te veux tellement que ça m'obsède. Je te veux, et personne d'autre que toi.

—Je sais que *tu* y crois.

Sa mâchoire se serre et il passe une main dans ses cheveux décoiffés.

— Laisse-moi te rappeler deux-trois détails que tu sembles avoir oubliés. Je t'ai attendue pendant trois mois. Je voulais t'épouser, ou au moins que tu me donnes une deuxième chance. Trois mois, Hanna. Et j'aurais pu attendre plus longtemps, si ça avait été nécessaire. Mais pendant que je t'attendais, que ma bague se trouvait dans ta boite à bijoux, toi, tu faisais joujou avec un rocker de mes deux, un mec auquel je ne pourrai jamais me mesurer.

— Te mesurer ?

Je lâche un éclat de rire, mais il sonne faux, méchant.

— Tu n'aurais jamais eu besoin de te mesurer à quiconque si tu m'avais désirée dès le départ. Tu étais tout ce que je voulais, Max. Mais tu as tout gâché en me brisant le cœur.

Je traverse la pièce en colère et m'empare du magazine sur la table basse. Quand je vois les deux photos sur la couverture, mon indignation fond comme neige au soleil. Dans la première, je suis en robe de mariée sur le balcon d'Asher, à côté de Nate. Pas si compromettant que ça en réalité, et le titre évoquant le mariage secret de Nate est tout simplement ridicule. Mais cette photo-là associée à la deuxième, qui me montre chevauchant Nate dans son jacuzzi, mes bras passés autour de son cou...

— C'est ce que ta mère avait devant les yeux quand elle a ressenti des douleurs dans la poitrine. Elle se faisait coiffer chez Meredith, a pris un magazine au hasard, et a vu sa fille sur la couverture.

Il se déplace vers la fenêtre et regarde dans la nuit noire. J'attends qu'il se retourne, qu'il me regarde, mais en vain.

— Apparemment, elle était un peu surprise de découvrir que tu fréquentais Nate Crane, assène-t-il avant de baisser sa voix d'un cran. Elle n'est pas la seule.

Je laisse le silence durer au maximum avant de reprendre la parole.

— Tu ne savais pas ? je chuchote.

— Je me doutais qu'il y avait quelqu'un d'autre, mais tu disais que non.

Je grimace. J'ai menti à Max ?

— Est-ce que tu l'aimes ?

— Oui.

Je sais que cette confession va lui faire du mal, et ma voix se brise.

Mon cœur aussi.

Il baisse la tête en opinant.

— OK, et moi ?

Sa voix est chargée de douleur, mais pas aussi intense et fraîche qu'on pourrait le penser. C'est une souffrance sèche et rugueuse. Une vieille blessure réouverte.

—Je t'aime aussi.

C'est la première fois que je le lui dis depuis que j'ai perdu ma mémoire, et il baisse la tête.

— Mais ce n'est pas assez de t'aimer, je poursuis en murmurant. La façon dont tu réagis à mon corps, le vrai moi. Ce sera toujours un obstacle entre nous.

Je déglutis difficilement avant de continuer.

— Je sais que tu penses que je suis celle qu'il te faut. Et peut-être que je le suis. Mais tu ne me veux pas de la façon dont un homme veut sa femme. Tu penses peut-être que je suis stupide de penser ça, mais je veux quelqu'un qui désire aussi ardemment mon corps, avec tous ses défauts, que mon esprit.

Il se retourne et pose les yeux sur moi. Lentement. Délibérément.

— Tu penses vraiment que je ne désire pas ton corps ?

— Elle a dit « *C'est comment de baiser une petite grosse ?* » et tu as répondu « *Crois-moi, je ne compte pas laisser cette mascarade en arriver là.* »

Ce souvenir est un calvaire.

— Comment crois-tu que je puisse l'interpréter, Max ?

Sa mâchoire serre.

— Ne fais pas comme si *ses* mots étaient les miens.

— C'est tout comme, je réponds d'une voix si colérique que les mots fusent. Tu ne sais pas ce que c'est que d'être toujours à la traine. D'être la raison pour laquelle ma mère ne sert jamais de plats riches lors de nos réunions de famille. D'être celle qui n'a jamais eu de cavalier pour le bal de fin d'année. Tu n'as pas idée de ce que l'on peut ressentir quand on est amoureuse de la même personne depuis ses treize ans et de le voir regarder sa propre sœur comme la cerise sur une glace au chocolat. Tu ne sais pas ce que c'est quand une personne que l'on aime vous trouve repoussante.

— Je n'ai jamais dit que tu étais repoussante, grogne-t-il.

— Tu as dit que je n'étais pas ton type de femme.

— Tu *n'es pas* mon type de femme, Hanna.

Ses mots me font l'effet d'une douche glacée sur ma colère brûlante.

— Exactement.

Je fais demi-tour pour quitter la pièce, pour mettre un terme à cette conversation, *qu'il aille se faire foutre*, mais il se trouve brusquement devant moi, son corps devant le mien, sa poitrine devant mon visage.

— Demande-moi quel est mon type de femme, m'ordonne-t-il d'une voix soudainement sourde, basse et menaçante comme le grondement d'un orage imminent.

— Je n'ai pas besoin de te le demander, je le sais déjà.

— Tu le sais vraiment ? demande-t-il en s'approchant.

Je recule et bute contre le mur derrière moi. Il fait encore un pas et se retrouve contre moi, m'immobilisant, une main de chaque côté de ma tête contre le mur.

— Tu n'es pas mon type.

— J'avais compris.

J'essaie de faire ma fière, mais ma voix est faible. *Putain.*

— Pourquoi tu fais ça ?

— Tu n'as jamais été mon type.

— Parce que tu aimes les blondes. Comme Meredith, comme Liz.

— Parce que je n'aime pas les femmes qui sont molles comme toi.

Ça suffit. Je frappe son torse, mais il ne bouge pas d'un centimètre.

— Va te faire foutre. Il y a des hommes qui aiment mon corps.

— Tu crois que je ne le sais pas déjà ? Tu crois que je ne vois pas comment les hommes regardent ton cul quand tu traverses une pièce ? Tu crois que je n'entends pas les gars au club qui font des remarques sur tes nichons ?

Il ignore ma grimace d'un ricanement.

— Ne la joue pas politiquement correcte maintenant. Tu as commencé cette conversation, et nous allons la terminer.

Ses yeux tombent sur ma bouche. Chauds. Avides. Désireux. Je ne comprends pas, mais je sais ce que je vois.

— Je suis parfaitement conscient que les hommes te désirent. Parce que je suis l'un d'eux.

— Tu viens juste de *dire* que je n'étais pas ton type de femme.

Mon Dieu. Je n'ai pas envie de parler de ça. Il part dans tous les sens, et chaque fois qu'il parle de mes défauts, c'est comme un poignard dans mon ventre.

— Tu viens juste de *dire* que j'étais trop molle pour toi.

— Je ne parlais pas de ton corps, je parlais de ta personnalité.

— C'est ridicule.

— Ma mère a une personnalité molle comme la tienne, et elle a laissé mon père la maltraiter tous les jours pendant des années. Il n'utilisait pas ses poings, pas la peine. Ses mots étaient bien plus cruels. Elle a accepté chaque insulte, avalé toutes ses manipulations. Et quand il est parti, elle a cru que c'était à cause d'elle. Il l'a presque détruite. Tu n'es pas mon type parce que tu donnes, tu donnes et tu donnes encore. Et putain, ça me fait peur. Quelqu'un comme Meredith ne pourrait jamais me faire de mal. Elle est trop dure pour s'approcher assez pour le faire. Mais toi ? Tu ouvres grand ton cœur, et tu es si proche que je n'ai jamais été si vulnérable.

— Je ne rends pas les autres vulnérables, je réponds, confuse.

J'ai envie de le croire, mais ça ne colle pas avec ma propre opinion de moi-même et de l'image que je donne aux hommes.

— Si, reprend-il doucement. Tu me rends si vulnérable que tu m'as fait plus de mal que Meredith ne pourra jamais m'en faire. Et putain, tu vaux chaque minute de souffrance.

— Tu ne comprends pas ce que l'on ressent quand on se sent inférieur à tous ceux qui nous entourent juste à cause de sa corpulence. Et de savoir que tout ça n'était qu'un coup monté, et que je ne t'attirais pas du tout quand tu m'as invitée.

— Je suis attiré maintenant, ça ne compte pas ?

Je secoue la tête.

— Je ne suis plus la même femme.

Je baisse les yeux et je regarde mon corps, je regrossis tous les jours un peu plus.

— J'ai dû m'affamer pour en arriver là.

— Je t'aimais avant que tu perdes du poids. Je t'ai demandée en mariage avant que tu maigrisses.

Ses lèvres frôlent les miennes, et j'ai terriblement envie qu'il s'approche encore plus. Mes genoux faiblissent sous l'envie, le désir d'avoir ses lèvres posées sur les miennes. Au lieu de ça, il me pose une question.

— Tu te souviens de notre premier baiser dans la galerie ?

Le souvenir surgit dans ma tête, chaud comme la braise.

— Oui.

— Tu sais pourquoi je t'ai embrassée ce soir-là ?

Ses pupilles bleues se rétrécissent pour laisser place au désir.

— Parce que tu voulais me réconforter.

— Pas ce soir-là, murmure-t-il. Ce soir-là, je t'ai vue rire avec le barman, et brusquement, je te voyais pour la première fois. Avant ça, je te considérais comme une petite sœur, une copine. Mais tout d'un coup, j'ai eu un déclic et je t'ai vraiment vue. Quand je t'ai conduite en haut, je ne pensais pas à une famille ou à mon futur. Et je n'en avais vraiment rien à battre de ton estime de toi-même. À ce moment-là, je voulais poser mes mains sur toi, te faire crier de plaisir et te baiser jusqu'à ce que tu retombes épuisée dans mes bras.

Je suis parcourue d'un frisson qui laisse une trace chaude dans mon corps. Ma respiration est saccadée.

— Mais je ne t'ai pas laissé faire.

Il passe sa langue sur le lobe de mon oreille et pose une main sur le côté, son pouce caresse la peau sous mon sein.

—J'en suis bien conscient.

Je me cambre à son contact.

— Alors pourquoi es-tu resté avec moi ?

— Parce qu'entre nous, il y a plus que du sexe, Hanna. Tu es incroyable, et je suis tombé amoureux de toi. Je n'imagine pas ma vie avec quelqu'un d'autre que toi. Je ne veux personne d'autre que toi.

Soudain, mon cœur n'est plus qu'un enchevêtrement d'émotions et je ne trouve plus les mots.

—Je suis si confuse.

—Je vois ça.

Son regard tombe sur le magazine toujours dans ma main et il souffle longuement.

—J'espère qu'il te traite bien.

Puis, il recule et sort de chez moi. Je reste là, effrayée, confuse et plus seule que jamais.

MAX

Je ne veux voir personne, mais quand j'arrive chez moi, William m'attend sur le balcon assis dans une chaise en plastique bon marché avec un pack de bières.

— Qu'est-ce que tu fais là ?

L'exaspération que je ressens dans mon cœur s'entend dans ma voix. Je suis en colère, écorché et tout simplement épuisé. Je ne veux pas boire une bière avec Will, je veux juste ouvrir une bouteille de whisky et boire jusqu'à ce que j'oublie mon propre nom. Jusqu'à ce que j'oublie son odeur et la sensation de complétude que je ressens quand je la tiens dans mes bras.

— Meredith parle de ce magazine à qui veut bien l'écouter dans cette ville.

Il tire une bouteille du pack et me la tend.

— Je me suis dit qu'une bière pourrait te faire du bien.

Ce qui me ferait du bien c'est une éponge pour

récurer mon cerveau. Dès que je ferme les yeux, je vois Hanna à moitié nue allongée sur Nate Crane. *Putain.*

— C'est fini, je lui annonce en prenant la bière et en m'affalant dans une chaise à côté de lui. Je croyais pouvoir la reconquérir, mais j'avais tort.

— Le mariage est annulé ? demande Will.

Je décapsule la bière et j'opine. J'ai un déclic, et lâche un rire cynique.

— Bof, j'imagine que tu sais déjà ce que ça fait quand ta petite amie se fait la malle avec un rocker ?

Will hausse les épaules.

— La rencontre entre Maggie et Asher est la meilleure chose qui me soit arrivée. Si elle n'avait pas eu lieu, tout aurait été différent à l'arrivée de Cally en ville. C'est Cally qui compte pour moi.

Je reprends une gorgée de bière, parce que je ne me sens pas capable de parler tellement ma poitrine est serrée.

— Mais Hanna pour toi, c'est comme Cally pour moi.

— C'est ça, je murmure. J'attends sa décision depuis trois mois, je la vois fondre... Je pensais l'avoir perdue. Et puis je reçois cet appel de l'hôpital, j'arrive, et la trouve portant la bague et me faisant les yeux doux. Et...

Ma poitrine se serre à nouveau, mes yeux me brûlent. Je ne vais pas m'effondrer ici devant Will.

— Et elle ne se souvenait plus que tu lui avais fait du mal, complète-t-il.

— J'avais cette seconde chance. Elle portait la bague.

Pendant quatre semaines, je me suis répété ces phrases comme un mantra. Je voulais qu'elles soient gravées dans la pierre afin que je puisse les toucher comme un talisman, un rappel. *Elle portait la bague.*

— Donne-lui du temps pour tout digérer et fais-lui confiance pour te choisir à nouveau.

Will fait tinter sa bouteille contre la mienne.

— Elle est ta Cally. Tout va s'arranger.

Je voudrais pouvoir y croire autant que lui. Mais je suis dans un cauchemar qui tourne en boucle. La dispute de ce soir avec Hanna me donne l'impression de l'avoir déjà vécue, seulement cette fois-ci, je sais ce qu'elle faisait de ses petites escapades cet été.

— Comment puis-je me mesurer à Nate Crane ? Il peut tout lui offrir.

— Peut-être, réplique Will, mais toi tu peux lui donner la vie dont elle rêve à New Hope. Je crois que nous savons tous les deux ce que préfère Hanna.

HANNA

— On appelle ça le syndrome du cœur brisé, annonce le cardiologue.

La chambre d'hôpital de maman est pleine à craquer ce matin. Lizzy, Maggie et Krystal sont rassemblées autour du lit, et Max et moi nous tenons dans le coin. J'étais surprise quand je l'ai vu arriver chez moi ce matin.

— Ta mère a besoin de nous voir tous les deux, a-t-il simplement dit.

Et puisque je n'ai rien trouvé à redire à ça, je l'ai suivi dans sa voiture et il nous a conduits à l'hôpital.

Et maintenant, nous sommes tous là, nous attendons les résultats de ses examens. Abby s'est installée chez Maggie pendant que maman est hospitalisée. Elle voulait aussi être là, mais Maggie a joué son rôle de grande sœur et a insisté pour qu'Abby aille en classe. Quatre de ses cinq filles sont présentes, en plus de Carole Standers, la vieille amie de maman, qui attend anxieusement les nouvelles comme le reste d'entre nous.

— Principalement, nous constatons le même niveau élevé d'enzymes comme pour une crise cardiaque normale, mais c'est causé par le stress plutôt que par une raison physiologique comme des artères bouchées.

— Le syndrome du cœur brisé, répète Maggie. Comment nous assurer que ça ne recommence pas ?

Je suis la cause de cette crise cardiaque. Le docteur continue à parler, mais j'entends de rares bribes à travers le bourdonnement de mes oreilles.

— Elle portera un moniteur au cours des prochains mois, poursuit le docteur. Nous pourrons ainsi contrôler son activité cardiaque, et elle recevra un électrochoc si son cœur ne fonctionne pas normalement. Mais bien sûr, il faudra limiter son stress le plus possible.

Carol soulève un sourcil.

— Elle marie sa fille dans quelques jours.

— Ça va aller, la rassure maman.

— Avec tout mon respect, répond Carol en tapotant la main de maman, tes filles ont tout de même un passé plutôt mouvementé en ce qui concerne les mariages.

— Seigneur, souffle Maggie indignée. Tu es sérieuse ?

— Ne jure pas, Margaret, la reprend sèchement maman.

— Je dis juste que *deux* de ses filles ont annulé leur mariage à la dernière minute. Ce n'est donc pas étonnant qu'elle soit si stressée à l'approche de celui de Hanna.

— Ne fais pas porter ce poids à Hanna, grommelle Lizzy.

— Allez, les filles, temporise Krystal. Laissez tomber.

Carol est juste inquiète pour son amie. Mais elle peut se détendre. Max et Hanna s'aiment.

Tous les yeux se tournent vers nous, et tous semblent poser une question différente. Mais la seule qui ait de l'importance, c'est celle de maman.

Il y a quelques jours, je pensais pouvoir dire à ma mère que j'annulais le mariage. Mais aujourd'hui, je dois lui avouer que je veux annuler le mariage *et* que je suis enceinte. *Oh, et devine quoi ? Je ne sais pas qui est le père !*

Max passe son bras autour de ma taille et me serre. Je ne sais pas si c'est pour m'offrir du réconfort ou pour ma mère.

Heureusement, le docteur change rapidement de sujet et il n'est plus question de mon mariage, mais du fait que maman doit encore restée alitée aujourd'hui, mais qu'elle pourra rentrer chez elle avec le moniteur demain. Max garde son bras autour de moi et je profite de sa chaleur.

Quand nous sortons de la pièce, il s'écarte comme si je le brûlais.

— Préviens-moi si tu as besoin de quoi que ce soit, me dit-il doucement. Je serai au club.

Puis il glisse ses mains dans ses poches et s'en va.

— Maman demande à te voir, m'interpelle Krystal de la porte de la chambre.

Oh merde. Je savais que ça me pendait au nez. Mais heureusement, j'ai appelé Liz hier soir, et nous avons élaboré une explication.

J'entre dans la chambre et je tire la porte derrière moi.

— On m'a dit que tu avais lu cet article ridicule ? je lui lance.

Je suis le genre de fille qui retire le pansement d'un coup sec.

— En effet.

Elle ne me regarde pas. Elle est tournée vers la fenêtre. Mais j'ai une grande expérience dans ce domaine, et après l'avoir déçue pendant vingt-trois années, je n'ai plus besoin de voir son visage pour savoir qu'elle désapprouve.

— C'était stupide de vouloir être figurante dans un clip, mais c'est quelque chose que j'ai toujours voulu faire.

Je retiens ma respiration et attends sa réaction.

— Tu te trouvais avec ce jeune homme dans un jacuzzi pour un clip ?

— Bien sûr.

Je vais probablement brûler dans les flammes de l'enfer pour avoir menti à ma mère sur son lit d'hôpital, mais c'est toujours mieux que d'avoir à vivre sa mort sur la conscience si mes erreurs la tuent.

— On verra bien si je ne suis pas coupée au montage, tu sais comment ça fonctionne.

Elle se tourne vers moi et opine, mais je n'arrive pas à savoir si elle m'a crue ou pas.

---

*M*es sœurs décident d'appliquer la règle de *il est dix-sept heures quelque part dans le monde.* Cette règle fonctionne pour les vacances, les mariages, les ruptures et les semaines où votre mère se trouve à l'hôpital pour une crise cardiaque. Elles ont donc appelé Cally et Nix qui ont annulé leurs rendez-vous pour le reste de la journée et nous ont retrouvées au Brady's.

Krystal est déjà retournée à l'aéroport, donc il ne reste plus que Liz, Maggie, Cally, Nix et moi. Nous sommes entassées sur une banquette avec trois pichets de bière. Il est midi, mais on s'en moque.

Cally remplit les verres et je couvre le mien avec une main .

— Je vais prendre de l'eau.

Maggie me regarde bouche bée comme si j'étais en train de délirer.

Mieux vaut lâcher le morceau tout de suite, j'imagine, mais je baisse la voix et me penche au-dessus de la table pour éviter qu'on m'entende.

— Je suis enceinte.

Maggie s'étouffe sur sa bière et repose brusquement sa chope sur la table.

— Enceinte, tu veux dire, symboliquement ?

Je lance un regard à Nix qui me confirme d'un hochement de tête.

— Nix m'a appelée quand j'étais à Los Angeles. J'avais fait des analyses sanguines, tout était normal, sauf ça.

Maggie cligne des yeux.

— Mais, tu es vierge.

— C'est qu'on dit, murmure Liz.

— L'un d'entre eux doit te mentir, alors ? demande Maggie.

— Oui, mais lequel ? s'interroge Cally.

Liz soulève un sourcil.

— Une question plutôt délicate à poser.

Je leur raconte le souvenir qui m'a poussée à me rendre à Los Angeles. Je leur confie aussi la vérité sur la façon dont Max et moi faisions semblant d'être ensemble avant l'accident, pour qu'il puisse avoir une chance de toucher la subvention.

Cally garde le nez dans sa bière.

— Tu étais au courant, pas vrai ? je demande à Cally. Tu savais que nous avions rompu.

Elle mordille sa lèvre inférieure et hausse les épaules.

— Will et Max sont meilleurs amis. Max avait besoin de se confier à ce moment-là.

Liz la regarde bouche ouverte.

— Et tu ne t'es pas dit que tu allais partager cette information avec elle après l'accident ?

Cally lève les mains pour se défendre.

— Je n'ai rien su jusqu'à mon enterrement de vie de jeune fille. Will me l'a dit ce soir-là.

— Alors pourquoi Will n'a rien dit quand Hanna s'est réveillée sans aucun souvenir de tout ça ? demande Maggie. Il ne pensait pas qu'il lui serait utile de savoir que sa relation était fausse ?

Cally hausse les épaules.

— Mais ça n'était pas le cas. Les choses avaient changé. Hanna portait la bague. Will pensait qu'elle avait fini par choisir Max.

Nous restons silencieuses un moment. Je bois mon eau et les filles leur bière.

Puis Cally reprend la parole.

— Est-ce que tu as parlé de ta grossesse à Max ?

Je secoue la tête.

— Il me rejoint ici plus tard, et j'ai prévu de lui en parler. Il est venu chez moi hier soir, mais nous avons commencé à nous disputer à propos de Nate et je n'ai pas eu l'opportunité de le faire à ce moment-là.

Maggie écarquille les yeux.

— Max sait pour Nate ?

Je tire le magazine de mon sac et le jette sur la table.

— Apparemment, c'est ce que lisait maman quand elle a commencé à avoir des douleurs dans la poitrine.

— Oh, merde, dit Cally.

— Je lui ai raconté que j'étais figurante pour un clip.

— Excellent mensonge, me complimente Maggie. Je ne t'en croyais pas capable.

— Je ne sais pas si elle m'a crue, je lui avoue.

— Je suis sûre qu'elle t'a crue, me rassure Liz. Elle souhaite tellement que tu te maries avec Max qu'elle ignorera tout ce qui n'entre pas dans cet objectif.

— En parlant du mariage avec Max, reprend Maggie. J'imagine que ce n'est plus d'actualité maintenant qu'il est au courant pour Nate.

— Tout est fini entre nous, j'admets. Il me veut pour de mauvaises raisons.

Du moins, c'est ce que je crois. Notre conversation d'hier soir a chamboulé tout ce que je tenais pour acquis et a réveillé un brasier ardent dans mon corps.

— Il a tellement de problèmes d'argent.

— Il ne te veut pas pour ton argent, proteste Cally. Si c'est ce que tu penses, tu te fourres le doigt dans l'œil.

Je la regarde en souriant, puis hausse les épaules. Max est le meilleur ami de son fiancé, bien sûr qu'elle pense du bien de lui.

— Et si c'était Max le père du bébé ? demande Liz.

Cally fronce ses sourcils.

— Tu dois lui reposer la question pour savoir si oui ou non vous avez déjà couché ensemble. Il avait peut-être une bonne raison de te mentir.

— Ou peut-être que Nate avait une bonne raison de te mentir, intervient Maggie.

Liz se tourne vers moi, les yeux écarquillés.

— Que vas-tu faire si c'est Nate le père ?

Je hausse les épaules.

— J'imiterai Meredith, et je dirai à tout le monde que j'ai acheté du sperme.

Ma blague fait un bide et les filles me regardent fixement.

— Je ne dirai rien à Nate, et vous devez me promettre que vous ne lui direz rien non plus.

Maggie m'observe tristement.

— Je ne pense pas que les secrets soient la bonne solution.

— Si le bébé est celui de Nate, j'insiste, les secrets sont *la seule* solution. Quand nous nous fréquentions, c'était très important pour lui que je comprenne qu'il ne souhaitait ni s'engager ni construire une famille. Tu ne sais pas combien cette nouvelle l'anéantirait.

— Promets-moi que tu lui en parleras, m'admoneste

fermement Maggie.

Elle est si sérieuse que je n'arrive pas à lui refuser, même si je sais que je ne peux pas faire ça à Nate.

— J'y réfléchirai.

— Bordel, dit Liz en reposant son verre presque vide sur la table. J'ai tellement envie de savoir avec qui tu as couché, et qui t'a menti.

— Tu pourrais encore être vierge, l'interrompt Nix. Enfin, techniquement, on peut tomber enceinte sans pénétration.

Liz la regarde, horrifiée.

— Tu te fous de moi ?

— Tous les inconvénients du sexe, sans le plaisir, plaisante Maggie.

Nix opine.

— Si le liquide séminal entrait en contact avec l'ouverture vaginale, il y a une possibilité que ça arrive. Pas énorme, mais ce serait possible.

Liz penche sa tête.

— *Liquide séminal* et *ouverture vaginale*. Tu dis des mots grivois Phoenix ? Tu les sors aussi au lit ?

J'éclate de rire, je ne peux pas m'en empêcher. Les joues de Nix rosissent et c'est un soulagement de penser à autre chose qu'à mon cœur brisé et à qui est le père.

— Et je devrais dire quoi sinon ?

— *Sperme,* propose Cally.

— *Chatte*, ajoute Maggie.

Liz retient un éclat de rire.

— *Foutre ?*

Nous éclatons toutes de rire, et les joues de Nix deviennent cramoisies.

— Oh mon Dieu, les filles, murmure-t-elle, quelqu'un va nous entendre.

Nous gloussons comme des écolières quand Max s'approche de la table.

MAX

S on sourire est éclatant, mais, dès qu'elle me voit arriver, il s'évanouit sur ses lèvres.

— Salut, me lance-t-elle doucement.

— Salut.

J'adresse un hochement de tête aux autres filles attablées, mais ce putain de magazine avec la photo de Hanna en couverture trône au milieu de la table, et mon estomac se serre douloureusement à cette évocation du week-end passé par la femme que j'aime.

Gênées, elles me font un signe de la main, et Hanna se lève pour me suivre vers une autre table, plus à l'écart au fond du bar, juste à côté de l'espace dans lequel nous dansons quand nous avons trop bu.

— Merci d'être venu ce matin, me dit-elle doucement. Je ne peux pas bouleverser la vie de ma mère en lui disant la vérité maintenant.

— Et la vérité, je tente prudemment, c'est que tu ne vas pas te marier avec moi.

— C'est ça.

Elle passe son doigt sur une marque dans la table en bois encore et encore, et ne parvient pas à me regarder dans les yeux.

J'inspire profondément.

— C'est à cause de lui ? Il t'offre un futur ? Est-ce qu'il t'aime autant que je t'aime ?

— Il ne m'offre rien du tout. C'est fini entre Nate et moi. Il ne s'agit pas de lui.

Nous restons muets un long moment avant que je reprenne la parole.

— Le vendredi soir où tu as eu ton accident, j'étais en entraînement avec un client, et tu m'as laissé un message vocal. Tu disais que tu avais pris une décision et que tu voulais me parler. J'allais te rappeler quand Lizzy m'a prévenu que tu étais inconsciente, à l'hôpital. Quand je suis arrivé dans ta chambre, tu portais ma bague et tu avais perdu la mémoire.

— Ça tombait bien, murmure-t-elle.

Ses mots m'atteignent comme des flèches.

— *Ça tombait bien ?* Tu te fous de moi ? Tu crois que j'étais content que tu sois blessée ?

— Tu as eu une seconde chance, chuchote-t-elle. Je ne me souvenais pas que tu m'avais fait du mal.

Je voudrais tellement qu'elle comprenne pourquoi je me suis conduit de la sorte. Mais mes pensées tournent en rond, et même moi, je finis par croire que j'ai tout foiré.

— Tu ne te rappelais pas non plus d'avoir décidé de porter ma bague.

— Non, et je ne m'en souviens toujours pas. Nix dit que je ne me souviendrai probablement jamais du jour de l'accident. Tu aurais dû me dire la vérité.

Bien sûr que j'aurais dû. Et je voulais le faire. J'avais prévu de le faire. Mais comment trouve-t-on le bon moment pour briser le cœur de la femme qu'on s'était juré de protéger ?

— Tu te souviens de ce que tu m'as dit le soir où je t'ai ramenée de l'hôpital ? Tu as dit « *Tu ne vas pas me faire de mal* ». Ta phrase m'a anéanti. Tu n'avais aucun souvenir de l'année passée, pas un seul baiser, le moindre rendez-vous, ni la plus petite caresse. Mais tu me faisais tellement confiance. J'aurais dû te dire la vérité, mais qu'aurais-tu ressenti si je t'avais tout avoué ? Qu'aurais-tu pensé si je t'avais raconté comment et pourquoi nous avons commencé à nous voir ? Si je t'avais montré ces SMS ? Tu l'avais déjà vécu une fois. *Nous* avions déjà vécu ça une fois. Si je t'avais tout raconté alors que tu ne te souvenais de rien, je t'aurais blessée une nouvelle fois. Je ne pouvais pas m'y résoudre. Pas intentionnellement.

— Et tu allais me laisser t'épouser ? Sans rien me dire ?

— Non.

Putain. Quand les choses sont-elles devenues si compliquées ?

— Je me disais que quand tu te souviendrais des mauvais moments, tu te souviendrais aussi des bons. Tu portais ma bague, tu comprends ? Tu repoussais ta déci-sion, mois après mois. Quoi qu'il se soit passé le jour de ta chute dans les escaliers, tu avais mis ma bague à ton doigt, *avant* de perdre la mémoire.

— Je n'y voyais pas clair, murmure-t-elle.

J'ai l'impression de me vider de mon sang.

— Meredith m'a ouvert les yeux, poursuit-elle.

Je ne comprends pas où elle veut en venir, mais si Meredith est dans le coup, ça sent mauvais.

— Elle t'a ouvert les yeux sur quoi ? je lui demande malgré moi.

Elle reste muette un peu trop longtemps, étudie cette marque dans le bois de nouveau et je sais avant qu'elle ouvre la bouche que ça ne va pas me plaire.

— Elle m'a fait comprendre que si tu te mariais avec moi, ça résoudrait tous tes problèmes financiers.

Mon estomac se soulève et je n'arrive plus à respirer.

— Tu crois que je veux me marier avec toi pour ta rente ?

Elle a l'air à la fois triste et ferme.

— Je pense que ma rente pourrait altérer ton jugement en ce qui concerne tes sentiments à mon sujet. Consciemment ou pas.

Je me lève de la banquette. J'aime cette femme. Je veux lui donner tout ce que j'ai, et elle pense que j'en ai après son argent.

— Penses-y, chuchote-t-elle dans mon dos. Pourquoi n'as-tu pas passé plus de temps avec moi au cours de ces dernières semaines, si tu me voulais vraiment ? J'étais à *toi*, mais je t'ai à peine vu.

Je me retourne lentement parce que je veux voir ses yeux quand je lui réponds.

— Je n'en ai jamais eu après ton argent, Hanna. Je te voulais juste toi. Ça a toujours été la vérité, que tu le croies ou non.

HANNA

*S*on corps irradie la tension par vagues qui pourraient me renverser si je n'étais pas déjà assise. Je serre les poings pour me retenir de lui caresser la joue et sa barbe de deux jours. Je dois me souvenir de respirer. *Inspire, expire. Inspire, expire.* Parce qu'en lui disant tout haut que je me méfie de lui, je lui fais mille fois plus de mal qu'en gardant tout ça dans un coin sombre de mon cerveau. Mais il fallait que je le fasse. Je devais lui expliquer pourquoi je ne voulais pas me marier.

Il tourne les talons et s'éloigne.

Inspire, expire. Inspire, expire. Je dois prendre mon courage à deux mains pour maintenir ce que j'ai dit. Je voudrais juste pouvoir le rattraper et retirer tous mes mots qui lui ont fait du mal.

William est arrivé pendant notre conversation et il arrête Max près du bar. Max hoche la tête, l'écoute et jette un œil vers la porte. Mais pas une fois il ne regarde dans ma direction.

Merde. Il faut que je lui dise que je suis enceinte. Je me lève pour le rattraper avant qu'il ne s'en aille.

Lizzy me rejoint alors que je me dirige vers le bar.

— Comment ça s'est passé ? me chuchote-t-elle.

Brady m'adresse un sourire et verse un shot de téquila *blanco*.

— J'ai appris pour ta mère, dit-il en le poussant vers moi. Je t'offre un verre.

L'odeur de la téquila chatouille mes narines et ravive un semblant de souvenir. Je saisis le verre dans l'intention de le sentir et voir si je peux retrouver le souvenir, mais Lizzy s'exclame :

— Hanna, le bébé !

Elle comprend son erreur en un quart de seconde, le temps qu'il me faut aussi pour enregistrer ses mots. Nous nous tournons toutes deux vers Max, immobile comme une statue aux côtés de Will.

La tension est si puissante entre nous que l'air semble vibrer. J'attends qu'il respire, qu'il me donne l'impression de ne pas avoir compris ce qu'elle a dit, ou de penser qu'il s'agit d'une plaisanterie. Mais il reste interdit si long-temps que mon cœur est en chute libre vers les profon-deurs infinies de mon ventre.

Finalement, Max repose lentement son verre sur le comptoir, se retourne et sort du bar sans avoir prononcé un mot.

— Je suis désolée, murmure Liz. C'est sorti tout seul, je ne savais pas que tu ne lui avais pas encore annoncé. Je suis nulle, pire que nulle.

Les portes se ferment derrière lui alors qu'il s'en va

sans précipitation apparente et sans but précis. Je ne peux même pas imaginer ce qu'il ressent.

— Je ne lui avais encore rien dit.

— Et bien, je sais que ça doit être un choc pour lui, mais je lui en veux un peu de sa réaction. Il se peut qu'il soit le père, et que ce soit une surprise ou pas, il pourrait réagir mieux que ça. Les hommes, pas un pour rattraper l'autre.

— Ce n'est pas le sien, je chuchote.

Je me souviens maintenant.

Cinq jours avant mon accident. Chez Nate. Je pensais avoir retrouvé ce souvenir, mais il manquait encore beaucoup d'éléments. La deuxième partie. La partie qui change tout.

— Que veux-tu dire ? Comment le sais-tu ?

— Je n'ai jamais couché avec Max, mais je ne suis plus vierge.

Un nœud se forme dans ma poitrine, compact et douloureux.

— C'est Nate le père ?

Toute l'horreur que j'ai pu ressentir dans les dernières secondes est lisible sur le visage de Liz, mais je ne peux pas rester plantée là pour parler avec elle. Je dois retrouver Max.

Je me précipite hors du bar et le vois sur le trottoir une rue plus loin. Je me mets à courir pour le rattraper.

Il sent ma présence et se retourne lorsque je suis à quelques mètres de lui.

— C'est vrai ? me demande-t-il les yeux rivés sur mon ventre.

—Je suis désolée, je murmure. Vraiment désolée.

Lorsqu'il relève ses yeux bleus glacés vers moi, ils sont durs.

— Tu le sais depuis quand ?

—Je l'ai appris pendant mon séjour à Los Angeles.

Sa mâchoire se serre.

— Tu avais prévu de m'en parler ?

— Oui, bien sûr. Je...

Je n'ai aucune excuse, alors je choisis de lui tout lui dire.

—Je ne savais pas comment.

Il marche dans l'herbe à côté et s'accroupit.

— C'est le sien ? demande-t-il avant de marquer une pause et de secouer la tête. Bien sûr que c'est le sien, quelle idée.

Je ferme les yeux, submergée par les émotions. La douleur, pour lui. La culpabilité. Le regret sur la façon dont je me suis conduite depuis le début. Et la frustration, car il y a encore tant de choses dont je ne me souviens pas.

Sa mâchoire se serre et il se relève.

— Tu mérites mieux que ça. Enceinte et abandonnée.

— Ce n'est pas comme ça.

— C'est comment, alors ? Tu viens juste de me dire que tout était fini entre vous.

— C'est compliqué.

Et ça l'est encore plus maintenant que ce souvenir est entièrement revenu.

— Sans blague, lâche-t-il en relâchant un peu la

tension. Qu'est-ce que j'ai fait ? Pourquoi est-ce tu lui as donné...

Je sais ce qu'il me demande. Pourquoi est-ce que j'ai couché avec Nate, alors que je ne pouvais même pas laisser Max me voir nue ? Je comprends sa question, mais je ne dis rien parce que je ne connais pas la réponse.

Il secoue la tête et passe une main dans ses cheveux.

— Ce n'est rien. Je dois partir d'ici, Han. Je ne peux pas, je ne peux plus.

HANNA

Quand je retourne au bar, tout est calme, on entend seulement la voix du présentateur du JT dans la télévision accrochée au-dessus du bar. Pendant quelques secondes, je pense que tout le monde est au courant de ma grossesse et du drame qui se déroule entre Max et moi, mais je m'aperçois vite que mes copines sont debout aussi, les yeux rivés sur l'écran.

Je regarde dans la même direction et vois qu'il s'agit d'une édition spéciale de dernière minute.

Quelqu'un monte le son, mais je n'entends rien, car mon sang bourdonne dans mes oreilles et mon cœur est en miettes.

Tragédie au Moyen-Orient : l'hélicoptère transportant le musicien Nate Crane et son équipe abattu en Afghanistan.

Je saisis des bribes. Crane et trois autres musiciens se trouvaient dans un transport militaire pour une performance. Les autorités n'ont pas communiqué davantage d'informations pour le moment. Un rapport militaire sera publié s'il y a des survivants. Puis, des experts de l'armement sont invités à donner leur opinion sur les missiles employés.

Je ne me souviens pas de m'être effondrée. Je ne me souviens pas de m'être assise ou d'être tombée. Mais soudain, Lizzy est derrière moi et porte un verre d'eau glacée à mes lèvres.

— Bois, Hanna.

J'écarte les lèvres instinctivement, je prends une infime gorgée, mais je secoue la tête quand elle me propose de boire à nouveau.

— Il faut qu'on la sorte d'ici.

C'est la voix de Nix.

Je sens des mains qui me soutiennent, qui me guident. Mes pieds fonctionnent, je marche. Mais je ne suis plus connectée à mon corps. Je me trouve en dessus, je me trouve autour, tout en même temps.

Je me trouve hors du temps. Je vois des images sur pause. Liz m'aide à me relever. Le visage trempé de larmes de Maggie quand je monte dans la voiture. Lizzy qui ramène mes cheveux derrière mes oreilles, les yeux remplis de larmes, ma tête sur ses genoux.

Je vois un lit, des couvertures et je ne comprends pas pourquoi elles me bordent. Puis je constate que je tremble. Des frissons violents qui secouent tout mon corps de façon si intense qu'ils semblent feints. Personne ne tremble comme ça. Mais je ne peux pas m'en empêcher.

Puis Lizzy se couche à mes côtés, m'attire dans ses

bras, et me rassure en chuchotant au creux de mon oreille.

Le temps passe et s'arrête. Les minutes défilent sans que je m'en rende compte et restent suspendues dans les airs, me punissant par leur immobilité brutale. Quelqu'un me propose une pilule, et je refuse d'un mouvement de tête.

— Nix a dit que tu pouvais la prendre. Le bébé a besoin que tu dormes.

C'est la voix de Liz. Maggie se tient juste à côté avec un verre d'eau.

Je l'avale, et quelques instants plus tard, minutes, heures, secondes, peu importe, le sommeil vient et me soulage des tourments de ma conscience.

PARTIE TROIS : AVANT

HANNA

DIX SEMAINES AVANT L'ACCIDENT DE HANNA

*L*e coffret est entouré d'un ruban et a été livré par un coursier. Une putain de livraison par coursier à New Hope. Je ne savais même pas que c'était possible.

À l'intérieur se trouvent une combinaison noire et une culotte en dentelle noire somptueuse, pliées sous une fine enveloppe.

— Des sous-vêtements de luxe livrés par coursier ? me demande Lizzy en me faisant sursauter.

Elle entre et s'approche de moi dans le salon. Je fourre l'enveloppe dans ma poche avant qu'elle ne la voie.

— Tu as fini par laisser Max t'approcher et tu ne m'as rien dit ? Mon Dieu, j'aimerais bien qu'un homme m'offre de la lingerie fine.

Elle lève la combinaison devant elle et caresse la dentelle du bout des doigts.

— Quelle veinarde !

Je me force à sourire et hausse les épaules.

Elle me regarde en fronçant les sourcils.

— Qu'est-ce qu'il t'arrive en ce moment ? Tu as l'air bizarre.

— Rien, je suis juste débordée.

J'ai gardé mes distances avec Liz depuis que j'ai appris que Max m'avait invitée à sortir à son initiative. Je ne peux pas lui parler de notre rupture de toute façon. Je ne peux pas risquer que ces informations remontent jusqu'à ma mère.

— La prochaine fois que je vois Max, je lui demanderai de me présenter à un de ses amis qui apprécie autant la lingerie que lui. Parce que, *dis donc*.

J'ouvre la bouche pour lui demander de ne rien dire, puis la referme. D'abord, parce qu'en lui demandant de ne rien dire à Max revient quasiment à confesser que ce cadeau vient d'un autre homme. Et puis, parce qu'une toute petite part de moi, un peu superficielle, aime l'idée que Max sache que j'ai reçu un tel présent de la part de quelqu'un d'autre. Et oui, je sais que ça fait de moi une personne pas très sympa, indigne de ces deux hommes, mais peut-être qu'après toutes ces années passées dans la même ville que Meredith, sa méchanceté a fini par déteindre sur moi.

Je prends la combinaison des mains de Liz et la repose dans la boite.

—Je vais aller ranger ça dans ma chambre.

— OK, bougonne-t-elle derrière moi.

Merde. Je l'ai vexée. Et elle ne sait même pas qu'elle m'a fait du mal en premier lieu.

Je me rends dans ma chambre, referme la porte derrière moi et tire l'enveloppe de ma poche, les nerfs en pelote. Je n'ai pas besoin d'une étiquette avec un nom pour savoir que ce paquet ne vient pas de Max. C'est peut-être idiot de la part d'une fille comme moi de penser qu'un rocker avec qui je viens de passer une nuit torride pourrait m'envoyer un cadeau... Mais je le *sais.* Je sais que tout ça est de la part de Nate avant même d'avoir ouvert l'enveloppe.

Mais même avec cette certitude, quand je retire le papier de l'enveloppe et que je vois la lettre écrite à la main, je suis un peu surprise. Son écriture est longue et fine et les mots sont inscrits au feutre noir.

Mon ange,

Une culotte pour remplacer celle que j'ai détruite — je ne regrette absolument rien — et la combinaison assortie parce que je viens de passer cinq minutes dans le magasin à l'étudier et à t'imaginer dedans. Après, il fallait soit que je lui offre un dîner, soit que je te l'envoie.

Peut-être que tu es retournée avec ton ex maintenant, mais je suis en concert à Chicago ce week-end et je me suis dit que tu pourrais m'at-

tendre dans ma chambre après... Disons que cette idée m'a beaucoup plu.

Je descends au Waldorf Astoria. Ils auront une clé et un billet pour le concert pour toi à la réception.

Nate

MAX

*H*anna est sur le tapis de course. Encore. Ça fait deux fois aujourd'hui. Et elle est venue au moins une douzaine de fois cette semaine. Elle y habite presque depuis que nous nous sommes séparés.

Je pose ma main sur la barre et la regarde, mais elle porte des écouteurs et ne me remarque même pas. Le club a fermé il y a un quart d'heure.

Qu'est-ce qui la fait courir comme ça ?

Mon estomac se noue quand je pense à ces vieux messages échangés entre moi et Meredith. Est-ce que c'est ce qui la motive à courir deux à trois fois par jour ?

Sa queue de cheval rebondit au rythme de sa course, et ses yeux sont vides d'expression et son sourire légendaire a disparu. Ce sourire est devenu plutôt rare au cours des dernières semaines.

Brusquement, elle s'aperçoit de ma présence à ses côtés, elle ralentit la vitesse du tapis et remarque que le club est vide.

— Tu as fermé, dit-elle en retirant les écouteurs de ses oreilles. Je suis désolée, je m'en vais.

Le tapis de course émet un bip alors qu'elle l'éteint avant d'en descendre.

Elle ramasse son sac sur le sol et se dirige vers la porte, mais je touche son bras pour l'arrêter.

— Il faut que je te montre un truc.

Ses yeux tombent sur ma main posée sur son bras puis remontent vers mon visage. Les épines du regret se plantent dans mon cœur quand je vois son expression. Chaque fois qu'elle me regarde, j'ai l'impression de l'avoir giflée. Je ne peux pas changer le passé. Je souhaiterais pouvoir le faire, mais j'en suis incapable, alors je reste là, impuissant.

— Suis-moi, je lui chuchote.

Je la conduis dans le vestiaire des femmes, nous dépassons les douches et nous nous retrouvons devant les miroirs muraux qui vont du sol au plafond à l'arrière de la pièce. Le silence s'étire autour de nous comme un visiteur qui ne serait pas le bienvenu. Je la tourne vers le miroir et me positionne derrière elle.

Elle fronce les sourcils en voyant mon reflet.

— Max, que fais-tu ?

Mon cœur bat la chamade dans ma poitrine alors que je l'observe. Je meurs d'envie de l'embrasser à nouveau. Je veux goûter à la peau tendre du creux de son cou. Je veux entendre son doux gémissement alors que je mordille sa lèvre inférieure. Je veux qu'elle se déshabille et la toucher jusqu'à ce qu'elle en perde le souffle. Qu'elle soit si excitée et qu'elle me supplie jusqu'à ce qu'elle comprenne à quel point elle est belle.

— Regarde.

Ma voix est plus dure que je ne l'avais prévu. Un ordre brusque.

— Regarde quoi ?

Son regard glisse sur son reflet, et rapidement, elle passe à autre chose.

— Regarde-toi, Hanna.

Quand elle essaie de se retourner, je la tiens par les épaules pour la forcer à faire face à son reflet.

— Regarde la femme que tu es, pas la femme que tu penses être.

Elle respire difficilement et elle essaie de se dérober, mais je la tiens pour la forcer à regarder.

— Je sais à quoi je ressemble.

— Tu en es sûre ? je lui demande en caressant la ligne de sa mâchoire de mes phalanges.

Je ne peux pas m'en empêcher. Ça fait si longtemps que je ne l'ai plus touchée. La sensation de sa peau sous les doigts me manque. Ses baisers me manquent. La façon dont elle se blottissait dans mes bras en soupirant de plaisir, comme si elle était au paradis et que j'étais son Dieu. Son rire et son sourire me manquent. Ma petite amie me manque.

— Je crois que tu n'as pas encore compris à quel point tu es belle, Hanna.

Ses yeux se remplissent de larmes.

— Pourquoi tu fais ça ?

— Je te vois venir ici, courir comme si tu étais possédée. Repousser tes limites jusqu'à ce que tes jambes tremblent et que tu ne tiennes plus debout. Lizzy me dit que tu manges à peine. Si tu te regardais vraiment, si tu voyais ce que je vois...

— Arrête.

Elle s'écarte de mon emprise et tourne le dos au miroir.

— Tu n'as pas de leçon à me faire Max. Pas toi.

— Pourquoi pas ?

Elle croise les bras sous sa poitrine et relève le menton.

— Parce que c'est des conneries. Nous savons tous les deux qu'il ne s'agit pas de ma prétendue beauté. Il s'agit de ta culpabilité, mais tu ne peux plus faire semblant. Je connais la vérité.

Ma mâchoire se serre.

— *Faire semblant ?*

— Tu connais la vérité. Tu sais que je ne serai jamais ton type de femme.

Elle marque une pause. Une seconde. Deux secondes. Comme si elle avait besoin de se rappeler de respirer.

— Et ce n'est pas grave. J'ai fini par l'accepter. Mais, je t'en prie, n'essaie pas d'inverser les rôles et de dire que je suis celle que tu désires depuis le début.

— Je n'ai jamais dit ça. Mon pire péché, c'est d'avoir été si obsédé par Meredith que je n'ai pas vu ce que j'avais juste devant moi. Mais j'ai ouvert les yeux et j'ai réalisé à quel point j'avais été un idiot. Il m'a suffi de deux, peut-être trois rendez-vous avec toi. Je ne pensais pas que ça irait plus loin, puis Meredith m'a appelé...

— J'ai lu les messages, crache-t-elle. Pas besoin que tu me racontes en détail.

— Je suis allé chez elle, je poursuis d'une voix sourde en m'avançant vers elle. Et elle m'a embrassé. C'est tout ce qu'il s'est passé. Elle m'a embrassé, et je ne pouvais penser qu'à toi. Alors je suis reparti.

— Quel noble sentiment !

Elle essaie de me repousser, mais je la retiens et passe mes bras autour d'elle pour la tenir serrée contre ma poitrine.

— J'en ai marre de tes excuses. Tu vas m'écouter cette fois-ci. Je suis parti parce que j'avais compris que c'était *toi* que je voulais.

Elle devient complètement immobile dans mes bras et je pose ma bouche contre son oreille avant de poursuivre.

— Je sais que ça ne veut probablement rien dire pour toi, mais j'étais amoureux de Meredith depuis des années. Et maintenant, elle me propose plus qu'une soirée de baise ici et là. Elle veut la vie que j'ai rêvé de lui donner pendant des années. Toutes ces années gâchées.

— Alors, rejoins-la, murmure-t-elle.

— Je ne peux pas. J'ai goûté à l'amour véritable avec toi. Un amour sain et bon. Un amour qui me donne envie de faire des bébés et de vieillir. De passer ma vie avec quelqu'un dont la main dans la mienne est la chose la plus rassurante du monde. C'est ce que je veux maintenant, et je le veux avec toi. Je veux tout ça.

— Je ne veux pas d'un mari qui pense à moi comme à une compagne. Comme à la meilleure mère pour ses enfants. Je veux plus que ça. Je veux quelqu'un qui me désire, qui désire mon corps, autant que tu as désiré celui de Meredith.

— Je te désire plus que je ne l'ai jamais désirée.

— Oui, c'est ça, ricane-t-elle.

— Je n'arrive pas à croire à quel point je me trompais. Elle secoue la tête.

— Je ne sais pas de quoi tu parles.

— Je croyais que je faisais une bonne chose en n'insistant pas au sujet du sexe. Je pensais que tu avais besoin que je sois patient. Que je sois d'accord avec tes règles. Que j'accepte que tu me laisses à peine te toucher. Mais je me trompais. Tu avais besoin de savoir. Tu avais besoin que je te montre à quel point je te désirais.

Je pose ma bouche juste en dessus de son oreille. Elle sent si bon.

— Je pense à toi tout le temps. Mes mains sur ton corps. Ma bouche. Le goût que tu aurais si je pouvais t'embrasser sur tout le corps.

Je m'écarte, le souffle court, je me retiens de la toucher, de l'embrasser, jusqu'à ce qu'elle m'écoute.

Elle ferme les yeux.

— Tu m'embrouilles.

— Parfait. Ça veut dire que tu as peut-être fini par m'entendre.

— Max...

Je m'approche et effleure le bord de son oreille de mes lèvres.

— Comment te le prouver ? je chuchote. Tu te souviens à quel point je bandais quand tu me touchais ?

Ça ne te suffit pas ? Tu as besoin de plus ? Si tu savais comme ça a été dur de me retenir de te séduire. Et si tu savais que quand tu m'as sucé, j'étais si excité de voir tes lèvres tendues sur moi que j'ai dû fermer les yeux pour ne pas faire quelque chose de gênant. Mais ça n'est peut-être pas assez pour toi. Si tu savais les pensées que j'ai quand je suis seul, ce que je m'imagine quand je me branle, si tu connaissais mes fantasmes de te pénétrer, de sucer tes seins et de te faire jouir, peut-être que si tu savais tout ça, tu finirais par me croire.

NATE

*H*anna est nue, assise au bord du lit, et regarde son téléphone.

Je me frotte les yeux et je vérifie l'heure. Il est six heures du matin. Je suis revenu dans ma chambre hier soir, et elle m'y attendait. Je l'ai déshabillée et je me suis perdu dans nos baisers. Depuis la mort de mon père, j'ai sombré tous les jours un peu plus profondément.

Vivian ne veut pas que Collin grandisse à Los Angeles, et je comprends. En fait, je suis d'accord avec elle. Mais la semaine du décès de mon père, Vivian et son nouveau mari sont allés visiter des maisons dans le Tennessee. Quand Collin m'en a parlé, sa langue a fourché et il a appelé le mari de Vivian « Papa ».

C'était un accident, et Collin s'est rendu compte de son erreur et s'est mis à rire. Je l'ai chatouillé et j'ai fait comme si de rien n'était, mais ça m'a marqué. Le fait qu'il l'ait fait par erreur et pas délibérément, ça prouve quelque chose, non ? Et j'ai réfléchi à leur déménagement, à leur heureuse petite famille, et je me suis rendu compte qu'une fois de plus j'avais perdu ma place dans ma propre famille. En ce moment, je suis la deuxième famille de Collin, mais bientôt je serai encore moins que ça. Je serai troisième. Je serai en arrière-plan.

Je n'étais pas le bienvenu à l'enterrement de mon propre père et bientôt, mon fils ne pensera plus à moi. J'ai glissé, encore plus profond. Le soir où j'ai rencontré Hanna, j'ai entrevu une lueur dans l'obscurité, et quand je me suis forcé à lui dire au revoir, la lumière s'est éteinte. Je suffoquais et même la voix de mon fils n'a pas été suffisante pour me faire respirer à nouveau.

Alors, j'ai convoqué mon ange. Je savais que je pourrais m'extirper des profondeurs rien qu'en l'entendant gémir. Elle avait déjà joui avant même d'entrer dans l'ascenseur, et quand elle a atterri dans mon lit, je pouvais respirer à nouveau.

Mais je suis si égoïste que je n'avais pas réfléchi qu'en venant à mon secours, elle se propulsait elle-même dans la tourmente.

Je me roule vers elle, et caresse ses omoplates du dos de la main.

— Que se passe-t-il ?

Elle garde les yeux rivés sur son téléphone.

— C'est Max, m'explique-t-elle doucement. Il voulait vérifier que mon voyage s'était bien passé.

Je me tends. Si on s'est déjà servi de moi par le passé, je ne m'en suis jamais soucié. Mais de penser que mon temps avec Hanna sert à manipuler son ex ? Cette idée m'est insupportable.

— Que pense-t-il du fait que tu sois ici avec moi ?

Avec un clic, elle replace le téléphone sur la table de chevet.

— Il ne sait rien. Tout le monde pense que je suis en déplacement professionnel pour une commande de gâteau de mariage.

J'ai envie de la toucher. La nuit dernière, j'étais si obsédé par ma propre douleur, mon propre besoin, par mes propres démons, que je n'ai pas pensé à lui demander quels étaient les siens.

Mais maintenant, je veux caresser ces lignes autour de ses yeux, et les faire disparaître. Je veux passer mon pouce sur ses joues, jusqu'à trouver les traces de ces larmes qu'il a fait couler.

— Je ne m'attendais pas à ce que tu viennes, je lui avoue. Je croyais que tu serais retournée avec lui.

Quand elle se tourne vers moi, je vois une lueur désolée dans ses yeux.

— Je l'ai embrassé.

— OK.

À ses mots, je ressens une jalousie sourde dans mon ventre. *Fais chier.*

— C'est juste arrivé comme ça.

— Tu peux embrasser qui tu veux, tu sais, je commence prudemment. Tu ne me dois rien.

— Je sais. Mais... C'est différent pour moi. Je n'ai jamais...

Elle secoue la tête.

Je n'avais pas le droit de l'inviter ici. Il faut que je la laisse tranquille. Je ne veux pas m'impliquer avec une fille qui pense qu'elle n'a pas le droit d'embrasser son ex. Donc je ne vois pas pourquoi je lui demande :

— Te fait-il encore de l'effet ?

Elle se relève, secoue la tête et se retourne, de façon à ce que je ne puisse plus voir son visage.

— Ça n'a pas d'importance. Tout est fini.

— Tu mens très mal, fais-je d'une voix morne.

Elle lâche un rire triste.

— C'est mieux que d'être spécialisée dans le domaine, j'imagine.

Elle marque une pause et j'attends, je sais qu'elle veut en venir quelque part, qu'elle rassemble ses pensées. Finalement, elle plante ses yeux dans les miens.

— Il m'a demandée en mariage, à mon retour de Saint Louis.

Je cligne des yeux. Je ne sais pas du tout quoi faire de cette information. Je ne fais pas partie de ces hommes qui crient sur tous les toits qu'ils ne comprennent pas les femmes. J'aime à croire que Janelle m'a enseigné la base en ce qui concerne la psychologie féminine. Hanna cache notre relation à son ex, c'est une chose, mais quand cet ex devient un fiancé, c'en est une autre.

— Je lui ai dit non, continue-t-elle.

Je ressens du soulagement, et je n'aime pas ça.

— Mais tu avais envie de dire oui.

— Je ne sais pas.

Elle mordille sa lèvre inférieure avant d'ajouter :

— Il m'a dit de garder la bague. De prendre le temps de réfléchir. Il a dit qu'il m'attendrait.

Quelque chose se noue dans mon ventre.

— Et tu as envie qu'il t'attende ?

—Je ne devrais pas, mais oui, j'en ai envie.

— Alors, il ne me reste plus qu'une question à te poser. Que fais-tu ici avec moi ?

Elle pose ses yeux sur mon visage.

— Parce que j'avais envie de dire oui, et toi, tu me rappelles pourquoi je dois lui dire non.

Oh merde. Putain de merde.

Je ne suis même pas sûr de la comprendre, mais je sais que je devrais prendre mes jambes à mon cou. Au lieu de ça, je m'approche encore plus d'elle et lui chuchote :

— Viens à Los Angeles avec moi.

La douce vierge d'un trou perdu en Indiana, m'a donné une nuit. Et maintenant, je suis à elle.

HANNA

Opulence. Voilà le mot qui caractérise la maison de Nate. Sols en marbre, chandeliers en cristal, des plafonds hauts, des murs ornés d'œuvres qui feraient mourir Maggie de jalousie.

J'aime la regarder, m'ébahir de tout ce luxe, mais je ne peux pas m'imaginer vivre ici. Ce serait comme vivre dans un musée. Je préfère ma petite maison en location à New Hope partagée avec Lizzy.

— Qu'en penses-tu ? me demande-t-il après me l'avoir fait visiter.

— C'est fabuleux. Je n'ai jamais rien vu de tel.

Selon les standards de New Hope, ma famille est riche. Mais il y a les riches de New Hope et les riches de Hollywood Hills.

Nate soupire.

— Oui, j'imagine que tu as raison.

— Tu ne l'aimes pas ?

C'est étrange de poser cette question à un homme au sujet de sa propre maison.

Il hausse les épaules.

— C'est une maison.

Puis il m'attire contre sa poitrine et colle ses lèvres aux miennes pour me donner un baiser enivrant. Ses mains glissent vers mes hanches et mes fesses.

— Quel joli tableau !

J'essaie de m'écarter quand j'entends une voix féminine. Nate me prend par les épaules et me retourne tout en me gardant près de lui.

— Janelle, dit-il, je voudrais te présenter mon invitée. Hanna, voici ma sœur, Janelle Crane.

La seconde où il prononce son nom, où je vois son visage, je tombe bouche bée devant cette belle jeune femme toute menue, aux cheveux noirs. J'aurais dû deviner que la sœur de Nate est l'actrice Janelle Crane. Il a mentionné que sa mère était une actrice le soir de notre rencontre, et il ne faut pas être un détective pour en déduire que sa sœur peut l'être également. Peut-être que si je lisais tous les magazines people de ma mère, j'aurais fait le rapprochement.

— Hum... Waouh... hum

Je cligne des yeux, et fouille mon cerveau à la recherche de ces trucs, les... hum... mots. Oui, c'est ça des mots. Quelques-uns. Qui se suivent.

Janelle soulève un sourcil et reporte son attention sur son frère.

— Elle a l'air plus intelligente que tes conquêtes habituelles, et pourtant, elle ne semble pas savoir faire de phrases complètes.

— Ne sois pas désagréable, la prévient Nate d'une voix légère.

Mes joues brûlent.

—Je suis juste... une fan.

Je déglutis si bruyamment qu'on peut m'entendre dans le silence de la pièce.

Elle lâche un gros soupir.

— Pour *Roommates*, c'est ça ? me demande-t-elle en nommant la sitcom connue que mes amis et moi regardions à la fac.

J'opine comme une imbécile. Enfin, je suis là avec Nate Crane, putain, une célébrité à part entière, et je me retrouve muette de stupeur devant sa sœur.

— Hanna a aussi une jumelle, dit Nate à Janelle.

Je me tourne brusquement vers lui.

— Vous êtes jumeaux ?

Le soir de notre rencontre, il m'avait dit que sa curiosité sur ma jumelle n'avait rien de sexuel. Maintenant, je comprends ce qu'il voulait dire.

— Je ne veux pas interrompre votre week-end romantique, reprend Janelle, mais je ne pouvais pas rester une minute de plus dans *sa* maison.

Je me mords la lèvre pour m'assurer que je ne vais pas poser de questions indiscrètes. Mais sérieusement, je suis à deux doigts de lui dire que j'étais à cent pour cent dans la Team Janelle pendant son horrible divorce sur la place publique avec l'acteur Tom Comer. (J'avoue, il m'arrive de feuilleter les magazines de maman.) N'importe quoi. Il la trompait allègrement, et si l'on en croit trois sur quatre publications vendues dans mon kiosque, cet idiot pensait qu'elle aurait dû accepter qu'il lui soit infidèle.

— Viens t'installer ici quelque temps, lui dit Nate. Tu peux te faire oublier. Tu sais que j'ai assez de place.

Son rictus s'adoucit et ses yeux se remplissent de larmes.

— C'est vrai, tu es sûr ? Mais je ne veux pas me retrouver au milieu de... commence-t-elle avant de m'étudier attentivement. Au milieu de tout ça.

— Oh non ! je réponds en secouant la tête. Il n'y a rien. Je suis juste une amie. Je repars dans deux jours.

Nate m'attire plus près de lui et me tient contre sa poitrine.

— Évidemment que je suis sûr. Fais comme chez toi.

— Nathaniel Crane, tu n'as pas intérêt à avoir invité quelqu'un dans cette maison sans me prévenir avant !

Nous nous retournons tous les trois pour voir un homme large et musclé entrer dans la maison, son visage d'ébène indigné, les mains sur ses hanches.

— Hanna, continue Nate, voici Jamaal. Mon gardien et mon chef de la sécurité.

Jamaal lève les yeux au ciel.

— Un titre ronflant, mais je ne fais que ramasser le linge sale de Nathaniel, et j'empêche ses fans en délire de pénétrer dans la maison par effraction pour le voler.

Nate émet un grognement.

— Pourrais-tu montrer ma chambre à Mlle Thompson ? Je dois parler une minute à ma sœur.

Jamaal s'empare de mes sacs et je le suis dans les escaliers, puis dans un long couloir dans l'aile ouest. La chambre est tout aussi somptueuse que le reste de la maison et je ne peux pas m'empêcher d'en admirer les moindres détails : les moulures, les planchers en bois polis, la façade de cheminée en marbre en face de l'énorme lit.

Trop tard, je m'aperçois que Jamaal m'observe.

— Désolée, je marmonne. Je n'ai jamais vu un endroit pareil.

Il grogne en guise de réponse. Pas besoin d'avoir fait des études pour voir qu'il ne me fait pas confiance.

— Tu comptes rester combien de temps ? me demande-t-il en joignant ses mains devant lui.

— Seulement deux nuits.

J'ai raconté à ma famille que je devais me rendre chez une amie de la fac pour remplacer au pied levé son pâtissier qui avait annulé à quelques jours de son mariage. Ils y ont cru, mais cette excuse ne me fait gagner que deux ou trois jours, si je veux que ma liaison avec Nate reste secrète. Et je le veux. Il faut qu'elle reste secrète pour que Max obtienne cette subvention.

À la seule pensée de Max, mon estomac se serre, mais la sensation est différente depuis qu'il m'a attirée devant ce miroir et m'a dit toutes ces choses. Est-ce qu'il les pensait vraiment ? Ou est-ce que tout ça faisait partie d'un plan pour me reconquérir ? Est-il toujours en train d'essayer de me redonner confiance en moi comme il le faisait depuis le début ? Il paraissait si... sincère. Et sexy. Depuis quand l'idée qu'un homme pense à moi pendant qu'il se branle est-elle devenue si excitante ?

— Elle peut rester aussi longtemps qu'elle le voudra, dit Nate depuis la porte.

Je me retourne brusquement vers lui, envahie par la culpabilité, et j'arrête de penser à Max. Nate me sourit en entrant.

— Très bien, répond Jamaal. Préviens-moi si tu as besoin de quoi que ce soit.

Il se retourne vers Nate.

— Je peux te parler dans le couloir ?

Nate opine et les deux se suivent à l'extérieur de la pièce. J'essaie de ne pas tendre l'oreille, mais je ne fais pas le contraire non plus.

La voix de Jamaal résonne, « mauvaise idée », « faire ton deuil » et puis j'entends celle de Nate cracher « rien à voir avec lui ». Encore des murmures, puis la porte s'ouvre sur Nate.

— Tout va bien ? demande-t-il en fermant la porte derrière lui.

— Que s'est-il passé ?

Nate hausse les épaules.

— Jamaal ne fait confiance à personne. Il a peur que tu ne profites de moi et parle de vulnérabilité émotionnelle.

— Comment sait-il que je suis vulnérable émotionnellement ?

— Pas toi, moi, soupire-t-il en venant vers moi.

— Que s'est-il passé ?

Il hausse à nouveau les épaules.

— Mon père est décédé il y a deux semaines.

— Oh mon Dieu.

Je suis vraiment une conne égoïste. Et égocentrique. C'est une célébrité, la nouvelle est sûrement passée en boucle à la télévision, mais je n'en savais rien.

— Je suis désolée.

— Ne le sois pas. Je vais bien.

Avant que j'aie pu dire un mot de plus, il me prend contre sa poitrine et enfouit son nez dans mes cheveux.

Je l'entoure de mes bras et le serre. Moi aussi j'ai perdu mon père, et je sais que le deuil est parfois compliqué. Puis j'ai un déclic et m'écarte.

— Mais tu étais dans le Midwest ces quinze derniers jours.

— C'est vrai. Tu as pu dormir dans l'avion ? Tu as envie de faire une sieste ? me demande-t-il avec un sourire espiègle comme si nous ne venions pas juste d'évoquer le décès de son père. Je peux me joindre à toi si tu as envie de compagnie.

Je ne le pousse pas. Ce ne sont pas mes affaires, et clairement, il ne veut pas en parler.

Je bâille et étire mes bras au-dessus de ma tête.

— Maintenant que tu en parles, je me ferais bien une petite sieste.

Ses mains passent sous mon T-shirt.

— Fantastique. Je t'ai prévenue que mon règlement intérieur interdit le port de vêtements dans mon lit ?

Ses mains ont trouvé l'agrafe de mon soutien-gorge quand quelqu'un tape à la porte, et nous nous immobilisons tous les deux.

— Oui ? demande Nate.

— Il l'a demandée en mariage, annonce faiblement la

voix de Janelle. Il vient juste de m'appeler pour me dire qu'elle avait accepté. Il pensait vraiment que c'était le moment de me dire un truc pareil ?

Nate ferme les yeux et marmonne quelques grossièretés.

— C'est bon, je le rassure. Va voir ta sœur. Elle a besoin de toi. J'ai envie de prendre une douche de toute façon.

À en croire l'expression sur son visage, on penserait que je viens de lui annoncer que j'allais torturer son chiot.

— Très bien. Mais ce soir, je vais te déshabiller, et te faire jouir si fort que tu en oublieras ton propre nom.

NATE

— *R*aconte-moi l'histoire de cette maison, me murmure-t-elle en s'installant contre moi dans le lit.

J'ai patienté bien trop longtemps pour la rejoindre ce soir. On aurait dit que Janelle était en mission pour m'empêcher de tirer mon coup.

— Que veux-tu savoir ?

— Elle ne te ressemble pas, et tu ne l'aimes pas en particulier. Tu pourrais vivre où tu le souhaites, acheter n'importe quelle maison, mais tu choisis de vivre ici. Pourquoi ?

Je passe mes doigts dans ses cheveux, content qu'il fasse sombre.

— Mon père me l'a acheté. Nous n'étions pas très proches, et le fait qu'il pense que je puisse aimer cette maison prouve que tu me connais plus en quelques jours passés ensemble que lui en toute une vie, je soupire. Mais je n'arrive ni à la revendre ni à la redécorer.

— Il te manque, pas vrai ?

Je serre la mâchoire.

— Mon père était un connard. Les connards ne manquent à personne.

Elle pose une main sur mon visage.

— Ce n'est pas parce qu'on entretient une relation difficile avec quelqu'un qu'on n'éprouve pas de la douleur à sa disparition.

Ma poitrine se serre. Parce que ma belle-mère pense exactement le contraire. Elle nous a dit à Elle et moi que nous n'étions pas les bienvenus aux obsèques. Elle n'a pas compris que nous avions besoin de lui dire au revoir, autant que les enfants qui avaient reçu son temps et son affection. Peut-être plus.

— Tu dois vraiment rentrer chez toi si vite ?

J'essaie peut-être de changer de sujet, ou peut-être que je suis vraiment dans le vif du sujet. J'ai passé un mois de merde, avec le mariage de Vivian, et sa jolie petite famille, et le décès de mon père. Le sourire de Hanna et la façon dont elle veut se sentir désirée. Je n'ai jamais connu ça avec aucune autre femme. Avec elle, je me sens essentiel, nécessaire, pour la première fois depuis bien trop longtemps.

— Je n'ai absolument rien de prévu jusqu'à mon rendez-vous avec l'inspecteur en fin de semaine.

Elle penche la tête et m'observe comme si nous partagions un secret.

— Je suis si contente pour ma pâtisserie.

— Tu te fous de moi ? Tu t'es lancée ? C'est génial !

Elle relève la tête et me regarde dans les yeux en souriant.

— Oui, parce que tu n'en savais rien, pas vrai ?

— J'aurais dû être au courant de quelque chose ?

— Mmmh, et bien j'ai un investisseur anonyme, et le projet est en route. Le bâtiment est en travaux en ce moment même.

Je dépose un baiser sur le haut de sa tête et la tiens contre moi, respirant son parfum.

— Tu le mérites, mon ange.

Elle s'écarte et me lance un sourire triste.

— *I'm nobody's hero, baby. Try not to fall too deep,* commence-t-elle en récitant les paroles de ma chanson. *I'm nobody's angel, love, but you were crying in your sleep.*

— Oh, mais tu es mon ange, je réplique en enfouissant mon visage dans son cou. Tu es apparue juste au moment où j'avais besoin de m'évader. Quand tu souris, j'oublie tous mes problèmes. Et les bruits que tu fais quand je te touche ? Je pourrais m'y noyer. Me perdre dans tes cris de jouissance.

Je glisse une main entre ses jambes et caresse son clitoris.

— Il me suffit de te goûter pour oublier toutes les emmerdes que la vie me réserve.

— Tu ne t'es jamais dit que tu pouvais être un ange pour moi aussi ? me demande-t-elle, avec un léger sourire.

Putain. Adorable.

— Comment serait-ce possible ?

— Parce que les anges ne restent pas pour toujours.

Ils arrivent quand on a besoin d'eux, et puis ils repartent, répond-elle en étudiant mon visage. J'ai besoin que ta présence soit temporaire dans ma vie autant que tu as besoin de la même chose de ma part.

HANNA

*L*a bibliothèque sent les livres et les cookies à la
cannelle. Je m'assieds confortablement dans un
fauteuil et glisse mes jambes sous moi.

J'ai rêvé de Max cette nuit. Son souffle contre mon
oreille, sa queue dans ma main pendant que je le caressais
entre nos deux corps. *« Baise-moi, Max »*, je lui chuchotais
à l'oreille. *« Montre-moi que tu me veux »*. Et il m'a obéi. Il a
soulevé ma jupe et m'a prise contre le mur en murmurant
des mots cochons. Quand il s'est retiré, Meredith tapait
sur son épaule en lui demandant *« Ensuite, c'est mon tour ? »*

Je me suis réveillée avec un cri de colère coincé dans
la gorge et Nate dormait à mes côtés.

Je ne suis pas tranquille quand je rêve d'un homme
tout en dormant avec un autre, alors je me suis levée.

Je rêve souvent de Max depuis cette soirée au club.
Certains rêves sont agréables, d'autres pas du tout. Mais
ce sont toujours des rêves très érotiques et quand je me
réveille, je le désire... et il me manque.

Alors pourquoi suis-je ici, dans la maison de Nate à Hollywood Hills ? La pâtisserie ouvre bientôt et je devrais être à New Hope en pleins préparatifs, mais je n'arrive pas à refuser les invitations de Nate. J'ai trop envie de ses mains et de sa bouche. J'ai trop envie de ces précieux moments dans ses bras qui me font oublier mon cœur brisé.

Tôt ou tard, je vais devoir arrêter ces petites escapades et accepter la vérité. Quel que soit le nombre de nuits que je passe avec Nate, et quels que soient mes sentiments pour lui, mon amour pour Max ne faiblit pas.

Je pensais que Nate pourrait expulser Max de mon cœur, mais j'ai peur que Nate s'y soit installé aussi, sans bousculer Max de sa position. Pourtant, chaque fois que mes lèvres se posent sur celles de Nate ou chaque fois qu'il pose les siennes sur moi, j'ai l'impression d'enfoncer un clou supplémentaire dans le cercueil de ma relation avec Max.

La bibliothèque est mon endroit préféré dans cette grande maison. Enfin, il arrive en deuxième position, après la chambre de Nate, bien sûr. Quand je me suis réveillée ce matin, je me suis faufilée jusqu'ici et j'ai choisi un bouquin sur une étagère remplie de livres romantiques. Je ne sais pas qui a rempli cette bibliothèque, mais c'est une personne qui a bon goût en lecture.

Maintenant, je suis recroquevillée devant le feu, avec une tasse de café fumant à côté de moi, et un livre sur les genoux.

— Tu es encore ici ?

Je relève la tête et vois Janelle qui s'installe sur un

fauteuil en face de moi. Elle porte un pantalon de yoga noir et un fin T-shirt à large encolure. Ses cheveux sont relevés à la va-vite en un chignon sur le haut de sa tête, et pourtant elle est belle à couper le souffle. Je suis carrément jalouse.

— Ça te pose un problème ? je lui demande.

Elle soulève une épaule.

— C'est la maison de Nate. Ça n'a pas d'importance si ça me pose un problème.

— C'est moi qui te pose problème ?

Je m'en fiche si c'est le cas. Le temps que je passe avec Nate n'est pas réel. C'est juste temporaire. Suspendu dans les airs. Ce qu'une actrice peut bien penser de moi n'aura aucune conséquence sur ma vie.

— Non, répond-elle en abaissant ses épaules. Tu ne me poses aucun problème Hanna. Mais je suis très curieuse de savoir quelle influence une nana de Pétaouchnock en Indiana, peut avoir sur mon frère.

— Je n'ai aucune influence sur Nate. Nous sommes juste...

Je m'interromps pour trouver le terme adéquat, mais je ne le trouve pas. Compagnons de baise qui ne baisent pas ?

— Nous sommes amis.

— La façon dont il te regarde est carrément amicale, j'avoue.

Jamaal apparaît chargé d'un plateau contenant une théière en céramique et une tasse. Il le pose sur la table basse entre nous et se tourne vers moi.

— Je peux t'apporter quelque chose ?

Je secoue la tête.

— Non merci, je n'ai besoin de rien.

— Nathaniel prépare le petit-déjeuner. Il m'a chargé de vous demander à toutes les deux de le rejoindre dans la véranda dans trente minutes.

Je ne peux pas m'empêcher de sourire quand j'entends le nom de Nate.

Janelle parait sceptique.

— Nate s'est levé avant neuf heures du matin ?

— Il semblerait, répond Jamaal en me regardant de manière appuyée. Il se pourrait qu'il subisse une bonne influence ces derniers temps.

— Rien à voir avec moi, je proteste. C'est probablement le décalage horaire.

— Mmm, mmm, concède Jamaal en se tournant pour repartir de la bibliothèque.

Quand je me retourne vers Janelle, elle me regarde fixement.

— Quoi ?

— Tu sais ce que je trouve excellent ? me demande-t-elle. Toutes ces femmes qui se jettent sur mon frère, les groupies et tout ça ? Elles pensent toutes que Nate est un rocker, un bad boy, mais en réalité, la plupart du temps, il préfère se poser avec un comic ou regarder *Firefly* en Blu-ray plutôt que de faire la fête avec elles. Elles n'ont aucune idée de qui il est vraiment, ou de ce qu'il aime réellement. Et il les laisse croire ce qu'elles veulent parce qu'il n'a aucune intention de les laisser s'approcher de lui. Et pourtant, te voilà...

— Qu'est-ce qui cloche chez moi ?

— Tu ne le prends pas pour un bad boy.

Je soulève un sourcil.

— Il ne se cache pas vraiment d'être un geek.

Elle opine lentement et serre les lèvres.

— Les gens voient ce qu'ils veulent voir, je poursuis. Si toutes ces femmes pensent que c'est un rocker et un fêtard invétéré, c'est peut-être leur propre fantasme.

— Ou peut-être qu'il te laisse voir ce qu'il ne montre à personne d'autre.

Je secoue la tête. Je n'ai pas envie de parler de ça. Nate et moi savons ce que nous représentons l'un pour l'autre, et c'est tout ce qui compte. Je n'ai aucun désir d'essayer de l'expliquer à Janelle.

— Nate ne ramène jamais de femmes ici, continue-t-elle prudemment. Tu le savais ?

Je fronce les sourcils.

— Les magazines people parlent souvent des grosses soirées chez lui.

— Oui, à l'arrière de la maison, sur la terrasse et parfois dans le pavillon du jardin. Mais à ma connaissance, tu es la première femme qui ait eu la permission de venir à l'intérieur.

— Oh !

Je ne sais pas comment digérer cette information. Nate, avec son aversion pour l'engagement, et son refus de prendre ma virginité.

— Et bien, peut-être que je suis la première femme qui n'attend rien de lui.

— Rien d'autre que du sexe, j'espère, lance Nate en entrant dans la bibliothèque. Ses yeux se réduisent à deux fentes en observant sa sœur alors qu'il s'approche de nous, puis il tourne son attention vers moi.

— N'écoute pas ce qu'elle te dit sur moi. Ce sont des mensonges. Sauf les compliments. Les compliments sont complètement véridiques.

Il me prend par la main et m'aide à me relever avant de m'embrasser passionnément devant sa sœur.

— Viens dans la cuisine, j'ai envie de te nourrir.

MAX

Je ne suis pas le genre de gars qui rêvait de devenir père. J'imaginais que ça finirait par arriver, mais ce n'est pas une chose à laquelle je pensais souvent. Je n'étais sûrement pas pressé, et je n'aurais jamais cru que ça m'arriverait de cette façon.

Même une fois que je suis tombé amoureux de Hanna, que j'ai su que je voulais me marier avec elle et que j'ai vu à quel point elle serait une bonne mère, je n'étais pas vraiment pressé que ça arrive.

Si j'avais dû parier sur le fait que ce bébé était le mien, j'aurais mis toutes mes économies sur la possibilité que Meredith était une sacrée menteuse. Ce que je veux dire, c'est que les dates correspondent. Nous couchions ensemble exactement à la période où elle a annoncé à Will qu'elle avait acheté du sperme. Mais elle peut se montrer si machiavélique, que j'ai du mal à lui faire confiance.

Merde. Ce n'est pas sa faute. Elle est machiavélique

parce qu'elle a été obligée de le devenir. Il fallait qu'elle soit dure pour survivre. Il fut un temps où je trouvais ce trait de caractère attirant chez elle. Nous nous comprenions.

Je me raidis quand j'entends la sonnerie de l'entrée. C'est Meredith. Je lui ai dit que nous pouvions nous parler, mais maintenant je regrette de le faire ici et pas dans un endroit public.

J'ouvre la porte sur une poussette à fleurs dans laquelle se trouve un petit paquet rose.

— Je te présente Claire, murmure Meredith.

À cette seconde précise, je ne doute plus qu'elle soit de moi. J'ai vu assez de photos de moi bébé pour savoir à quoi je ressemblais. Et ce nouveau-né est là, avec les mêmes grands yeux bleus et la même épaisse touffe de cheveux bruns.

Meredith se penche en avant, soulève le bébé de la poussette et me le tend. Je le prends dans mes bras, maladroitement pour commencer, jusqu'à ce que je trouve comment le lover dans le creux de mon coude et contre ma poitrine.

Elle sent le talc et ses yeux se plantent dans les miens. Ses petits doigts s'enroulent autour de mon pouce.

Il me faudra deux battements de cœur et une respiration profonde et saccadée pour en tomber amoureux.

J'ai déjà entendu des gens décrire un moment comme celui-ci en parlant d'un bouleversement intérieur. Mais pour Claire et moi, c'est différent. C'est le contraire. Pour la première fois de ma vie, je reste immobile. Tout change. Le monde glisse autour de nous, et nous nous trouvons à notre place. Fille. Père. Juste comme ça.

— Tu aurais dû m'en parler, je chuchote. J'avais le droit de savoir.

— Je refuse qu'on pense dans cette ville que je suis tombée enceinte par accident.

Je quitte Claire des yeux un instant pour regarder sa mère.

— Mais tu étais d'accord pour que tout le monde le pense, si Will était le père.

Elle grimace.

— Ce n'est pas la même chose.

Elle tend les mains comme pour reprendre Claire. Je secoue la tête et me dirige vers le canapé. Claire a un mois. J'ai déjà raté trop de choses.

— Ce n'est pas la même chose parce qu'il a de l'argent, dis-je d'une voix douce pour ne pas affecter Claire.

— Nous pourrions être ensemble, me lance-t-elle. Je dirais à tout le monde qu'elle est à toi si nous vivions ensemble, si nous étions une famille.

— Je serai sa famille, je réponds à Meredith sans lâcher Claire des yeux. Je n'ai pas besoin de quitter Hanna pour que cela.

— Pourquoi est-ce que tu tiens tant à cette grosse truie ?

Je ne parviens à garder mon calme que parce que je tiens Claire dans mes bras. Je regarde Meredith. J'ai cru pendant longtemps qu'elle répondait à tous les critères de beauté. Cheveux blonds, yeux bleus, élancée. Mais tout ce que je vois aujourd'hui, c'est une femme laide, en colère et dont la force l'a rendue dure et amère.

— Sors de chez moi, je réplique calmement. Tu n'es pas la bienvenue ici si tu parles de Hanna comme ça.

— Alors, rends-moi ma fille.

Je secoue la tête.

— Va boire un café ou faire autre chose, Mer. Claire et moi devons faire connaissance.

HANNA

*M**eredith : Je sors de chez Max. Je me suis dit que tu aimerais être au courant.*

Mon estomac se serre quand je lis ces mots Peut-être qu'elle ment, ou peut-être qu'elle dit vrai. Mais tout ce qui compte, c'est que même je suis celle qui a insisté pour terminer les choses entre Max et moi, mon ventre se noue à l'idée qu'il puisse toucher quelqu'un d'autre. Surtout Meredith.

Je suis *vraiment* une hypocrite.

Nate me rejoint sous le proche et enroule ses bras autour de moi en m'attirant contre lui jusqu'à ce que mon dos touche sa poitrine.

— Dieu merci, elle est allée se coucher, chuchote-t-il contre mon oreille. J'ai cru qu'elle ne partirait jamais.

Je pose ma tête contre lui et il pose sa bouche sur mon cou.

— Sois gentil avec ta sœur, je murmure. Elle traverse une passe difficile.

— Moi aussi, proteste-t-il. J'ai à peine pu te toucher aujourd'hui. Voilà quel genre de sacrifice je fais pour elle, et elle ne s'en rend même pas compte.

Ses mains glissent sous mon T-shirt et se posent sur mon ventre.

— Viens te baigner avec moi.

— Je n'ai pas de maillot, je lui fais remarquer.

— Encore mieux, murmure-t-il en faisant passer mon T-shirt par-dessus ma tête.

Je glousse indignée, mais il a déjà jeté mon haut à terre et s'attaque au bouton de mon jean.

— Très bien, j'acquiesce en me débarrassant de mon pantalon parce que c'est juste ce dont j'ai besoin pour oublier ce SMS de Meredith.

Je donne un coup de pied dans mon jean et frotte mon dos contre lui en constatant qu'il bande déjà.

— Mais je dois t'avouer que je n'ai jamais pris de bain de minuit. S'il y a un protocole à suivre, tu dois me prévenir tout de suite.

Il gémit et empoigne mes hanches pour m'immobiliser.

— Si tu continues à frotter ce magnifique cul contre moi, je vais faire quelque chose de gênant.

Je me retourne dans ses bras en me retenant de sourire.

— Ah bon ?

Ses yeux tombent sur mes seins. Puis il recule d'un pas. Je ne porte rien d'autre que mon soutien-gorge en satin noir avec la culotte assortie. Ses yeux brûlent de désir alors qu'il me contemple.

— Retire ton soutien-gorge, Hanna, murmure-t-il.

Je déglutis et j'obéis. Je défais l'agrafe sur le devant et libère ma lourde poitrine. Le soutien-gorge tombe sur mes épaules et j'attends. Je n'ai jamais aimé qu'un homme me regarde nue, ou à moitié dénudée. Je suis devenue spécialiste pour éviter ce genre de situation avec Max. Pourquoi est-ce que je réagis si différemment avec Nate ? Parce que c'est juste un fantasme et je sais que c'est temporaire ?

— Et ton T-shirt ?

Il fait passer son T-shirt au-dessus de sa tête et le jette de l'autre côté de la pièce.

— Ta culotte, exige-t-il avec un mouvement de tête.

Je passe mes pouces dans le satin de chaque côté de mes hanches et je la fais lentement glisser. Nate la suit des yeux alors qu'elle tombe sur mes chevilles et que je fais un pas pour me libérer.

Il fait un pas vers moi et sa bouche vient s'écraser contre la mienne. Ses doigts passent entre mes seins et sur mon ventre.

— J'ai besoin de te goûter, murmure-t-il.

Sa main glisse plus bas et je me recule pour lui échapper.

— Je croyais que nous allions nous baigner ! je m'écrie en me précipitant vers la porte.

Je lui lance un sourire par-dessus mon épaule.

— Coquine ! me lance-t-il.

Je cours à l'extérieur, sur la terrasse vers la piscine. Quand j'entre dans l'eau chauffée, elle tourbillonne autour de mes chevilles et mes mamelons se durcissent au contact de l'air frais de la nuit. Nate est derrière moi avant que j'aie pu descendre les marches. Je me retourne, il est nu, superbe, sa queue s'érige entre nous. J'ai envie de le toucher. D'aller plus profond dans la piscine et de le prendre dans ma bouche alors que l'eau tiède caresse ma peau.

Je résiste à cette tentation, et je plonge pour émerger de l'autre côté de la piscine. Je m'accroche au rebord et glousse quand je sens une main autour de ma cheville.

Nate reste sous l'eau et me retourne. Il remonte lentement en déposant des baisers le long de mon corps, mes cuisses, mon ventre, mes seins. Quand il refait surface, je tremble et m'accroche à la margelle.

Il sourit et pose une main de chaque côté de moi, m'immobilisant jusqu'à ce que je passe mes bras autour de son cou.

— Tu n'as vraiment jamais pris de bain de minuit ?

Je soulève les épaules.

— Jusqu'à aujourd'hui.

— Alors je suis ton premier ?

— Tu es mon premier pour beaucoup de choses, je chuchote en baissant les yeux vers son cou.

Il soulève mon menton du doigt pour me regarder dans les yeux.

— Quoi d'autre ?

— Mon premier rocker, ma première visite à Los Angeles. Ma première fois...

Je suis trop gênée pour poursuivre.

— Quoi ? insiste-t-il.

— Sexe oral.

Mes joues sont bouillantes.

Ses yeux s'écarquillent.

— J'ai entendu parler de la chance du débutant, mais là...

— Non, j'avais déjà taillé des pipes. Plein de fois. Mais je n'avais jamais...

Cette conversation est de plus en plus embarrassante, et j'essaie de m'échapper, mais il me tient fermement.

— Ton petit ami ne te le faisait pas ? C'est un de ces idiots qui pense que c'est dégueu' ?

— Non, il en avait envie. C'est moi...

Je suis si embarrassée, pourquoi est-ce que j'ai lancé le sujet ?

— Je ne voulais pas le laisser faire.

— Merde, souffle-t-il.

Mais il n'a pas l'air déçu, juste étonné.

— Alors, pourquoi tu m'as laissé faire ?

— Je n'avais rien à perdre avec toi, j'admets.

Si j'avais laissé faire Max, il m'aurait vue nue. Il aurait vu les parties de mon corps qui d'après moi, ne lui auraient pas plu.

Il secoue la tête.

— J'aurais préféré que tu me le dises.

— Je suis contente de n'avoir rien dit.

Parce que je sais qu'il ne l'aurait pas fait s'il avait su. Et cette expérience, perchée sur le meuble de salle de bain de cet hôtel de luxe, jambes écartées, alors qu'il me léchait et m'embrassait pour me faire jouir, je ne voudrais pour rien au monde avoir raté ça.

J'enroule mes jambes autour de lui instinctivement et

je me sens parcourue par un frisson de plaisir quand il presse sa queue durcie entre mes cuisses.

Il ferme les yeux.

— Je ne sais pas ce que j'ai fait pour mériter ça, mais je suis sûr que tout ça est un test.

— Ah tu crois ? je lui demande en me mordant la lèvre et en commençant à balancer les hanches, frottant mon corps contre le sien. Qui a dit que c'était un test que tu devais réussir ?

— Hanna...

Il pose sa bouche contre la mienne et m'embrasse fougueusement. Ses mains se crispent sur mes hanches. J'aime la façon dont il me serre contre lui.

— Merci, murmure-t-il contre mes lèvres. De m'avoir fait confiance.

Puis il m'embrasse à nouveau et une de ses mains remonte sur mon sein pour le caresser et le serrer.

J'ai le souffle coupé quand il me pince. Il baisse la tête et prend le mamelon dans sa bouche. Avant que je ne comprenne ses intentions, il me tient et commence à nager vers le côté moins profond. Je lâche un cri perçant quand il me soulève pour me poser sur la première marche, mes pieds se balançant dans l'eau.

— Tu me vires de ta piscine ?

Il reste dans l'eau et me lance un sourire coquin. Il s'approche en flottant, écarte mes cuisses et son sourire laisse la place au désir alors qu'il passe le doigt sur ma fente. Mes hanches basculent instinctivement vers lui et mes jambes s'écartent encore pour lui donner un meilleur accès.

— J'adore me dire que ma bouche est la seule qui t'ait jamais touché à cet endroit.

Il se penche en avant et presse sa langue contre mon clitoris. Il ne lèche pas, il ne suce pas. Il ne fait que goûter.

Je tortille mes hanches pour essayer de retourner dans la piscine, mais il me retient avec une main sur chacune de mes hanches. Mes tétons se dressent dans la brise nocturne.

— Détends-toi mon ange. Je veux te faire jouir pendant que tu contemples les étoiles.

MAX

TROIS SEMAINES AVANT L'ACCIDENT DE HANNA

*L*e dimanche, nous allons toujours déjeuner chez la mère de Hanna. Et nous devons encore faire semblant d'être un couple. Et le fait d'être si proche d'elle que je peux la sentir, si proche que sa main effleure mon bras quand elle parle, c'est l'enfer et le paradis.

— Je te sers des pommes de terre sautées ? je demande à Hanna. Je crois que tu adores ça.

Elle secoue la tête.

— Pas besoin, j'ai pris un petit-déjeuner chez moi.

Je n'y crois pas. Mais ce n'est ni le moment ni l'endroit.

— Krystal ! s'écrie Lizzy.

Elle pose ses couverts et se précipite pour l'accueillir

à la porte. Hanna la suit, plus souriante qu'elle ne l'a été ces dernières semaines.

— Oh mon Dieu, Hanna, crie Krystal. Tu as fondu !

— Trop vite, marmonne Liz.

Je suis d'accord avec elle, mais je sais qu'il vaut mieux que je me taise.

— J'ai encore beaucoup d'efforts à faire.

— Je suis si contente que tu fasses finalement attention à ta santé, Hanna, intervient sa mère en faisant un geste approbateur vers l'assiette de sa fille remplie de légumes crus et de salade de fruits.

Je lutte pour ne rien dire. J'ai vu Hanna sur le tapis de course au club et je l'ai vue éviter la nourriture comme la peste. Je serais un idiot si je pensais que mon petit numéro devant le miroir avait eu un quelconque impact.

Hanna rougit.

— C'est juste que j'ai été très prise par la pâtisserie.

— Comment ça avance ? demande Krystal en s'asseyant avec ses sœurs.

— C'est génial, répond Hanna.

Elle est rayonnante quand elle en parle.

— Je suis si heureuse.

— Et j'ai entendu que tu avais aussi pas mal de clients éloignés, continue Krystal.

Les joues rougies de Hanna deviennent cramoisies.

— Je ne me plains pas, réplique-t-elle.

Plus tard, quand je la dépose à la pâtisserie, le silence s'étire entre nous, empesé par les milliers de non-dits. Elle regarde par la fenêtre, perdue dans ses pensées.

Je retire la clé du contact et m'appuie contre mon dossier.

— C'est la fin pour nous ? Tout est terminé ?

Elle sursaute quasiment quand je lui parle.

— Quoi ?

— Je ne veux plus faire semblant. Pas si tu le fais seulement pour moi. Tant pis pour la subvention, Hanna. Si tu ne veux pas de moi, si tu n'arrives pas à me pardonner, je te laisse ta liberté. Mais je ne peux plus supporter de te voir à cran comme tu l'as été. Je ne peux plus supporter de te voir t'affamer.

Son visage exprime la colère, elle est sur la défensive.

— Je ne m'affame pas.

— Tu es amoureuse de lui ?

Je prononce la question avant d'avoir décidé de la poser. Je ne suis pas sûr qu'il y ait quelqu'un d'autre, mais je m'en doute.

— Quoi ? demande-t-elle en me jetant un regard acéré. Je ne sais pas de quoi tu parles.

Je ferme les yeux et inspire.

— Tout ce que je sais, c'est que la seule chose qui te rende heureuse c'est cette pâtisserie et... ce à quoi tu consacres tes week-ends.

— Tu veux que je te rende ta bague ? me demande-t-elle faiblement.

— Je veux que tu vives ta vie. Tu mérites mieux que de la mettre en pause pour moi.

Elle entrouvre la bouche et m'observe.

— Ça ira pour moi, je lui promets.

Et je dis la vérité. D'une façon ou d'une autre, je vais y

arriver. Je peux licencier l'équipe de nettoyage et faire le ménage du club moi-même ou... autre chose. Il y a toujours une solution.

— Et si tu étais encore le seul homme dont je suis amoureuse ?

Mon cœur bat dans tous les sens, rempli et maladroit.

— Je t'aime aussi.

— J'essaie de t'oublier, murmure-t-elle. Et puis je te vois avec ma famille ou je me souviens à quel point nous étions heureux ensemble, de la façon dont tu me touchais...

Je déglutis, effrayé d'espérer. S'il y a encore une chance qu'elle me reprenne, je sauterai dessus.

— Alors, ne m'oublie pas.

— Je t'aime trop pour abandonner, mais je ne te fais pas assez confiance pour recommencer.

Elle descend de la voiture et je la regarde s'éloigner en essayant de reprendre mon souffle et de soulager mon cœur tourmenté.

NATE

*E*lle est encore amoureuse de lui.

Ces mots se répètent dans ma tête comme un horrible disque rayé depuis que j'ai vu Hanna chez Asher accompagnée de Max. Elle et moi jouons à ce petit jeu depuis plus de deux mois maintenant. Chaque fois que je lui dis au revoir, je me jure que c'est la dernière fois, mais invariablement, une ou deux semaines plus tard, je la convoque à nouveau.

C'est égoïste et impardonnable. Elle lâche tout, et réorganise sa vie pour venir passer une nuit avec moi, deux, si nous avons de la chance. Mais je n'arrive pas à m'arrêter. C'est mon oxygène.

Et elle est toujours amoureuse de lui. Elle devrait l'épouser.

— Hey ! Tout va bien mon pote ?

Je lève les yeux de ma bière et je vois Asher froncer les sourcils.

— Tout va bien. C'est juste...

Juste quoi ? Que j'ai le cœur brisé parce que la femme à qui je ne promets rien a l'air incroyablement heureuse au bras d'un autre homme qui est mille fois mieux pour elle que moi ? Surpris que la femme qui a voulu garder notre relation secrète soit toujours amoureuse d'un autre homme ? Merde, est-ce que vraiment, je n'ai rien vu venir ?

— Salut Nate !

Maggie est souriante et joyeuse alors qu'elle se dirige vers le bar. Les gens bavardent, il y a de la musique, mais il est clair que si elle est heureuse, c'est parce que Asher est à ses côtés.

Il passe son bras autour de sa taille et l'attire vers lui pour un petit bisou. J'en ai la nausée, ils sont si follement comblés ensemble. Généralement, je suis content pour ces gens. Asher mérite d'être heureux. Mais ce soir, je ne peux pas m'empêcher de les détester un tout petit peu, car ils ont quelque chose qui est hors de ma portée.

Quand leur petit bisou se transforme en un baiser appuyé et chaud comme la braise, je me racle la gorge.

Maggie s'écarte, ses joues enflammées.

— Désolée, murmure-t-elle.

— Pas désolé, grogne Asher en l'attirant vers lui pour que son dos se retrouve contre sa poitrine. Tu es toujours le bienvenu ici, mais je ne vais pas me retenir de toucher ma chérie juste parce que tu as besoin de prendre tes distances avec je ne sais quelle diva hollywoodienne qui te donne du fil à retordre cette semaine.

Diva hollywoodienne. Si seulement.

Maggie m'observe les yeux plissés.

— C'est qui cette fois-ci ? J'ai entendu des rumeurs sur Cyrus mais...

Pas mon type. Mon type a plus de formes et les yeux foncés, comme le café noir, mais sucré. Comme le chocolat noir, mais plus doux.

— Qui te dit que je fuis une femme ?

Maggie et Asher échangent un regard et je suis cent pour cent sûr qu'ils se moquent de moi dans leur code secret de couple. Abrutis.

— Je suis si heureuse de voir Hanna ici ce soir, lance Maggie. Je m'inquiétais à son sujet.

— Elle est très stressée, acquiesce Asher. Tout ce que tu peux faire, c'est lui montrer que tu es là pour elle si elle en a besoin.

Je veux demander quelle sorte de stress. Savent-ils qu'ils ont rompu ? Savent-ils que la bague de fiançailles de Max attend sagement la réponse de Hanna dans sa boite à bijoux ? J'ai l'impression qu'il est important que je sache, mais je ne sais pas comment demander à Maggie et à Asher sans leur révéler ma relation avec Hanna.

Relation ? Elle utiliserait probablement le mot *liaison*. Merde, *je* devrais utiliser le même mot.

De l'autre côté de la pièce, Lizzy, la jumelle de Hanna dit quelque chose à Max qui éclate de rire sans lâcher Hanna des yeux. Comme s'il avait peur qu'elle disparaisse s'il la quittait trop longtemps du regard. Je ne sais pas ce qu'il s'est passé entre eux, mais j'étais convaincu qu'il n'était pas attiré par elle, ou du moins qu'il lui faisait croire que c'était le cas. C'était la seule explication que j'avais trouvée pour son manque de confiance en elle et d'expérience. Maintenant que je les vois ensemble, je sais que j'ai tout faux.

— Demande à ta sœur et à Max s'ils veulent rester après la soirée pour profiter de la piscine, dit Asher, ignorant complètement le coup de poignard qu'il m'a mis dans le dos.

— Nous serons partis, et ça ne dérange pas Nate.

Maggie opine, le front plissé par l'inquiétude alors qu'elle observe sa sœur.

— C'est une bonne idée. Elle a été si occupée par la pâtisserie. Ils ont certainement besoin de se retrouver seuls tous les deux.

Et merde.

— Je crois que je vais aller me coucher, je lance en posant ma bière dans l'évier.

Quand j'ai dit à Hanna que je serais à New Hope cette semaine, elle m'a prévenu que je la verrai sûrement avec Max, et qu'ils essayaient de passer pour un heureux couple aux yeux de sa famille. J'ai promis de ne pas souffler mot. Cette promesse commence à ressembler à un pacte avec le diable.

Qu'est-ce que je suis en train de faire ? Vivian m'a appelé hier et m'a dit qu'elle ne déménageait plus dans le Tennessee. Elle va divorcer.

« *Pourquoi ?* » lui ai-je demandé. « *Que s'est-il passé ?* »

« *Il ne supporte pas le fait que je sois toujours amoureuse de toi.* »

Avant même d'avoir digéré ses mots, ses excuses murmurées, j'ai pris un billet d'avion pour l'Indiana, repoussant les propos de Vivian au fond de mon cerveau pour laisser la place à Hanna.

« Nous étions heureux ensemble. Nous aurions pu essayer plus longtemps. »

Vivian me fait un cadeau que je désire depuis plusieurs années. La chance de former une vraie famille avec mon fils. Et la seule chose à laquelle je pouvais penser, était que je ne voulais pas me passer de Hanna.

Je dois mettre un terme à tout ça. Je me le suis dit un millier de fois, mais ça ne m'est jamais apparu aussi clairement que ce soir. Je tire mon téléphone de ma poche.

Nate : *Je ne peux pas te voir ce soir. J'ai d'autres projets.*

De l'autre côté de la pièce, Hanna regarde son téléphone et cligne des yeux quand elle lit le message. Son regard croise le mien, et son visage exprime la douleur et la résignation. C'est l'expression d'une femme qui s'attend à ce que les hommes la piétinent, qui s'attend à ce qu'on l'abandonne. Et je me sens comme une grosse merde, parce que c'est ma faute.

HANNA

UNE SEMAINE AVANT L'ACCIDENT DE HANNA

— *T*u es sûre que tu veux en boire une autre ?

Maggie me regarde comme une maman poule inquiète. Maggie essaie de me dire que je bois trop. Le fait que ce soit elle qui me fasse la morale, entre tous, rajoute du sel à l'injure.

Je lui lance un regard froid et descends ma téquila cul sec. La blanche. Celle que Nate m'a appris à apprécier.

Putain de connard.

Dès que ces mots traversent mon esprit, je suis envahie par la culpabilité. Il a été clair avec moi dès le début après tout. Il a joué cartes sur table, et c'est moi qui ai insisté pour poursuivre la partie. Mais mon Dieu, cette couverture de magazine m'a fait tellement mal. J'étais dans un magasin pour acheter ces pilules coupe-faim qui me permettent de contrôler mon appétit, et je l'ai vue, à côté des caisses.

J'ai dû y regarder à deux fois.

Non, ce n'est pas Nate. C'est quelqu'un qui ressemble à Nate... C'est une vieille photo.

Elle a été retouchée. Rien de tout ça n'est vrai...

Et puis, je n'ai plus trouvé d'excuses. Je me tenais là, à fixer le rayonnage de magazines, quand les pilules et le contenu de mon sac à main m'ont échappé des mains et se sont éparpillés sur le sol.

C'était clairement Nate. Je reconnais sa mâchoire. Ses cheveux. Ses biceps.

C'était clairement une photo récente. La dernière coupe de cheveux de Vivian a fait les gros titres, donc je suis parfaitement consciente que cette photo ne peut pas avoir plus de deux semaines.

Est-ce qu'elle a été retouchée ? Si oui, c'est vraiment un travail excellent.

Mais pourquoi est-ce qu'il ne pourrait pas embrasser la mère de son fils devant ce luxueux restaurant à Los Angeles ? Pourquoi est-ce qu'il ne pourrait pas la laisser glisser ses mains dans ses cheveux et presser ses seins contre sa poitrine ? Pourquoi est-ce qu'il ne pourrait pas faire tout ce dont il a envie avec qui il a envie ?

Il ne m'a rien promis, et au cours de ces deux dernières semaines, il ne m'a pas appelée ni contactée par SMS. Il ne m'a pas invitée à le rejoindre. Tout est fini, et ça ne devrait pas me surprendre.

— Encore un shot ! je commande à personne en particulier.

Brady, le propriétaire de ce trou, s'approche de moi de l'autre côté du comptoir.

— Non, je ne crois pas.

— Tu te fous de moi ? Tu arrêtes de me servir ?

— Il faut bien que quelqu'un le fasse, grommelle-t-il sur le ton d'un père déçu par son enfant.

Je grimace parce que généralement, je ne déçois personne d'autre que ma mère. Mais je m'en fiche de le décevoir. Je secoue la tête et descends de mon tabouret. *Merde*.

Je n'ai plus envie d'être cette fille. J'en ai marre d'être celle qui se plie en quatre pour faire plaisir aux autres. J'en ai assez d'être cette fille qui vit dans l'ombre parce qu'elle a peur que, si elle sortait dans la lumière, les gens pourraient voir qui elle est vraiment et désapprouveraient.

Je peux me permettre de décevoir parfois les gens, non ? Je n'arrive peut-être pas à la cheville d'une actrice, mais j'existe. Je vaux quelque chose.

— Hanna, tente Brady avec prudence.

— Non, non, pas de souci Brady. Je vais descendre la rue jusqu'au Wire. Ils me laisseront boire, et leur service est meilleur qu'ici.

Je me redresse et franchis la porte. Mais au lieu d'aller au Wire, je me dirige vers le club de sport de Max et monte les marches qui mènent à son petit appartement situé au-dessus.

Max ouvre la porte dès que j'arrive sur le palier, et je marque une pause. Mes pieds sont collés au sol tandis que ses yeux restent rivés sur moi, me détaillant, centimètre par centimètre, comme s'il avait vu un fantôme. Il sourit presque, mais son visage reprend une expression impassible et il continue de me fixer, ses magnifiques yeux bleu glace remplis de douleur.

Pourquoi est-ce que ce serait lui qui aurait mal ? C'est lui qui a commencé cette relation sous un faux prétexte. C'est lui qui désirait une autre femme alors qu'il était supposé me désirer moi.

C'est lui qui m'a brisé le cœur.

J'ai envie de les détester, lui et Nate, de les jeter tous les deux dans la catégorie *connards qui ne méritent pas que je m'attarde sur eux*. Mais je les aime.

Je titube en arrière alors que cette pensée me frappe. Je les aime tous les deux.

Quand suis-je tombée amoureuse de Nate ? Ce n'était pas censé arriver. Je passais juste du temps avec lui pour me changer les idées, pour me sentir mieux alors que je réparais mon cœur.

Max s'approche et me rattrape avant que je heurte la rambarde.

Je déglutis, difficilement, les mots qu'il m'a dits le mois dernier résonnant dans ma tête. *Si tu savais ce que je m'imagine quand je me branle, si tu connaissais mes fantasmes de te pénétrer, de sucer tes seins et de te faire jouir, peut-être que si tu savais tout ça, tu finirais par me croire.*

— Tu veux entrer ? me demande-t-il prudemment.

Je passe ma langue sur mes lèvres et j'opine pendant qu'il me tient la porte ouverte.

Dans son salon, les enceintes se remettent en marche et une nouvelle chanson commence. Jason Mraz, I won't give up. Je crois bien que c'était le morceau qui jouait le soir où il m'a demandée en mariage ?

Mon estomac se noue alors qu'il referme la porte derrière lui. Il est si sexy ce soir en jean et chemise grise, ses manches roulées jusqu'aux coudes. Mes yeux suivent la ligne de ses épaules larges jusqu'à ses puissants avant-bras et ses grandes mains. Ces mains me manquent. Max me manque.

Cela me manque d'être allongée dans ses bras, et de parler de notre futur ensemble. Ses projets pour le club, mon rêve d'ouvrir une pâtisserie, d'essayer de deviner à quoi ressembleraient nos enfants si nous les faisions ensemble.

Une boule bloque ma gorge et toutes ces spéculations sont si lourdes dans mon cœur que je n'arrive plus à respirer.

— Tu pensais vraiment ce que tu m'as dit ? C'était... vrai ?

— Ce que je t'ai dit quand ?

Je déglutis.

— Il y a quelques semaines, au club. Tu m'as mise devant un miroir et tu m'as dit... ce que tu pensais de moi.

Sa poitrine se gonfle alors qu'il inspire profondément.

— Je pensais chaque mot.

— Je ne te crois pas, je murmure.

Parce que c'est la racine du problème. Ce n'est pas parce qu'il a embrassé Meredith en décembre que je ne peux plus être avec lui. Nous n'étions pas vraiment un couple à ce moment-là. Nous ne nous étions pas juré fidélité. Ce que je ne crois pas, c'est que, en l'espace de quelques mois, je sois devenue le type de femme qu'il veut. Je ne crois pas qu'il puisse désirer un corps comme le mien.

— Je voudrais te croire, mais je n'y arrive pas.

— Je sais, répond-il en enfonçant ses mains dans ses poches, une expression résignée sur le visage. Je ne sais pas comment je pourrais te le prouver, si ce n'est en t'arrachant tous tes vêtements.

Un gloussement s'échappe de mes lèvres. C'est peut-être la téquila, ou ma décision d'ignorer l'opinion que les autres peuvent avoir de moi. Je souris parce que j'aime l'idée que Max m'arrache mes vêtements. Je l'aime en théorie. Dans la pratique, cela signifierait que je doive lui dévoiler toutes mes imperfections, et ça ne se finirait pas bien.

— Tu ne sais même pas de quoi j'ai l'air, nue, je proteste. Je suis sûre que si je t'avais laissé me déshabiller, tu ne dirais pas ça maintenant.

— Tu peux croire ce que tu veux, Han.

Il passe une main dans ses cheveux sombres. Mon Dieu, il est si beau. Pourquoi est-ce que je suis attirée par des hommes qui sont complètement hors de ma portée ?

— Je vais te le prouver.

Je m'approche de lui, fais passer mon T-shirt par-dessus ma tête, et le jette au sol. Ses lèvres s'entrouvrent et son souffle devient saccadé. Avant que je ne réalise ce que je suis en train de faire, j'enlève mes chaussures et déboutonne mon jean avant de le faire glisser sur mes hanches.

Au cours de ces mois que nous avons passés ensemble, vraiment ensemble, pas cette comédie que nous jouons depuis que j'ai lu les SMS, je me suis dissimulée. J'étais si terrifiée qu'il puisse voir mes rondeurs, mes bourrelets, ma cellulite et tous mes défauts et qu'il perde ensuite l'envie d'être avec moi.

Mais aujourd'hui, je n'ai plus rien à perdre. Il doit me voir telle que je suis vraiment.

— Hanna, murmure-t-il les yeux rivés sur moi. Que fabriques-tu ?

— Je te prouve que celle que je suis vraiment ne t'attire pas.

Je dégrafe mon soutien-gorge noir, et l'entends inspirer alors que je le laisse glisser sur mes épaules. Puis, je retire ma culotte et l'envoie sur le côté avec le pied.

Mon cœur s'emballe alors que je me force à relever la tête pour le regarder dans les yeux et je suis surprise d'y lire un désir brûlant.

— C'est vrai ? je murmure. Je veux y croire, penser que tu ne fais pas semblant....

Il ferme les yeux pendant deux battements de cœur, et quand il les ouvre à nouveau, il s'approche encore.

— Je ne pourrais pas faire semblant, même si je le voulais.

— Fais-moi l'amour, Max. Couche avec moi. Je veux y croire, Max. Prouve-le moi.

— Hanna, souffle-t-il.

Il fait un pas de plus et attire mon corps contre le sien, ma peau nue contre sa chaleur émanant à travers le coton et le jean. Il enfouit son nez dans mes cheveux. Il se penche en avant et dépose des baisers le long de ma mâchoire et pose sa bouche juste en dessus de mon oreille.

— Tu es là et tu me supplies de te baiser, murmure-t-il ses mains glissant sur mes côtés, me faisant frissonner de plaisir. Tu ne sais pas ce que ça signifie pour moi. J'en ai autant envie que toi. Plus. Mais je ne le ferai pas. Pas alors que tu es ivre et que tu prétends que cette bague n'a rien à faire à ton doigt.

Je titube.

— Vraiment ? Parce qu'on dirait une excuse qui tombe à pic.

— Fais-moi confiance. Reviens une fois que tu seras sobre et tu verras, Hanna.

— Et bien, qu'est-ce que vous êtes... mignons.

Je me retourne et découvre Meredith dans l'encadrement de la porte, son bébé dans les bras. Pendant une minute, je suis si surprise de sa présence, si emportée par la haine que je ressens pour elle que j'oublie que je suis là, complètement nue.

Max se poste entre elle et moi pour qu'elle ne puisse pas me voir.

— Meredith, donne-nous une minute.

— Personne ne veut s'infliger ce spectacle de toute façon, ricane Meredith en ressortant sur le palier.

Max referme la porte et se retourne vers moi.

— Je suis désolé, le timing est terrible. Je veux juste...

Je me dépêche de retrouver mes vêtements. Les larmes brûlent mes yeux.

— J'étais si stupide. Vraiment stupide.

Mes mains tremblent quand j'agrafe mon soutien-gorge dans mon dos et que je m'empare de mon T-shirt.

— En réalité, dit Max, nous devons nous parler.

— Non, pas la peine.

Je secoue la tête et enfile rapidement mon jean. *Merde, merde, merde.* Qu'est-ce qu'il m'a pris ? Il ne m'appartient plus. Je l'ai quitté. Donc bien sûr qu'il est avec Meredith maintenant.

— Tu la voulais, tu peux l'avoir.

Il me prend par la main.

— Je t'en prie arrête.

Le son de sa voix me fait lever les yeux vers les siens.

— Ne me mens pas, je ne supporterai pas un autre mensonge.

Il passe une main dans ses cheveux.

— Je voulais te le dire autrement.

Mon estomac fait un soubresaut, et je m'écroule.

— Me dire quoi ?

— Meredith et moi ne sommes pas ensemble. Tu es la seule pour moi, commence-t-il en me fixant comme pour m'enjoindre à croire chacun de ses mots. Elle est venue pour déposer le bébé.

— Tu fais du babysitting pour elle maintenant ?

— Non, je suis son père.

Peut-être que l'expression désolée de son visage devrait adoucir le coup que me porte cette nouvelle, mais ce n'est pas le cas.

Max et Meredith ont un bébé ensemble.

Je recule vers la porte.

— Hanna, murmure-t-il. On peut en parler ?

Je secoue la tête et tâtonne à la recherche de la poignée. Je me précipite dehors et tombe nez à nez avec Meredith, ses lèvres maquillées pincées en un sourire satisfait.

— Alors, désespérée ou bien ?

— Va te faire foutre, je souffle.

Elle lance un regard vers la porte puis vers moi avant de sourire. Quand elle parle, moi seule peux l'entendre.

— Merci, mais c'est Max qui s'en occupe.

Je ne la crois pas. Pas vraiment. Mais ses mots me font sentir insignifiante et moche. De retour chez moi, je fais la seule chose qui me procure un peu de réconfort. J'envoie un message à Nate.

NATE

CINQ JOURS AVANT L'ACCIDENT DE HANNA

Nous y revoilà. Encore une nuit où elle partage mon lit. Encore un week-end qu'elle passe chez moi. Encore un matin où je me réveille en la tenant dans mes bras tout en sachant pertinemment qu'elle devrait se trouver ailleurs.

Je ne veux pas qu'elle parte. J'ai été frappé en réalisant cela quand elle est entrée hier soir, et je n'ai pas réussi à me le sortir de la tête. Elle est incroyable. Je l'ai vue séduire Janelle, et maintenant elles se parlent comme de vieilles copines. Et puis, il y a la façon dont je me sens quand elle est près de moi. Comme si j'étais sous l'eau jusqu'à présent, et que tout à coup je remonte à la surface remplir mes poumons.

Nous revoilà. Nous vivons des moments volés. Nous nous échappons tous les deux de la réalité qui nous attend de l'autre côté de la porte. À cet instant, je n'ai envie de rien d'autre que de la regarder dormir, et de rêver que cela pourrait être ma vraie vie. À quoi ressemblerait-elle ? Je me réveillerais tous les matins dans son odeur, ma main entre ses deux seins voluptueux, ma queue nichée au creux de ses fesses. J'entendrais son rire remplir la maison dès que je passerais le pas de la porte.

Elle a vu les photos où j'embrasse Vivian. Elles étaient dans tous les magazines. Mais quand j'ai voulu en parler avec elle, elle a changé de sujet. Elle n'a pas dit un mot. Au fond de moi, je voulais qu'elle soit en colère. Qu'elle me jette des trucs à la figure et qu'elle m'insulte de tous les noms. Je voulais être assez important pour causer ce genre de réaction, ce qui est complètement injuste, puisque c'est moi qui insiste tout le temps sur le fait que notre relation n'ira pas plus loin.

Vivian en veut plus, mais je lui ai dit de prendre son temps et de finaliser son divorce. C'est quelqu'un de bien, de très bien même, et une mère exceptionnelle. Une partie de moi l'aimera toujours, mais nous ne pouvons pas nous précipiter dans une relation que Collin ne comprendrait pas. Nous devons être tous les deux *certains*, que c'est ce que nous voulons.

— Quelque chose te retient en arrière, m'a-t-elle dit après ce baiser qui a été étalé partout sur internet.

J'ai haussé mes épaules.

— Ce n'est pas une décision que l'on peut prendre sur un coup de tête.

— Tu es amoureux d'elle, a-t-elle poursuivi.

— De qui ?

Elle a souri tristement.

— Je ne sais pas, je sais juste que tu l'aimes. Je le vois dans tes yeux.

— Ça n'est pas sérieux. Elle tient beaucoup à quelqu'un d'autre, et...

— Dis-lui ce que tu ressens pour elle, a insisté Vivian en me serrant le bras. Il faut qu'elle sache.

— Comment sais-tu que je ne l'ai pas déjà fait ?

— Parce que je te connais.

J'ai opiné.

— Je ne ferai jamais ça à Collin. Il est ma famille. Je n'ai besoin de personne d'autre.

Le doux visage de Vivian est devenu triste pendant qu'elle m'observait.

— Ne te sers pas de Collin comme d'une excuse pour ériger une muraille autour de ton cœur. Peu importe qui elle est, elle a déjà trouvé son chemin à l'intérieur. Réfléchis bien avant de la repousser, m'a-t-elle conseillé avant de s'écarter et de lâcher mon bras. Elle a de la chance.

Hanna sourit dans son sommeil et pose sa main à plat sur son ventre, ses doigts à la limite du duvet entre ses jambes. À quoi une femme comme Hanna peut-elle bien rêver ? Le petit ami, avec lequel elle a rompu sans en dire un mot à sa famille ? Ou est-ce que j'ai réussi à me frayer un passage dans son inconscient ? Elle gémit alors que ses hanches se soulèvent du lit vers un amant invisible. Un éclair de jalousie me transperce. Je ne veux qu'elle rêve que de moi. Tant qu'elle sera dans mon lit.

J'effleure ses lèvres des miennes et continue dans son cou. Je lèche et mordille la peau délicate jusqu'à ce qu'elle se cambre sous moi et que ses mains caressent mon torse nu.

— Bonjour, je murmure.

— Bonjour.

Ses joues prennent une couleur terriblement sexy quand elle se réveille.

Nos yeux restent soudés un moment et mon cœur se sent comblé et déchiré en même temps.

— Que feras-tu quand je te rendrai ta liberté ?

Elle me lance un sourire.

— Que veux-tu dire ?

— Quand tout ceci sera terminé, que nous arrêterons de nous retrouver aux quatre coins du pays, est-ce que tu porteras cette bague ?

Elle ne répond pas, et pour la première fois, je m'aperçois que j'ai envie qu'elle dise non. J'ai envie qu'elle me demande toutes ces choses que je ne lui ai jamais promises. C'est idiot et imprudent, et c'est tout ce que je me suis juré de ne pas faire. Mais j'ai beau essayer de faire semblant, je me sens quand même comme un de ces idiots aveuglés par l'amour qui promettent « nous allons trouver une solution » et se retrouvent à en gérer les conséquences plusieurs mois plus tard.

Elle glousse et se roule sur son dos avant d'étirer ses bras au-dessus de sa tête.

— J'ai super bien dormi, et toi ?

J'ai très peu dormi. Je suis embarrassé d'avouer que j'ai passé beaucoup trop de temps à la regarder dormir.

— Mieux que d'habitude.

— Tu as fait de beaux rêves ?

— Mes rêves n'ont aucune chance de surpasser la créature allongée à côté de moi.

Elle retient un éclat de rire et roule vers moi en glissant un bras autour de ma taille.

—Je parie que c'est ce que tu dis à toutes les filles.

Pas du tout. En réalité, mis à part le baiser avec Vivian, je n'ai touché aucune autre femme depuis ma première nuit avec Hanna. Aucune autre femme ne m'a donné envie depuis que j'ai posé les mains sur elle.

— Raconte-moi tes rêves, mon ange. À quoi ressemble le futur dans ta jolie petite tête ?

Je lui demande parce que j'ai besoin qu'elle me rappelle pourquoi je dois garder mes distances avec elle.

Elle se blottit contre moi et suit mes tatouages du bout des doigts.

— Mmmh, je ne sais pas. Je me sens bête d'en parler à voix haute.

Je soulève son menton pour qu'elle me regarde dans les yeux.

— Essaie. Pour moi ?

— OK... Ma pâtisserie est un succès. Je commence mes journées à quatre heures du mat' dans l'odeur du pain et des gâteaux. Mes futures mariées sont heureuses et mes créations si magnifiques que personne n'ose les couper.

Elle sourit, perdue dans sa rêverie.

— J'ai une petite maison dans le centre historique de New Hope, ainsi, je reste à proximité de la pâtisserie, mais mes enfants ont de la place pour jouer. J'ai un jardin et un gros chien. Le soir, je vais me promener au bord de la rivière, et le dimanche, je retrouve mes sœurs pour un brunch. Nos enfants grandissent ensemble, des cousins qui jouent et se chamaillent comme des frères et sœurs.

Elle secoue la tête, comme pour en chasser les pensées et souffle longuement.

— Ça doit te paraître plutôt nul, à toi la superstar.

— Non, pas du tout. Ça me paraît... génial.

Il y a une note de respect dans ma voix. Je ne sais pas de quoi elle parle. La vie dans une petite ville, la famille soudée, et j'ai envie de toute cette simplicité.

Mais elle glousse doucement.

— Tu ne me méprises pas parce que je n'ai pas envie de m'évader de la petite ville dans laquelle je suis née ?

— Comment pourrais-je te mépriser ?

Je pose un baiser sur ses lèvres, et descends vers son ventre, marque une pause pour lécher chacun de ses mamelons puis je suce la peau sensible sur les os de ses hanches. Quand je m'enfouis entre ses cuisses, elle les écarte franchement, et ses cris de plaisir résonnent dans mes oreilles pendant que je l'explore avec mes doigts et ma langue.

Une fois qu'elle a joui, je mordille la peau tendre à l'intérieur de sa cuisse et la suce jusqu'à ce qu'elle gémisse de plaisir. Je laisse une marque. Est-ce que je veux que son supposé ex voit que je suis passé par là ? Ou est-ce que je veux juste lui laisser un souvenir ? Je ne comprends pas *pourquoi* je le fais, mais je le fais quand même. Je laisse une marque. Je sais bien que je ne peux pas l'avoir, mais ça ne m'empêche pas de la vouloir quand même.

*O*n dirait que tu te prépares à nourrir un régiment ce matin.

Je lève les yeux des fruits que je suis en train de couper, et je vois Hanna entrer dans la cuisine. Elle s'était rendormie et je suis descendu pour lui préparer un petit-déjeuner. Elle ne mange pas assez, alors j'ai préparé du bacon, une poêlée de pommes de terre, des roulés à la cannelle et de la salade de fruits. Elle porte un peignoir, et rien d'autre si j'ai de la chance. J'essuie mes mains sur un torchon et contourne l'îlot pour l'attirer dans mes bras. Elle a cet effet sur moi. Je la vois, et j'ai envie de la toucher. Elle se laisse aller près de moi alors que je l'embrasse, que ma langue la goûte, que je la bois. Quand je m'écarte, c'est seulement parce que j'en veux beaucoup plus.

— Qu'est-ce que tu fais avec toute cette nourriture ?

— J'ai prévu de nourrir ma copine.

Elle rougit.

— J'ai juste besoin de café et d'un peu de cette salade de fruits.

— Ce dont tu as besoin, c'est d'une nounou. Combien de poids as-tu perdu depuis notre rencontre il y a trois mois ?

Elle esquive ma question et se dirige vers la cafetière pour se verser un mug.

— Hanna, je murmure en soulevant son menton pour la regarder dans les yeux. Je suis inquiet pour toi.

— J'avais besoin de perdre un peu de poids. Fais-moi confiance, je ne vais pas dépérir.

— Tu n'avais pas besoin de perdre un seul gramme.

Mon ventre brûle de rage à l'idée que quelqu'un ait pu lui donner cette idée. Cette rage était d'habitude automatiquement dirigée contre son ex, mais je n'en suis plus si sûr.

— Est-ce que c'est lui qui t'a fait ça ? Qui t'a donné cette impression ?

— Peu importe.

— Merde, Hanna. Qu'est-ce que ce raté t'a fait ?

— Ce n'est pas un raté !

Elle ferme la bouche et regarde son café.

Mes yeux se posent sur son annulaire dénué de bague.

— Donc tu ne lui as pas encore donné de réponse.

— Je ne serais pas ici si c'était le cas, siffle-t-elle

Je suis un sacré hypocrite, parce que, *putain*, ça fait mal.

— Ouais, mais tu vois, cela sous-entend que tu comptes retourner avec. Si tu avais répondu et que tu lui avais dit non, il n'y aurait rien de mal à ce que tu sois ici avec moi.

Je reporte mon attention sur ma salade de fruits, un silence de plomb pesant dans la cuisine.

Je nous prépare une assiette chacun et je les emmène dans la véranda. Il n'y a pas de soleil ce matin, la pluie tombe depuis hier soir, et je ne sais pas pour combien de temps encore. Elle s'assied dans la chaise en face de moi et ferme les yeux.

— Je suis désolé, Hanna, dis-je. Je sais que tu aimes Max. C'est juste que...

— Que veux-tu que je fasse ? me demande-t-elle.

Je pose ma fourchette et secoue la tête.

— Rien. Je n'attends rien de toi. Je ne suis pas comme lui.

Elle recule sa chaise et sort. Ce n'est pas ce que j'ai voulu dire. *Merde.* Je voulais dire qu'il était mieux que moi. Qu'il était un meilleur choix. Que ce choix était plus judicieux. Je la suis sur la terrasse, d'où elle regarde la pluie tomber.

— Ce n'est pas toi le problème, lui dis-je doucement. Tu le sais, n'est-ce pas ?

Le ciel est gris, et la pluie tombe inexorablement dans une mélodie mélancolique. Un jour grisâtre pour une conversation grisâtre.

— Je ne peux pas t'offrir plus que ça. Même si tu mérites mieux. Ce n'est pas parce que je n'en ai pas envie. C'est parce que je me suis fait une promesse à moi-même. Et à mon fils.

Elle se retourne vers moi, visiblement confuse, et effleure du bout des doigts la date de naissance de Collin tatouée sur ma peau.

— Je ne t'ai jamais demandé autre chose, Nate.

Le contact de sa main sur moi me brûle, me donne envie de ce que je ne peux pas avoir. J'attrape ses doigts et les presse dans les miens.

— Mais tu le mérites.

— Je suis une grande fille. Laisse-moi choisir ce que je mérite.

— Tu mérites tout. Tout ce que tu pourrais désirer. Mais je ne suis pas l'homme qui pourra te l'offrir. Je ne peux pas.

J'inspire et lève les yeux vers le ciel parce que je ne peux pas la regarder dans les yeux quand je lui raconte tout. Quand je lui explique que l'on m'abandonne facilement. Je lui parle de mon père parti, du divorce, je lui explique ce que l'on ressent quand on est la deuxième famille, et que je ne ferai jamais la même chose à Collin. À chaque mot que je prononce, j'entends la voix de Vivian dans ma tête *« Ne te sers pas de Collin comme d'une excuse pour ériger une muraille autour de ton cœur. Peu importe qui elle est, elle a déjà trouvé son chemin à l'intérieur. Réfléchis bien avant de la repousser. »*

— Tu es un père fantastique, Nate, me console-t-elle quand j'ai fini de parler.

Même si elle n'a pas vraiment de preuves à avancer pour justifier son compliment, il me va quand même droit au cœur, parce qu'il vient d'elle.

— Tu ne lui ferais jamais ça, continue-t-elle.

— C'est bien assez difficile d'être le fils de célébrités. Je ne tiens pas à lui infliger ça en plus. Collin est la chose la plus précieuse à mes yeux. Je ne peux pas t'offrir plus sans lui arracher quelque chose. Je refuse de faire ça.

— J'aimerais que tu cesses d'agir comme si je te le demandais.

Je l'étudie longuement, sans faire de concession. Je sais qu'elle ne me demande rien de plus. Est-ce que c'est pour cette raison que j'ai si peur de le lui donner ?

— Que va-t-il se passer si nous ne mettons pas un

terme à tout ça, Hanna ? Tu ne peux pas rester ma maîtresse pour le restant de mes jours. Tu ne peux pas continuer à prendre l'avion jusqu'ici dès que je claque des doigts. Chaque fois que je te dis au revoir, je me dis que c'est la dernière. Que c'est terminé. Parce que c'est ce que tu mérites. Mais je suis faible et égoïste et je ne cesse de te rappeler parce que je ne peux pas me passer de toi.

— Qu'essaies-tu de dire ?

Je penche la tête en arrière, le visage tourné vers le ciel et ferme les yeux, laissant la pluie tomber sur moi. Puis je la sens derrière moi. Elle embrasse mon épaule nue et mon cœur balance entre crainte et espoir.

— Est-ce que tu l'aimes toujours ?

Je la sens se raidir derrière moi alors qu'elle arrête de m'embrasser.

— Oui. Mais je t'aime aussi.

Je ferme les paupières.

— Ne dis pas ça.

Elle disparaît avant que je ne m'en rende compte. Elle a couru à l'intérieur de la maison pour m'échapper. Pourquoi est-ce que j'ai laissé les choses déraper ainsi ? Je savais que je finirais par lui faire du mal, et j'avais raison.

— Merde, je souffle avant de partir après elle.

Je la retrouve sur mon lit, roulée en boule sur le flanc, les yeux fermés. Je la rejoins et la prends dans mes bras.

— J'étais dans un sale état, le soir où nous nous sommes rencontrés. Je t'ai regardée dans les yeux, et tu étais là avec moi — mon ange dans les ténèbres. Tu m'as sauvé.

Je respire son odeur, comme un homme qui prend

une dernière bouffée d'air frais avant de descendre sous terre.

— Tu m'as sauvé et je t'aime.

Elle ne répond pas, alors je continue de parler. Parce qu'il faut qu'elle sache.

— Je crois que je t'aime depuis ce soir-là. Et je sais que ça semble dingue et improbable — comme le genre de trucs dont un type se sert pour draguer une fille — mais pour moi, c'est juste la vérité. Je t'aime et je suis terrifié à l'idée que tu gâches ta vie à cause de ça. Je ne t'encourage pas à accepter sa bague. Je crois sincèrement que s'il était digne de toi, tu ne serais pas ici avec moi. Mais *je* ne veux pas être la raison qui t'empêche de croquer dans la vie que tu souhaites à pleines dents.

— Et si c'est *toi* la vie que je souhaite ?

Le revoilà. Le tiraillement dans mon cœur, une fine déchirure causée par la bataille interne que je me livre.

— Tu me demandes quelque chose que je ne peux pas t'offrir.

HANNA

J'attends qu'il relâche son étreinte et je me tourne dans ses bras.

— OK, mais tu peux m'offrir autre chose.

Il fronce les sourcils et ses yeux tombent sur les lèvres.

— Quoi donc ?

— Fais-moi l'amour, Nate. Je veux que tu sois mon premier.

Je retiens mon souffle en attendant sa réponse. Sa respiration change et il passe les doigts dans mes cheveux avant de les glisser derrière mon oreille.

— Hanna, murmure-t-il.

À la façon dont sa voix se brise, je sais qu'il a perdu la bataille qu'il se livrait.

J'approche ma bouche de la sienne, et effleure ses lèvres. Avant que j'aie eu une chance de m'écarter, il m'empoigne les cheveux et me tient fermement. Notre baiser devient avide et désespéré, et je comprends.

Depuis trois mois, nous nous dirigeons vers ce moment, et même si je suis sûre de ma décision, mon ventre est noué comme jamais.

Il nous fait rouler jusqu'à ce que je me retrouve sur le dos et qu'il soit au-dessus de moi. Il ouvre mon peignoir d'une main et pose sa bouche sur mon cou, mes seins, mon ventre. Je descends son pantalon et il le repousse sur le côté. Quand il retire ma culotte et écarte mes cuisses, je commence à trembler.

— Une fois ne suffira pas, murmure-t-il la bouche sur les os de mes hanches. Il pose sa main sur moi et je soulève mon bassin vers lui.

— Je t'en prie, dis-je sur le même ton. Ne me fais pas languir.

Il s'empare d'un préservatif dans la table de nuit et s'assied pour le dérouler sur son épais membre en érection. Puis il lève les yeux vers les miens.

— Il y a tant de choses que je veux te montrer. Tu vas avoir mal demain.

Je souris.

— Tu ne manques pas d'assurance, à ce que je vois.

Il revient se poster au-dessus de moi jusqu'à ce que ses mains se retrouvent de chaque côté de mon visage. Je n'oublierai jamais l'expression de ses yeux quand il m'a vue nue pour la première fois, toute cette intensité, ce désir. Mais cette fois-ci, c'est différent. Je lis autre chose dans ses yeux sombres et expressifs. De la tendresse. De l'amour.

Je m'imaginais peut-être que les choses seraient frénétiques et fougueuses si Nate et moi faisions l'amour, mais il prend tout son temps. Sa bouche est sur la mienne, lente et précise, pleine de promesses, et quand il écarte son visage, je le sens prêt contre mon entrée. Il me regarde alors qu'il glisse lentement en moi, et je suis si désespérée d'en avoir plus que je veux me cambrer pour qu'il entre plus profondément.

— Je t'en prie, je murmure.

Il ferme les yeux le temps d'inspirer et ses paupières sont lourdes quand il les réouvre.

— Je suis si bien en toi. Mais j'ai peur de te faire mal.

— Ça va, je réponds. C'est bon. J'en veux plus.

Il hésite un moment. Et puis il plonge entièrement. Je ressens un tiraillement, un étirement, mais ça ne fait pas mal, pas vraiment. C'est trop bon pour qu'on puisse parler de douleur. C'est juste un ajustement, mon corps s'étire pour s'adapter à lui.

Il est complètement immobile en moi et parsème mon nez et mon cou de petits baisers. Quand je soulève les hanches, il grogne.

— Tu te sens bien ?

— C'est bon, je chuchote.

Je relève les genoux et notre respiration à tous les deux s'interrompt un moment alors que nos positions se réajustent et qu'il est entièrement enserré en moi. Je croise mes chevilles dans son dos.

— C'est si bon.

Il pose sa bouche contre mon oreille pour trouver son rythme. Chaque fois qu'il pousse en moi, qu'il me remplit, il caresse un endroit profond qui en veut toujours plus. C'est une nouvelle sensation. Profonde et inattendue. Je ne saurais pas comment la décrire si on me le demandait.

— J'en ai tellement rêvé, murmure-t-il contre mon oreille. J'ai rêvé que nous nous laissions aller et que c'était si bon.

Il mordille mon oreille avant de continuer.

— Et je me réveillais auprès de toi. Si belle et adorable. J'en avais envie depuis le premier soir. Et de savoir que tu étais vierge...

Il gémit dans mon oreille, glisse une main entre nos deux corps et caresse mon clitoris de son pouce.

Je lâche un cri et le serre en moi.

— Je voulais être celui qui te montrerait à quel point c'est bon.

Il appuie un peu plus fort sur mon clitoris et m'excite encore plus avec ses mots. Je me sens serrée à l'intérieur, proche de l'extase.

— J'ai passé des mois à me demander ce que je ressentirais quand tu jouirais, serrée autour de ma queue.

Mon corps frissonne sous l'effet de l'orgasme et je ne peux plus m'empêcher de balancer mes hanches pour faire durer la sensation. Je m'attends à ce qu'il jouisse en même temps que moi, ou juste après. Mais alors que mon corps se détend et que l'orgasme est passé, il se relève sur ses coudes et me sourit. Pas son petit sourire narquois habituel. C'est un sourire doux et vulnérable qui semble dire que je viens de le rendre heureux.

— Tu es si sexy, chuchote-t-il. Si sexy que j'en perds la tête.

Je passe ma langue sur mes lèvres.

— J'aime quand tu perds la tête.

Il se retire presque entièrement, et je lâche un souffle sous l'effet de ce vide. Il m'empoigne les hanches, se lève sur ses genoux et soulève mon bassin du lit tout en nous gardant connectés. Pendant une seconde, j'ai l'impression qu'il va s'arrêter, qu'il en a fini avec moi, mais brusquement, il me remplit à nouveau et me pénètre avec un nouvel angle, plus profond. Ses yeux sont brûlants et restent rivés à cet endroit où nos corps se touchent, et tout à coup, je comprends l'intérêt de cette position. On dit que les femmes ne sont pas visuelles, mais quand je vois Nate, que je le regarde perdre le contrôle alors qu'il se balance contre moi, cette image est si excitante que je recommence à avoir du plaisir.

— C'est ça, mon ange, halète-t-il en plantant ses yeux dans les miens.

Il caresse mon clitoris et ses mouvements deviennent de plus en plus brusques. Cette fois-ci, quand je jouis, il se plaque contre moi, les muscles de son cou se contractent, ses doigts s'enfoncent dans mes hanches, et il jouit aussi.

Après un rapide passage dans la salle de bain, il se glisse près de moi dans le lit. Il m'enlace et enfouit son visage dans mon cou.

— Je ne veux pas te laisser partir.

Mon corps est douloureux et rassasié. Mon cœur est plein. Je ferme les yeux en me blottissant contre lui. Je respire son odeur et essaie de rester dans le moment présent. Pas de regrets ni d'espoirs pour un futur qui n'existera jamais.

— Si seulement tu n'étais pas encore amoureuse de lui, murmure Nate.

Je m'imagine Max, son grand sourire, son regard intense. Je désire profondément que ce moment ne concerne que Nate et moi, et personne d'autre. Mais ce n'est pas possible, car mon cœur est partagé.

— Je ne peux rien y faire.

Je sens son corps se raidir et je devine qu'il pensait que je m'étais endormie, et que je n'entendrais pas ses mots.

— Il t'attend.

Ce n'est pas une question, c'est plutôt un rappel.

— Pourquoi est-ce que nous parlons de ça ?

Il cherche ma main gauche, et la prend dans la sienne pour caresser mon annulaire.

— Parce que je t'aime.

Mon cœur enfle à ces mots et menace d'éclater.

— Moi aussi, je t'aime.

— Et si je te disais que tu dois choisir ?

Je me retourne dans ses bras pour lui faire face.

— Je ne comprends pas.

Il glisse une main dans mes cheveux, et pose ma tête contre sa poitrine.

— C'est dur pour moi. Je n'ai jamais voulu...

Je veux voir son visage et essayer de comprendre ce qu'il me dit, mais il me serre davantage contre sa poitrine. Je ne peux que passer mes bras autour de lui et le tenir.

— Ça n'a pas été dur pour moi de prendre la décision de ne pas avoir d'autre famille, confesse-t-il doucement.

Collin représente tout pour moi, et jamais je n'aurais pensé que quelqu'un puisse avoir autant d'importance dans ma vie que lui. Et puis je t'ai rencontrée.

Il relâche son étreinte et je m'écarte pour voir son visage. Ses yeux sont tourmentés.

— Qu'est-ce que tu essaies de me dire ?

— Je dis que je suis tombé amoureux d'une fille qui me donne envie de tirer tout ça au clair, et de trouver un moyen d'être avec elle.

Ma poitrine se serre. Espoir, confusion, terreur. Parce que Nate et moi ? Vraiment ? Comment est-ce que ça pourrait fonctionner ?

— Nate, tu n'es pas obligé de...

— J'en ai envie. Putain, mon ange, j'en ai *besoin*.

— Alors, pourquoi as-tu l'air si triste ?

— Parce que tu es toujours amoureuse de lui, et je ne suis pas sûr que tu me choisiras.

Il me caresse la joue du dos de la main et se met à parler si bas que j'ai du mal à l'entendre.

— Je ne suis pas sûr que je suis celui que tu *devrais* choisir.

— Je t'aime.

Je sens des larmes rouler sur mes joues. Et ma poitrine se serrer de panique.

— Tu dois parler à Max. Tu dois le faire avant que je vienne travailler à New Hope avec Asher la semaine prochaine. Tu dois tout lui dire. Dis-lui ce qui te fait peur. Je préfèrerais croire que c'est un connard qui te veut pour les mauvaises raisons, mais je ne crois pas que ce soit vrai. J'ai vu la façon dont il te regarde Hanna. Tu dois écouter ce qu'il a à te dire, parce que tu mérites mieux que de passer à côté de la vie qui te revient à cause de tes insécurités.

— Et si je le choisis lui ?

Il m'observe en silence, il détaille chacun de mes traits. Il les grave dans sa mémoire.

— Je te rendrai ta liberté. Je sais que c'est dur pour toi, et je te donne ma parole que je respecterai ta décision une fois que tu l'auras prise. Je me sentirai toujours comme le bâtard le plus chanceux de la terre, parce que tu m'as confié quelque chose de précieux.

— Ma virginité ?

— Ton cœur, mon ange, me corrige-t-il avant de déglutir. Mais écoute mes conditions, si tu *me* choisis, je te veux toute entière, corps et âme. Je n'accepterai rien de moins et je ne partagerai pas.

MAX

LE JOUR DE L'ACCIDENT DE HANNA

Quand je reviens dans mon bureau, un voyant clignote sur mon téléphone, m'indiquant que j'ai reçu un appel. Merde. J'ai raté un coup de fil de Hanna.

Je me connecte à ma boite vocale et j'écoute.

— Salut Max ! Tu peux passer chez moi ce soir ? Il faut qu'on parle. Tu avais raison, il fallait que je prenne une décision, et c'est fait.

Mon estomac se noue et je dois m'asseoir. Elle a pris sa décision, je voulais qu'elle le fasse, mais ça me faisait également très peur.

Je suis en train de taper un SMS pour lui répondre quand mon téléphone sonne. Le nom de Lizzy s'affiche sur l'écran.

— Allô ?

— Max ? C'est Hanna...

Je n'arrive pas à comprendre ce qu'elle me dit. Je l'entends pleurer, sangloter et répéter le nom de Hanna et le mot *hôpital*.

— J'arrive tout de suite.

Je ne prends pas le temps de ranger mes dossiers, d'éteindre mon ordinateur, ni de dire à qui que soit où je vais. Mon cerveau est si confus que je me souviens à peine du trajet en voiture. Je reste en mouvement, jusqu'à ce que je la trouve à l'hôpital, dans une chambre temporaire au-delà du service des urgences.

Pour la première fois, depuis le coup de fil de Lizzy, je suis immobile. Hanna est vêtue d'une blouse de l'hôpital, inconsciente, sa lèvre saigne et son visage est amoché.

— Où suis-je ? murmure-t-elle en se tournant vers Liz.

— À l'hôpital, répond Liz. Tu as eu un accident.

— J'ai mal à la tête, dit-elle d'une voix basse avant de refermer les yeux.

Finalement, mes pieds obéissent à mon cerveau et j'entre dans la pièce.

— Comment va-t-elle ?

— Elle a l'air d'aller bien ? répond Liz en reniflant sans lever les yeux vers moi.

Et c'est là que je la vois. Là, sur la main gauche de Hanna, la bague de fiançailles de ma grand-mère. Elle a pris sa décision.

PARTIE QUATRE : APRÈS

MAX

AUJOURD'HUI

*L*a hache fend le bois encore et encore. Le choc et le craquement me réconfortent, la sensation de brûlure dans mes bras et mes épaules détourne mon attention de la foutue douleur qui me ronge la poitrine.

Pendant combien de temps peut-on se battre pour quelqu'un avant que cela ne nous détruise ? Combien de temps peut-on tenir avant que la dévotion ne se transforme en désespoir pathétique ?

— Il me semblait bien que je te retrouverais ici.

Je lève la tête pour découvrir Will franchir le portail dans le jardin de chez ma mère. Il observe la pile de bois grandissante et soulève un sourcil.

— Tu prévois de faire du feu ?

— Non, j'ai juste...

Ma gorge se serre et je pose ma hache contre le tronc d'un érable pour m'emparer de ma bouteille d'eau. J'en bois la moitié avant d'être capable de reparler.

— Que fais-tu ici ? Tu n'as pas un mariage à préparer ?

Will soulève les épaules.

— Je dois passer prendre mon smoking vendredi, mais nous avons une organisatrice qui s'est occupée de quasiment tout le reste.

J'émets un son guttural et je commence à empiler les bûches sous le porche de ma mère.

Will ne pose pas de question, il s'attaque au tas de bois, et commence à le ranger avec moi. Nous travaillons tous les deux un moment sans rien dire. Seuls le chant des oiseaux et le bruit occasionnel d'un moteur dans la rue viennent parfois troubler le silence.

Je commence à parler quand nous avons fini de ranger les bûches et que mes mains brûlent, irritées par le contact brut du bois.

— Elle pense que je la veux pour son argent.

Will s'étouffe sur son eau.

— Quoi ?

— Ouais. Apparemment, Meredith lui a mis cette idée dans la tête, et elle y est restée.

— Dis-lui tout. Aide-la à comprendre.

Je souffle longuement. Bien sûr que Will pense que toute la vérité réglera mes problèmes et toute cette merde.

— C'est plus compliqué que ça, je marmonne.

— Si par compliqué, tu entends qu'elle t'a mis un coup dans ton ego, je comprends.

— Par compliqué, j'entends qu'elle est enceinte.

Les sourcils de Will se soulèvent jusqu'à disparaître sous sa mèche de cheveux blonds.

— Pardon ?

J'ai eu moins de vingt-quatre heures pour digérer le fait que ma fiancée a passé l'été avec un autre homme, et la nouvelle de sa grossesse a du mal à passer.

— Nate Crane l'a mise enceinte.

— T'es sérieux ? Je croyais qu'elle attendait le mariage pour faire l'amour ?

J'opine tout en essayant de faire passer la boule qui s'est formée dans ma gorge.

— Apparemment, c'était seulement pour moi. *Putain* !

Je donne un coup de poing dans le bois, et je le regrette immédiatement quand mes phalanges me donnent l'impression qu'elles vont exploser.

— Elle dit que tout est fini entre eux. Elle mérite mieux que ça. Je te jure, si je me retrouve en face de lui...

— Nate est mort, m'annonce Will d'une voix neutre.

— Quoi ?

— Il devait donner un concert en Afghanistan cette semaine avec deux autres musiciens. L'hélicoptère qui les transportait a été abattu par un missile. Pas de survivants.

Il m'observe attentivement en me donnant les détails, et je sens mon cœur ralentir dangereusement.

— Merde, je marmonne. Est-ce que Hanna va bien ?

Will secoue la tête.

— Elle a appris la nouvelle aux infos chez Brady. Elle est en état de choc. Les filles l'ont ramenée chez elle et l'ont mise au lit.

— Merde.

Je ferme les yeux. De savoir que Hanna souffre en ce moment provoque en moi une douleur pire que la mienne.

Will enfonce ses mains dans ses poches.

— Elle va avoir besoin de toi.

HANNA

Quand je me réveille, le soleil dessine des rayures sur ma couverture et j'entends des voix à l'extérieur de ma chambre. Mes sœurs, Nix et Cally.

— L'armée vient d'annoncer officiellement qu'il n'y a pas de survivants.

La voix de Maggie est douce et attristée.

— Ils doivent...

Inspiration saccadée.

— Faire des tests ADN pour confirmer qui était à bord de l'hélicoptère. Parce que...

Sa voix se casse en laissant échapper un sanglot et je ferme les yeux.

Je sors du lit et enfile un peignoir avant de me précipiter dans la salle de bain pour vomir. Mon estomac se soulève, j'ai des crampes et des frissons. Et quand je me suis entièrement vidée, je me lave les mains et le visage, je me brosse les dents puis j'étudie mon reflet dans le miroir. Mes joues éternellement rouges ont perdu leur couleur, je suis pâle, apathique et mes yeux sont vides.

Hier quand les filles m'ont bordée, mon cœur me faisait si mal que je ne pouvais rien sentir d'autre. Cette douleur a disparu. Je ne sens plus rien ce matin, je ne suis pas engourdie, je suis vide.

Dans le salon, Lizzy, Maggie, Cally et Nix m'accueillent avec des regards inquiets et je lève un doigt dans leur direction.

— Non, je les avertis.

Ma jumelle se précipite à mes côtés et me prend dans ses bras, mais mon corps reste raide. Si je me laisse aller à ça, même un tout petit peu, l'obscurité reviendra. Je dois continuer à avancer. Je dois ériger les murs qui me protégeront avec toute leur ambivalence.

— Max a appelé, m'annonce Maggie d'une voix douce. Il s'inquiète pour toi.

Max. Max, qui sait que mon cœur est brisé à cause d'un autre homme. Qui sait que je suis enceinte de cet homme. Et qui continue à s'inquiéter pour moi.

— Je vais bien, j'arrive à prononcer. Je vais prendre une douche. Qui s'occupe de la pâtisserie ?

— Drew est là-bas en ce moment même, répond Liz. Elle n'arrivait pas à dormir de toute façon, donc elle a offert de faire l'ouverture ce matin. J'étais sur le point d'aller la remplacer pour qu'elle puisse aller en classe.

— Merci de t'être occupée de ça.

— De rien, répond-elle. Tout ce que tu voudras Han.

Je me rends dans la cuisine et remplis un verre d'eau

pour prendre mes vitamines de grossesse. Quand je ferme les yeux pour avaler, je vois le visage de Nate. Tendre et doux, alors qu'il me pénètre pour la première fois. Ce bébé ne connaitra jamais son père. Il ne l'entendra jamais chanter que dans des enregistrements. Il ne connaitra jamais la sensation de sa main dans ses cheveux.

Maintenant que je n'ai plus le choix, que cette possibilité vient de m'être violemment arrachée, je me rends compte à quel point il aurait été terrible de cacher cette grossesse à Nate. Je serais peut-être arrivée à cette conclusion toute seule, mais c'est très clair maintenant. Surtout avec ce dernier souvenir.

Nate m'a menti. Ce rappel fait naître une étincelle de colère en moi. Ce n'est pas assez pour remplir tout ce vide, mais c'est *quelque chose*. Je préfère être en colère que de ne rien sentir du tout. Quand j'étais à Los Angeles, il m'a menti.

« Je ne t'ai jamais offert ce qu'il te propose. La vie de couple, le mariage, l'engagement. Le putain de conte de fées. Je ne peux pas. Je ne le ferai pas. Ce n'était pas un choix entre nous deux, car je ne t'offrais pas toutes ces choses. »

Mais ça n'était pas vrai, pas du tout. Il m'a dit que je devais choisir seulement quelques jours avant ma perte de mémoire, mais il savait que je ne m'en rappelais pas. Pourquoi ? J'ai enlevé la bague pour aller à Los Angeles. Je lui ai dit qu'après tout ça je ne pouvais plus être avec Max. Est-ce qu'il a fait marche arrière parce qu'il pensait que j'allais changer d'avis et retourner avec Max ? Ou est-ce que c'est *lui* qui a changé d'avis et a décidé qu'il ne voulait plus être avec moi ?

Quels ont été ses mots cette soirée-là chez Asher ? *Je t'ai promis de respecter ton choix quand tu l'aurais fait. Que si tu acceptais sa bague, je n'essaierais pas de te faire changer d'avis.*

Pourquoi n'a-t-il pas été honnête avec moi ? Encore de la colère. La colère me fait du bien. Sans elle, j'ai peur de disparaître.

— Tu viens quand même à ton rendez-vous au cabinet aujourd'hui ? me demande Nix.

Je ferme les yeux et m'accroche à cet éclair de colère que je ressens pour Nate avant d'acquiescer.

— Tu veux que je vienne avec toi ? me propose Liz.

Je secoue la tête.

— Non, j'ai besoin de le faire seule.

Elle fronce ses sourcils mais n'ajoute pas un mot.

— Je serai là, tu ne seras pas seule, dit Nix, davantage pour rassurer Liz que moi.

---

*J*e vomis dans la poubelle quand Nix entre dans la salle d'examen.

Lorsque je suis soulagée et lève les yeux, elle glisse son porte-document sous son bras et secoue sa tête.

— Pas besoin de te demander comment tu te sens.

— J'ai l'impression que je vais mourir.

Je fais couler l'eau du robinet et bois au creux de ma main pour faire passer le goût amer de la bile. J'ai vomi quatre fois ce matin. Hier, je n'ai eu aucune nausée, et aujourd'hui, les toilettes sont mes nouvelles meilleures amies.

— Il est évident que ce bébé me veut du mal.

— Il y a bien un bébé, ton test était positif, ce qui a confirmé les résultats de tes analyses sanguines. Mais je ne pense pas qu'il te veuille du mal.

— Facile à dire, je marmonne, tout en posant ma main sur mon ventre.

Enceinte. Combien de fois va-t-on devoir m'annoncer la nouvelle avant que cela commence à devenir réel pour moi ?

— Nous allons faire une échographie aujourd'hui et définir depuis combien de semaines tu es enceinte.

— Je sais quand le bébé a été conçu, je chuchote.

Sa bouche s'entrouvre.

— Oh.

— Je me suis souvenue.

Elle opine.

— OK, nous allons donc confirmer ça. Et avec un peu de chance, nous pourrons entendre battre le cœur du bébé.

— Pas la peine. Je ne préférerais pas, en fait.

J'ai beaucoup pensé à ce moment, la première fois où j'entendrais le battement régulier du cœur de mon enfant, mais je n'aurais jamais imaginé être seule. C'est trop pour moi aujourd'hui.

— Je n'aurais pas dû venir. Ce n'était pas une bonne idée.

Quand je relève les yeux, Nix m'observe.

— Tu n'es pas en train de penser à ce que je pense ? Hanna ? Je sais que ta mère n'approuvera pas, mais je ne suis pas le docteur qu'il te faut si tu souhaites avorter.

— Quoi ? Non ! Bien sûr que non ! Je...

Je protège mon ventre de mes deux mains comme si ses mots étaient une menace.

Ses épaules se détendent.

— Ravie de le savoir. Maintenant, allonge-toi, nous allons mesurer ce petit bout dans ton ventre pour savoir quand il ou elle a commencé à grandir.

Je m'allonge sur la table et prends cette position immémoriale des pieds dans les étriers pendant qu'elle prépare le transducteur pour l'échographie vaginale. J'essaie de ne penser à rien d'autre qu'aux instructions de Nix. *Ne réfléchis pas.*

— Détends-toi, me conseille-t-elle en m'écartant les cuisses.

Je serre les paupières. Allongée sur une table pour une première échographie, je ne me suis jamais sentie aussi seule. Je sais que j'aurais pu demander à Liz de venir, elle aurait adoré être là. Mais si elle avait été à mes côtés, cela aurait été encore plus dur, le pansement qui irrite une plaie ouverte.

— Est-ce que tu es prête ? me demande Nix.

J'ouvre les yeux pour répondre.

— Non.

Mais elle ne me regarde plus, elle tape sur le clavier de l'ordinateur, et une image floue en noir et blanc apparait sur l'écran à ma gauche.

D'abord, tout ce que je vois, c'est un trou noir avec quelques taches blanches. Mais très vite, elle s'attendrit et j'identifie une forme qui évoque un petit haricot sec.

— Tu vois ça ? me demande-t-elle en m'indiquant une petite lumière verte qui clignote. C'est le battement de cœur de ton bébé. Voyons si nous pouvons l'entendre.

Elle presse de nouvelles touches sur son clavier et tout d'un coup, le battement rapide de son cœur jaillit des enceintes.

Je suis à fleur de peau et ce son change tout. Jusqu'à présent, j'étais dans le surréel. Maintenant, je suis dans la réalité, dans toute sa magie et sa douleur. Ce n'est pas qu'un son, c'est une partie de moi.

Nix me lance un sourire triste et reporte son attention sur l'écran.

— Je vais prendre quelques mesures pour savoir où en est ta grossesse.

L'image sur l'écran bascule de droite à gauche alors qu'elle manipule le transducteur et utilise la souris pour mesurer cette petite chose en moi.

— Oh... Oooh.

Je me raidis quand j'entends la surprise dans sa voix.

— Quoi ? Est-ce que le bébé va bien ?

Je pense immédiatement aux pilules coupe-faim et à mon régime. Est-ce que le mal que j'ai fait à mon corps à ce moment-là pourrait avoir des conséquences néfastes sur le bébé aujourd'hui ?

— Tu vois ça ? me demande-t-elle en montrant du doigt la lumière verte clignotante à nouveau. C'est le battement de cœur de ton bébé.

Puis elle indique une autre lumière verte.

— Et ça, c'est le battement de cœur de ton bébé.

— Qu'est-ce qui cloche ? Pourquoi est-ce que le bébé a deux cœurs ?

— *Tes bébés*, me corrige-t-elle. Tu attends des jumeaux.

MAX

— Tu n'es pas obligé de faire ça, me dit-elle en jouant avec ses écrevisses à l'étouffée.

Du regard, elle examine les clients de Cajun Jack's, le restaurant où elle m'a demandé de la retrouver pour le dîner. Nous nous sommes assis sur les banquettes et elle est restée muette depuis. Pas un silence distant. Un silence indéchiffrable.

— Je n'étais pas obligé de faire quoi ? je lui demande.

— Tu n'es pas obligé de faire semblant d'être encore avec moi.

Elle abandonne sa fourchette et prend une gorgée de son Sprite avant de poursuivre.

— Surtout maintenant que tu es au courant pour...

Elle s'interrompt pour baisser les yeux vers son ventre.

— Je comprends que tu en aies assez de cette petite mascarade. Dès qu'ils feront l'annonce pour la subvention, je dirai tout à ma mère avec le plus de tact possible.

— Je ne l'ai pas obtenue, je l'informe doucement.

Elle s'appuie sur le dossier de sa chaise.

— Quoi ?

— Ils ont publié la liste des bénéficiaires hier. La subvention pour *Des Lendemains Plus Sains* a été accordée à quelqu'un d'autre.

— Mais, ma mère... Je croyais...

Je savais qu'il y avait de grandes chances pour que je ne l'obtienne pas, mais Hanna semblait convaincue depuis le début que sa mère pourrait faire la différence.

— Ta mère a une voix, tous les autres membres du comité ont une voix aussi.

Qui voudrait promouvoir un club de sport qui pue la transpiration au lieu de jardins communautaires et de chemins de randonnée pour le même prix ?

— Je suis désolée, murmure-t-elle. Que vas-tu faire ?

Je hausse les épaules.

— Ce que j'ai toujours fait. Je vais travailler dur, jusqu'à ce que les choses aillent mieux. Je ne m'attendais pas à ce que ce soit facile, et je n'ai pas peur de bosser.

Elle me regarde, la bouche entrouverte.

— Je voudrais pouvoir te donner de l'argent.

— Je ne veux pas de ton argent. Ça va. Les choses ne sont pas aussi difficiles qu'elles le paraissent.

— S'ils ont déjà annoncé qui recevrait la subvention, pourquoi continues-tu de prétendre d'être en couple avec moi ?

Je grimace. J'aurais préféré un coup de pied dans les couilles. Ça aurait été plus agréable.

— Je me suis toujours moqué de cette subvention, je voulais une chance de te reconquérir.

— Je te fais du mal, pas vrai ? me demande-t-elle en secouant la tête. Je n'avais pas assez confiance en moi pour croire que tu me voulais pour moi. Je t'ai brisé le cœur *à toi aussi*.

— Tu en valais la peine.

— Vraiment ? chuchote-t-elle en regardant son assiette à nouveau.

De grosses larmes roulent sur ses joues et j'ai le sentiment que mon cœur passe à la moulinette.

— Je n'ai pas l'impression que je vaux grand-chose en ce moment, et pour la première fois de ma vie, ce sentiment n'est pas lié à mon corps, ajoute-t-elle en riant.

Mais cet éclat de rire n'a rien à voir avec la façon dont elle riait avant.

— J'ai été trop bête, toi et moi, nous aurions pu être si heureux, mais j'ai laissé mes craintes tout détruire.

— Rien n'est détruit, Hanna, je réponds avant d'inspirer et de la regarder. Je ne dis pas que ça va être facile, mais rien n'est détruit.

— J'attends des jumeaux, Max. Nix a fait mon échographie aujourd'hui, et je vais avoir des jumeaux.

Des jumeaux. Mon Dieu. J'ai la tête qui tourne et je ne trouve pas une seule réponse qui convienne à la situation. Je n'imagine même pas comment elle doit se sentir.

— Je suis désolée de la façon dont tu as tout appris, pour Nate et la grossesse. Tu ne le méritais pas, s'excuse-t-elle avec une respiration laborieuse. Mon Dieu, comment est-ce que les choses ont pu devenir si compliquées ?

Elle sourit pendant une seconde avant de redevenir triste.

— Il a pris ta défense. Il me disait que j'étais une trop bonne personne pour être amoureuse d'un connard. Nous n'avions pas prévu d'avoir une relation. C'était juste une passade, je crois. Je voulais juste me changer les idées après notre rupture. Il m'aidait à me sentir mieux.

— Je suis désolé.

Je m'excuse sans en avoir eu l'intention, et je grimace. Cette conversation n'a rien à voir avec moi ni avec nous.

— Pourquoi ?

— Pour avoir gâché nos débuts. Pour t'avoir donné l'impression que tu ne valais rien, même involontairement.

J'ai une boule dans la gorge et je ne peux plus parler, je peux à peine respirer.

— Prends le temps qu'il te faut pour annoncer notre rupture. Pas pour ta mère, pour toi aussi. Je serai là pour toi, si tu as besoin de quoi que ce soit.

— Merci.

Nous arrêtons de faire semblant de manger et je la ramène chez elle. Mon estomac se serre à la vue des marches étroites qui montent jusqu'à son appartement. C'était déjà terrible qu'elle tombe avant, mais maintenant qu'elle est enceinte, l'idée qu'elle puisse à nouveau les dévaler va me faire perdre le sommeil. Nous pourrions peut-être louer cet appartement à quelqu'un d'autre et utiliser les loyers pour lui trouver une maison de plain-pied.

— Je t'accompagne en haut, lui dis-je en la prenant par le bras.

Elle sourit timidement.

— Merci.

Quand nous arrivons devant sa porte, nos yeux restent soudés, et quand je déglutis difficilement, je garde un goût amer dans la bouche, celui du regret.

HANNA

S es yeux sondent les miens, et ils expriment tant d'émotions que je n'ose pas analyser.

Je ne peux pas lui demander de rester. Je ne le ferai pas. Mais je suis terrifiée d'entrer dans cet appartement et de passer la nuit seule. Le futur s'étire devant moi, un terrain infini rempli d'inconnues que je devrai affronter seule.

— J'ai peur.

La seconde où ses doigts touchent les miens, mon cœur saute dans ma poitrine, et une partie gelée en moi commence à se réchauffer. Il porte mes doigts à sa bouche. C'est juste un baiser, ses lèvres effleurent mes phalanges, mais ce geste exprime tant de choses.

— Je suis là, OK ?

Il passe son pouce sur ma joue et je sens mes larmes, je ne savais pas que je pleurais.

— Tu me dis ce dont tu as besoin, et je serai là.

*J*e me réveille en plein milieu de la nuit et je m'assieds brusquement dans mon lit, secouée par de violents et laids sanglots. On dirait que quelqu'un est en train de se faire arracher le cœur, c'est terrifiant. C'est seulement quand Lizzy vient passer ses bras autour de moi et murmurer dans mon oreille que je m'aperçois que ce bruit vient de moi.

— Chut, me réconforte Liz en me berçant. Chut, tu n'es pas seule, je suis là.

Quand mes sanglots s'apaisent, je me rallonge et elle s'installe à côté de moi avant d'entrelacer ses doigts aux miens.

— Mon cœur me fait mal, je chuchote dans l'obscurité.

Je ne peux pas voir son visage, mais je l'entends renifler et je comprends qu'elle a pleuré aussi.

— Je sais.

— Il m'a menti, je confesse en fermant les yeux et en serrant la main de ma sœur. Il m'a dit qu'il ne voulait pas s'engager avec moi, mais ce n'était pas vrai. Quelques jours avant mon accident, il m'a avoué être amoureux de moi et vouloir trouver un moyen d'être ensemble.

— Oh Hanna, dit Liz. Je suis désolée.

Je secoue ma tête dans le noir.

— Je devais prendre une décision, je devais choisir. Et quand il m'a vue après ça, je portais la bague de Max. Je n'imagine même pas combien il a dû avoir mal. Mais je ne comprends pas pourquoi il a menti quand je lui ai dit que

j'avais besoin de me souvenir pourquoi j'avais choisi Max.
Pourquoi est-ce qu'il a menti ?

— Il pensait peut-être que tu serais plus heureuse
avec Max ?

—Je crois que j'avais tort quand je pensais aux raisons
pour lesquelles Max me voulait, dis-je en essayant d'inspirer profondément. Je n'avais jamais vu à quel point mon
manque de confiance en moi pouvait faire du mal à ceux
que j'aime.

— Ne t'inquiète pas pour ça, murmure-t-elle en caressant mes cheveux.

— Je les aime tous les deux. Nate est mort, mais j'ai
toujours l'impression que mon cœur est déchiré entre ces
deux hommes.

— Chut, me réconforte-t-elle en serrant ma main.
Tout ira bien.

Je secoue la tête. Rien ne va bien. J'aime deux
hommes, et je ne peux être avec aucun d'eux. Si cela n'a
pas suffi d'accuser Max de me vouloir pour l'argent, le
choisir après la mort de Nate devrait anéantir ce qu'il
reste entre nous. Maintenant, je pleure la mort d'un autre
homme, dont je suis enceinte. De jumeaux. Je ne devrais
pas être surprise. Nate et moi sommes tous les deux des
jumeaux. Mais c'est quand même un sacré choc. Je ne suis
pas sûre de pouvoir être une mère, alors la mère de deux
bébés ?

— Ma vie est foutue.

— Tu es fatiguée, ferme les yeux.

—J'attends des jumeaux, je murmure dans la nuit.

Je sais qu'elle m'a entendue, au léger bruit de surprise

qu'elle lâche, mais sans pouvoir voir son visage. Puis elle m'entoure de ses bras et nous restons allongées toutes les deux, serrées fort l'une contre l'autre. À cet instant, j'ai l'impression qu'en dépit de la douleur qui me déchire, de mon cœur brisé, de la peur que j'éprouve quand je pense que je vais devoir tout avouer à ma mère, pendant juste un instant, j'ai l'impression que tout va bien se passer.

HANNA

*L*e dîner de répétition de Will et Cally est un festin, les rires retentissent de toute part, et je suis assise, je me retiens de toutes mes forces de poser ma tête sur l'épaule de Max et de fermer les yeux. Je ne savais pas qu'il était possible d'être si fatiguée. Cette nuit, mes cauchemars m'ont réveillée trois fois. Liz est restée dormir avec moi comme quand nous étions petites et que nous avions peur du noir.

Je suis restée aux côtés de Max toute la soirée, et je commence à en ressentir les effets. L'odeur de son après-rasage, son sourire craquant, ses puissants avant-bras qui dépassent des manches retroussées de sa chemise. Je vois ses bras, et j'ai envie de m'y blottir et d'oublier le reste du monde.

Cet après-midi, Liz m'a forcée à remonter pour faire une sieste, mais au lieu de dormir, je suis restée allongée en repensant à ces cinq jours précédant mon accident. Je vivais une vie secrète, j'ai donc peu d'éléments à ma disposition, mais je suis sûre de deux choses : Nate m'a demandé de choisir, et à un moment donné, juste avec de tomber dans les escaliers, j'ai enfilé la bague de Max. J'ai donné ma virginité à Nate, et moins de cinq jours plus tard, j'ai choisi Max. Et le jour où j'ai mis la bague de Max est une journée dont je ne me souviendrais sûrement jamais selon Nix.

Les serveurs débarrassent les assiettes et Will se lève aux côtés de Cally à la table principale. Les gens font tinter leur fourchette contre leur verre et il sourit alors que le silence se fait.

— Je voulais juste vous dire quelques mots avant que tout le monde reparte ce soir, commence-t-il. Vous savez tous que je suis amoureux de Cally depuis le lycée.

— La pauvre a déménagé de l'autre côté du pays et n'a quand même pas réussi à t'échapper ! intervient Sam d'une voix forte.

Will rigole, avant de retrouver son sérieux et de se retourner vers sa fiancée.

— L'amour, ce n'est pas simple. Pas quand c'est le vrai, le grand. Du moins, ça ne l'a pas été pour nous. Nous avons surmonté de nombreux obstacles, mais nous en sommes là. Cally et moi ?

Il s'interrompt pour lui lancer un sourire.

— Nous sommes faits l'un pour l'autre. Je le savais depuis le début. Quand j'étais ado, je pensais que ça suffisait. Mais j'ai vite appris que le destin, ou le mot que vous choisirez à la place, ne suffisait pas. Nous avons dû nous battre l'un pour l'autre.

Cally lève les yeux vers lui, le regard plein d'adoration et quand il baisse la tête vers elle, il est si évident que ce sentiment est partagé que ma poitrine se serre d'envie.

— Je ne suis pas parfait, Cally. Mais tu fais de moi un homme meilleur. S'il le faut, je me battrai pour toi encore et encore. Et je montrerai chacune de mes cicatrices à nos enfants, et je leur dirai « Ça en valait carrément la peine. »

Je sens les yeux de Max sur moi et quand je me retourne vers lui, l'intensité de son regard me coupe le souffle. Je n'imagine même pas ce qu'il peut ressentir ce week-end alors que notre propre mariage est prévu dans deux semaines.

Will se tourne vers le reste de la salle.

— Nous vous devons tant à vous aussi. Les sœurs Thompson, Hanna, Liz et Maggie, vous avez donné à Cally l'amitié dont elle avait besoin à son retour à New Hope. Je vous en remercie. À vous, les tocards que j'appelle mes amis, Sam, Max, Asher, je sais que vous ne portez pas dans votre cœur toutes ces histoires de mariage, mais vous êtes là quand même. Tout au long de notre amitié, vous m'avez montré que vous lâcheriez tout pour venir à mes côtés si j'en avais besoin. J'ai de la chance de vous avoir. Tout le monde, merci d'être ici. Il était tentant de faire l'impasse sur toutes les mondanités, surtout après... *hum*... des mariages compliqués.

L'assistance éclate de rire, et le fait rougir.

— Mais nous avons décidé de ne pas nous marier à Maui sur la plage. Nous voulions que vous soyez tous présents à nos côtés. C'est grâce à vous si nos vies sont géniales. Maintenant, trinquons ensemble, j'ai hâte que nous arrivions au moment du week-end où cette femme devient la mienne pour toujours.

Les applaudissements éclatent et Cally saute de son siège pour prendre Will dans ses bras et l'embrasser fougueusement.

Une fois de plus, ma poitrine se serre. Je ne nie pas leur connexion ou leur bonheur. Je ne veux rien de moins que le meilleur pour mes amis. Mais je les envie. Seulement la semaine dernière, je pensais que ma vie allait dans la même direction que la leur. Pas juste le mariage, ou la lune de miel, mais la vie ensemble. Les rires, la connexion. Les blagues partagées, le fait d'être à deux. Avoir un partenaire quand la vie devient difficile. Je croyais avoir ça avec Max.

Il me regarde, le visage impassible. Est-ce qu'il pense la même chose ? Ou est-ce qu'il m'en veut de l'avoir trahi avec Nate ?

— Pourquoi n'allez-vous pas danser ? demande ma mère.

Max se lève et me tend la main.

— Me fais-tu l'honneur ?

J'opine, place ma main dans la sienne et je le suis sur la piste de danse. Je passe mes bras autour de son cou et nous faisons semblant d'être des fiancés pour ma mère.

— Détends-toi, murmure-t-il dans mon oreille. C'est juste une danse.

Je ne m'en étais pas aperçue, mais j'étais raide. Je repose ma tête sur son épaule. Mon corps est épuisé après une longue journée qui a commencé à cinq heures du matin sans une minute de pause. Je me détends entièrement alors que je fonds dans sa chaleur et dans le confort de son souffle contre mon oreille.

MAX

*H*anna sent si bon. Je ne veux plus la lâcher. Ce qui est une très mauvaise idée. J'ai *besoin* de la laisser partir. Je dois mettre des distances entre nous, rentrer chez moi et essayer de dormir, ce que j'ai à peine pu faire cette semaine. Au lieu de ça, je reste ici aussi longtemps que possible, je la tiens dans mes bras, et je m'imagine que c'est pour de vrai.

Pour de vrai. Nous faisons semblant depuis des mois. Je croyais que c'était fini, mais nous revoilà. Peut-être que c'est bien fait pour moi. Ma punition pour ne pas avoir remarqué ce que j'avais sous le nez pendant toutes ces années.

— Ils sont parfaits l'un pour l'autre, n'est-ce pas ? dit Hanna en posant sa joue sur ma poitrine pour regarder Cally et William danser de l'autre côté de la piste. Il l'aime tellement. Elle ne pensait pas qu'il puisse lui pardonner ses erreurs, et pourtant, regarde-les maintenant.

Je ne connais pas toute l'histoire entre Will et Cally, mais j'en sais assez pour comprendre que leur amour est inconditionnel.

— Quand on aime quelqu'un, on peut tout lui pardonner.

Elle lève la tête et ses yeux marron foncé se plongent dans les miens.

— Nous avons tout gâché, pas vrai ?

J'opine, la gorge serrée, alors qu'elle lève la main pour repousser une mèche de cheveux de mon visage. Cet après-midi, je me disais que j'avais bien besoin d'une foutue coupe de cheveux, mais maintenant, je suis content qu'ils me tombent dans les yeux.

— Tu te demandes parfois si les choses avaient pu être différentes entre nous ?

— Tous les jours.

— Moi aussi, opine-t-elle.

— Les choses finissent toujours par s'arranger, je lui promets en caressant son ventre avec mon pouce. Quoiqu'il arrive, tu n'auras jamais de regrets.

— C'est comment ? me demande-t-elle les doigts toujours posés sur ma mâchoire. D'être un parent ?

— C'est... phénoménal, je réponds en m'éclaircissant la voix et en avalant mes émotions. Mais dans le sens littéral du terme, pas le cliché qu'on utilise tout le temps. Tu vas être une mère géniale.

Mes yeux me brûlent et un poids pèse sur ma poitrine. Combien de fois ai-je imaginé le ventre de Hanna qui s'arrondissait au fur et à mesure que son enfant grandissait ? Combien de fois ai-je bercé Claire pour l'endormir en ayant envie de partager ce sentiment avec la femme que j'aime ?

— Je peux te poser une question ?

J'opine. Elle peut me demander tout ce qu'elle voudra, si ça signifie que je peux la garder encore un peu dans mes bras.

— Quand tout rentrera dans l'ordre et que nous arrêterons de faire semblant... Est-ce que tu iras avec Meredith ?

— Non.

Je déteste le fait qu'elle ait eu besoin de me le demander. J'ai essayé de lui montrer clairement que je ne suis plus du tout intéressé par Meredith, mais apparemment, je n'y suis pas parvenu.

— Mais elle te veut. Et tu m'as dit toi-même que tu avais été amoureux d'elle pendant la plus grande partie de ta vie.

Trois mèches folles se sont échappées de son chignon dans sa nuque. J'en enroule une autour de mon doigt avant de lui répondre.

— Je croyais que c'était de l'amour. Mais c'était avant que je sache ce que c'était de t'aimer.

Ses lèvres s'écartent et ses yeux tombent sur mes lèvres.

— Tu dis toutes ces choses...

— Allez Max, embrasse-la ! s'écrie Sam de l'autre côté de la piste. C'est vous les prochains sur la liste.

Les gens autour de nous abondent dans ce sens, et tous les yeux se tournent vers nous.

Hanna me donne son accord d'un signe imperceptible

de la tête, et je pose ma bouche sur la sienne. Je pensais juste l'embrasser légèrement, assez pour apaiser la curiosité des gens qui nous regardent, mais au moment où mes lèvres touchent les siennes, elle se blottit contre moi et je ne peux pas résister, je l'embrasse encore une seconde, je grave le souvenir de la douceur de sa bouche sous la mienne dans ma mémoire. Je serai là pour elle. Je serai l'ami dont elle aura besoin quand elle élèvera ses bébés, même si elle a été très claire sur le fait que nous ne serons jamais plus que ça. Je fais durer ce dernier baiser autant que possible avant que cette partie de notre relation ne soit terminée pour toujours.

HANNA

— *J*’ai une grosse commande de fleurs à aller chercher chez le fleuriste pour décorer le gâteau de Cally demain. Ça t’embête de t’arrêter ?

Le ciel est rempli d’étoiles ce soir, et je prends une minute pour respirer pendant que Max ouvre ma portière.

— Le fleuriste, et ensuite la pâtisserie ?

Je lui lance un sourire reconnaissant, et j’opine. Et puis, sans vraiment savoir pourquoi, je me hisse sur la pointe des pieds et pose mes lèvres sur les siennes. Il se rigidifie un moment. Peut-être parce que personne ne nous regarde, et qu’il n’y a aucune raison de s’embrasser.

Lentement, il pose sa grande main sur ma mâchoire, et quand j’écarte les lèvres, il glisse sa langue dans ma bouche. Ce baiser est lent et tendre. Il me rappelle les débuts de notre relation, quand j’étais si complexée que les baisers et les caresses tout habillés constituaient le summum de nos étreintes.

Quand nous nous écartons, je ne peux pas ignorer la tristesse dans ses yeux, et un sentiment de culpabilité m'envahit. Pourquoi est-ce que j'ai été trop stupide pour voir que son amour pour moi était sincère ? Pourquoi est-ce que j'ai laissé Meredith influencer ma perception de Max ?

Je voudrais pouvoir m'excuser, mais les mots fondent sur ma langue. Les excuses les plus dures à présenter sont celles qui sont le plus importantes.

Il m'embrasse sur le front et fait le tour de la voiture.

— Merci pour ce soir, je murmure alors qu'il démarre. C'est énorme pour moi.

Il prend ma main et porte mes phalanges à sa bouche. Puis il passe la vitesse et me conduit chez le fleuriste.

— Nous y voilà, chuchote-t-il en repoussant lentement mes cheveux de mon visage. Je vais mettre les fleurs dans les glacières. Tu peux aller te coucher.

Je cligne des yeux. J'étais si fatiguée que j'ai dû m'endormir. Je devrais l'aider à le faire, mais chaque cellule de mon corps me réclame de me rendormir tout de suite.

— OK, je murmure.

Il m'aide à descendre de la voiture et me regarde monter les escaliers avant de se retourner pour s'occuper des fleurs.

Une fois à la porte d'entrée, je cherche mes clés dans mon sac, et quand je pose les doigts dessus, je réalise mon erreur. Il va avoir besoin des clés de la pâtisserie. Je me penche au-dessus de la rambarde du balcon et fronce les sourcils quand je vois la porte de derrière ouverte et de la lumière dans l'allée alors que Max traîne l'énorme boite à l'intérieur.

Je regarde mes clés, et à nouveau la porte.

— Mais comment... ?

Doucement, je redescends les escaliers et entre dans la pâtisserie. Max est en train de fermer la salle réfrigérée quand je le trouve.

Il me lance un doux sourire.

— Je croyais que tu allais au lit.

— Tu sais, je commence prudemment en examinant ma cuisine professionnelle sous un autre œil. Je pensais vraiment que Nate Crane était mon investisseur anonyme. Je croyais juste qu'il ne voulait pas l'avouer. Mais je me trompais.

— Mmm, fait-il en enfonçant ses mains dans ses poches et en haussant les épaules. Peut-être qu'il s'agit juste d'un investisseur privé et que sa démarche n'a rien de personnel.

J'inspire, mon cœur est plein et lourd.

— C'est personnel. L'appartement du haut, le soin qui a été pris pour la rénovation.

Il tourne la tête et se perd dans la contemplation des plans de travail en acier inoxydable étincelants.

— Qui que ce soit, il aurait dû dépenser plus d'argent pour mettre ces escaliers à l'intérieur du bâtiment. De cette façon, tu n'aurais plus besoin de sortir quand tu dois faire le trajet entre chez toi et la pâtisserie. Et peut-être que tu n'aurais pas chuté.

— Je crois bien qu'il en a fait plus qu'assez, je murmure.

Il hausse les épaules.

— Je suis content que tu aies pu ouvrir ta pâtisserie.

— Est-ce que tu allais me dire un jour que c'est toi qui te caches derrière tout ça ? Que c'est toi qui as tout organisé pour faire de mon rêve une réalité ?

Il passe une main dans ses cheveux et garde les yeux rivés au sol.

— Max, regarde-moi.

Il relève les yeux pour les planter dans les miens.

— C'était ton rêve. Je savais que tu ne croyais pas assez en toi pour te lancer. Mais moi, je croyais en toi. J'ai toujours cru en toi. Tu es la personne la plus incroyable que je connaisse.

Oh mon Dieu. Comment ai-je pu me tromper à ce point ?

— Pourquoi n'as-tu rien dit ?

— Je ne voulais pas que ce soit un secret. J'étais en pleines démarches pour acheter ce bâtiment quand tu as rompu avec moi, et quand j'ai vu que le projet pourrait aboutir, je ne voulais pas que tu penses que tu me devais quoi que ce soit. Il fallait que je trouve un moyen de te faire ce cadeau sans que tu te croies obligée de m'épouser derrière.

Il hausse maladroitement les épaules.

— Max, je chuchote.

Et je ne peux plus me retenir une minute de plus. Je m'approche de lui, passe mes bras autour de son cou et l'embrasse passionnément. Parce que Max m'a offert plus qu'un rêve. Il m'a offert mon rêve à New Hope, et uniquement quelqu'un qui a grandi ici peut comprendre l'envergure de ce geste. Un autre investisseur m'aurait demandé de me délocaliser dans une grande ville, ou de m'installer dans un endroit plus grand à l'écart du centre historique de New Hope. Max a fait plus que réaliser mon rêve. Il m'a offert mon rêve exactement là où je le souhaitais.

Je me force à interrompre le baiser pour rester chaste, mais alors que je redescends sur mes talons, il pose ses mains sur mon visage et descend sa bouche sur la mienne pour recommencer à m'embrasser, doucement, gentiment, avec un amour si tendre que je ne suis pas sûre de mériter.

Ses doigts glissent dans mes cheveux et il retire ma barrette pour les laisser tomber sur mes épaules. Puis ses mains glissent le long de mon corps et sous mes fesses pour me soulever sur le plan de travail. Il écarte mes jambes pour se planter au milieu. Quand sa bouche revient sur la mienne, son baiser est plus intense qu'avant. Plus profond, plus fougueux. C'est le baiser d'un homme qui a retrouvé quelque chose qu'il avait perdu. Le baiser d'un homme qui fera tout son possible pour ne plus le reperdre.

Et je l'embrasse de la même façon, l'amour et la douleur dans ma poitrine se télescopent et s'entremêlent pour ne faire plus qu'un. Le virus et le vaccin. Le poison et l'antidote. Ils me remplissent et me chuchotent des mots à l'oreille, et je sais que la seule chose qui puisse apaiser ma douleur, ce sont les baisers de cet homme.

— Monte avec moi, je murmure contre ses lèvres.

Il souffle profondément et prestement.

— Hanna, ce n'est pas pour ça que j'ai...

— Je sais.

Je voudrais pouvoir effacer cette tristesse de ses yeux en l'embrassant. Je voudrais pouvoir soulager sa souffrance, car c'est moi qui l'ai créée.

— Je sais, je répète en lui prenant la main.

Prudemment, il m'aide à descendre du plan de travail.

— OK.

Il me suit en haut, et dès que la porte se referme, mes doigts s'attaquent aux boutons de sa chemise. J'ai besoin de Max. Nu. Contre moi. Maintenant.

Il arrête mon mouvement en posant une main sur les miennes.

— Est-ce qu'on pourrait juste... ?

Il ferme les yeux, comme s'il ne savait pas comment exprimer ce qu'il a à dire.

— Je t'aime. Je ne veux pas me précipiter, commence-t-il en me caressant la joue du dos de la main. Je ne veux pas te faire peur et te faire fuir.

— Je suis là, je murmure. Et je ne vais nulle part.

Il tire sur ma robe et je lève les bras en l'air pour qu'il la retire et la jette sur le côté. Ses yeux embués tombent sur mes seins, mon ventre. Ses doigts se serrent sur mes hanches.

— Si tu savais combien de fois j'ai fantasmé sur ce moment. Toi. Ton corps. Le gémissement que tu fais quand tu vas jouir, le goût que tu as ici, dit-il en caressant mon mamelon du pouce. Et ici.

Il effleure mon pubis. Sa voix devient plus grave et il glisse une main entre mes jambes pour me saisir.

— J'imaginais quel goût tu aurais ici.

— Max, je gémis en balançant mes hanches dans sa main.

— Ne doute plus jamais de mon attirance pour toi. Pour moi, il n'y a que toi, Hanna. Je ne veux personne d'autre et je n'ai besoin de personne d'autre.

Il baisse la tête vers mon sein et le suce à travers la dentelle de mon soutien-gorge. Il tire mon mamelon dans sa bouche et envoie des pulsations et des vibrations entre mes jambes, là où sa main me caresse sur ma culotte.

J'essaie de défaire les derniers boutons de sa chemise, et je la fais descendre sur ses bras jusqu'à ce qu'il la jette sur le sol. Sa peau est douce et chaude, et je sens ses muscles épais. Tout d'un coup, je veux graver ce moment dans ma mémoire. Ma bouche et mes mains sont sur lui, mes doigts parcourent les plaines plates de ses abdos et je lui mordille l'épaule. Il gémit quand je le suce, le mords, le lèche en remontant jusqu'à son cou et que mes doigts passent sous la taille de son pantalon.

Je le déboutonne et sors sa queue de son caleçon, avant qu'il ne recule d'un pas.

Il me dévore des yeux, avide et gourmand, mais il ne se rapproche pas. Il hoche de la tête en direction de mon soutien-gorge et de ma culotte.

— Je veux te voir toute entière.

Je défais l'agrafe de mon soutien-gorge et le laisse tomber au sol. Puis je passe les doigts de chaque côté de ma culotte et la fais glisser le long de mes hanches. Je n'éteins pas la lumière. Je ne me précipite pas dans le lit, sous les couvertures. Je reste exposée en pleine lumière, je veux qu'il voie les rondeurs de mon ventre, les vergetures en haut de mes cuisses. C'est mon corps. Pour le meilleur et pour le pire.

Quand je recroise son regard, ses yeux sont plus sombres, ses pupilles sont dilatées, ses narines frémissent. Il émet un grognement et s'approche d'un pas.

— Je n'ai jamais fait semblant d'être attiré par toi. Tu es superbe, et tu l'as toujours été. Et quand j'imagine ton ventre arrondi par ces bébés...

Il caresse mon ventre du bout des doigts et mes yeux se remplissent de larmes.

— Je te veux, je murmure en entourant de mes doigts son membre épais et tendu. Ici, maintenant.

Ses yeux s'assombrissent et ses narines frémissent.

— Ne me teste pas.

— Je ne te teste pas, je te le demande.

Je le caresse, en le serrant en rythme.

— Je n'ai jamais voulu attendre jusqu'au mariage pour faire l'amour.

Une expression douloureuse se peint sur son visage.

— Max, j'avais peur que tu me voies nue et que tu trouves que je n'étais pas aussi belle que tu ne le pensais. J'avais peur de ne plus pouvoir te séduire. J'étais terrifiée de te décevoir.

— Mon Dieu, tu es la femme la plus sexy que je n'ai jamais touchée. Tu ne pourrais jamais me décevoir.

— J'ai fini par m'en convaincre.

Et j'ai fini par constater les dégâts que j'ai causés en n'y croyant pas plus tôt. Je pose une main sur sa poitrine, et sa peau est chaude contre mes doigts. Je suis la ligne de duvet qui commence entre ses pecs puis sur son ventre, et plus bas vers le tatouage de dragon sur le V de son pelvis. Il inspire bruyamment.

— Tu étais sincère quand tu m'as parlé de cette soirée à la galerie ?

— La galerie ?

Je le prends dans mon poing serré. Ses yeux sont fermés et il crispe ses mains sur les côtés, pour essayer de garder le contrôle.

— Qu'est-ce que j'ai dit ? réussit-il à articuler.

— Sur notre premier baiser ? Que tu as commencé à me désirer à partir de ce soir-là ? je lui explique en faisant glisser ma main de haut en bas. Tu me désires toujours ?

— C'est différent maintenant, me dit-il. Je te veux autant, si ce n'est plus, que je ne te voulais ce soir-là. Mais aujourd'hui, je t'aime. Je t'aime tellement que je veux tout te donner. Je veux te rendre heureuse et te protéger. Et quand tu m'as dit que tu voulais attendre jusqu'au mariage, ces deux désirs se sont télescopés, commence-t-il en déposant un baiser sur l'intérieur de mon poignet, puis de la paume de ma main. Je crois que je suis un peu naïf car je pensais sincèrement que tu voulais attendre. Mais ce que tu pensais vraiment...

Il s'interrompt pour se forcer à me regarder dans les yeux.

— Et n'hésite pas à intervenir, parce que je ne parle pas couramment le langage féminin.

Je glousse rapidement, car il est si sérieux.

— Ce que tu pensais vraiment, ce dont tu avais besoin, c'était que je te prouve que tu étais belle, de voir ce que je voyais pour vouloir faire l'amour.

Je ne sais pas comment lui répondre, alors je lui souris tristement, parce qu'il a tout juste. Il penche la tête et pose doucement ses lèvres sur les miennes et sur le coin de mes yeux.

— Tu comprends parfaitement le langage féminin, je murmure.

Il ramène mes deux mains dans mon dos avec l'une des siennes.

— Je n'arrive plus à réfléchir quand tu me touches comme ça.

Il passe sa main libre sur le côté de mon corps et fait glisser sa langue dans mon cou. Je me cambre contre lui en réaction, en pressant mes seins contre sa poitrine.

— Je t'en prie, je murmure alors que son pouce dessine des cercles contre mon pubis.

Je peux sentir son souffle dans le creux de mon cou.

— Je t'aime, Hanna.

— Moi aussi je t'aime, je confesse, une larme brûlante roulant sur ma joue. Je suis désolée, je suis tellement désolée.

— Moi aussi bébé, moi aussi.

MAX

Je l'embrasse. Mes mains sont dans ses cheveux, et ma bouche est sur la sienne. Je suis si désespéré de l'avoir tout entière que je ne l'arrête pas quand sa main se dirige à nouveau vers ma queue. Je suis déjà perdu. Elle détache sa bouche de la mienne et la pose dans mon cou, sur mes pecs, puis sur mes abdos. Quand elle fait glisser sa langue sur mon tatouage, je la fais remonter vers moi. Pendant tous ces mois où nous étions ensemble, à chaque fois que nous nous touchions, elle insistait pour que ce soit elle qui me donne du plaisir. Je veux changer ça, pour la première fois où nous sommes à nouveau ensemble. Je dois lui montrer.

Je la guide vers la chambre et j'allume les lumières.

Quand je recule d'un pas pour la regarder, elle me laisse faire. Elle ne se couvre pas pudiquement ou n'éteint pas les lumières comme elle avait l'habitude de le faire. Elle me laisse la regarder tant que je veux.

Je la contemple de tout mon saoul, sans me contrôler.

— Tu t'es réveillée sans ta mémoire, et tu as juste supposé que tu avais surmonté tous tes complexes pendant l'année qui s'était écoulée.

Je m'approche d'elle et sens ses seins effleurer ma poitrine. Je glisse ma main entre ses jambes et pose ma bouche contre son oreille.

— C'était un miracle, tout d'un coup, tu étais prête à me laisser te regarder. À me laisser te toucher. Et quand nous étions dans le hammam et que tu m'as laissé t'embrasser là pour la première fois...

Je passe mes phalanges sur elle. Elle est déjà mouillée, et je meurs d'envie de glisser mes doigts en elle, pour la sentir serrée autour de moi pendant que je la fais jouir. Elle enfonce ses ongles dans mes épaules et frissonne de plaisir à ce léger contact. J'en veux plus. J'ai besoin de plus.

— Je me sens si coupable de t'avoir caché la vérité, Hanna. Mais je suis un con, un con égoïste qui avait besoin d'enfouir son visage entre tes cuisses avant que tu ne commences à te souvenir de tout, de te donner du plaisir, de te prouver à quel point je te désire, putain.

Mes phalanges la caressent à nouveau, et elle inspire bruyamment, ses doigts crispés sur mes triceps, maintenant.

— J'ai envie de toi. Putain, j'ai *besoin* de toi. Tu m'as accusé de garder mes distances avec toi après l'accident, tu m'as dit que j'aurais passé plus de temps avec toi si je te voulais vraiment. La vérité, c'est qu'après cette soirée dans le hammam, je ne me faisais plus confiance. J'étais sûr de te baiser si je pouvais encore poser les mains sur toi.

— Tu aurais pu le faire, gémit-elle.

— Exactement. Je *rêve* de te baiser. D'avoir tes jambes enroulées autour de moi pendant je te pénètre ou que je mords la peau sensible de ton cou pendant je te prends par derrière.

Je la mords à cet endroit pour lui montrer exactement où et elle balance ses hanches en réaction.

— Tu veux quelqu'un qui aime autant ton corps que ton intelligence ? C'est moi, Hanna. Donne-moi juste une chance de te le montrer.

Quand je m'écarte, ses yeux sont à moitié fermés et ses lèvres ouvertes.

— Montre-moi, murmure-t-elle.

Je ne devrais pas. Les choses sont si confuses et compliquées entre nous. Elle est si émotionnelle et vulnérable.

— C'est bon, me rassure-t-elle en posant une main sur ma joue. J'en ai besoin. J'ai besoin de toi. Plus que jamais.

Je l'embrasse. Je dépose des baisers sur sa mâchoire et sur ses seins. Je marque une pause et j'aspire un de ses mamelons dans ma bouche. Elle lâche un cri et passe ses mains dans mes cheveux pour me maintenir. Ma queue est si dure que j'en ai mal, mais je descends sur mes genoux et pose ma bouche entre ses jambes. Elle inspire bruyamment quand ma langue touche son clitoris. Elle écarte les cuisses instinctivement et garde ses mains dans mes cheveux alors que je la lèche, la goûte, l'explore avec ma main et la pénètre de mes doigts. Elle empoigne mes cheveux tandis que je pose mes lèvres sur son clitoris et l'aspire.

Je n'ai jamais rien vécu d'aussi excitant que de lécher Hanna pendant qu'elle balance ses hanches contre mon visage. Elle me tire les cheveux et je sens qu'elle s'approche de l'orgasme. Je glisse un deuxième doigt en elle, et continue à sucer son clitoris. Elle hurle et fait une ruade, et je n'ai jamais été si excité de ma vie.

Quand je me relève, elle passe ses bras autour de mon cou et m'embrasse fougueusement. Je la guide vers le lit et marque une pause alors que je suis au-dessus d'elle.

— Je n'ai pas de préservatif.

Je ne m'attendais pas à ça ce soir.

— Je suis clean, mais si tu veux...

Elle secoue la tête.

— Je n'ai jamais fait l'amour sans préservatif. Je veux le faire avec toi pour la première fois.

Ma poitrine est serrée et je déglutis difficilement en pénétrant lentement en elle. Elle est si serrée et glissante, je ne sais pas si je vais pouvoir tenir assez longtemps pour la faire jouir une deuxième fois. Mais je sais que je vais réussir à prolonger ce moment pour qu'elle puisse jouir de nouveau quand je suis en elle.

Je la regarde alors que je commence à bouger et elle tient mon visage entre ses mains. Quand des larmes brillent au coin de ses yeux, je l'embrasse pour les faire disparaître.

— Ce sont des larmes de joie, me promet-elle. Je t'aime.

— Moi aussi, je t'aime, je murmure.

Ses paupières se ferment, et je la sens se serrer autour de moi. Je l'embrasse alors qu'elle jouit. Je l'embrasse en la pénétrant profondément et en priant le ciel pour que tout ça soit vrai et pas un magnifique rêve.

HANNA

*L*izzy ajuste le pendentif en diamant sur mon collier et retient ses larmes.

— Tu es magnifique.

— Merci.

C'est le grand jour. Mon mariage. Le premier jour du reste de ma vie avec Maximilian Hallowell.

Liz renifle à nouveau et essuie une larme.

— J'espère qu'il sait à quel point il a de la chance.

— Il le sait, intervient une voix grave.

Nous sursautons toutes les deux et nous nous retournons vers la porte de la zone qui se situe en haut de la galerie, vers la voix de Max, profonde et assurée alors qu'il franchit le seuil.

— Tu n'es pas censé être ici, je proteste sans grande conviction, parce qu'en vérité, j'avais besoin de le voir.

J'avais besoin de lire la confiance dans ses yeux quand il parle de notre futur. Mon ventre est rempli de papillons et de serpents à sonnettes, et je ne sais pas qui sortira vainqueur du combat.

Il inspire longuement et me contemple de haut en bas.

— Tu es superbe.

— Je vous laisse tous les deux, me dit Lizzy.

Avant de partir, elle se penche vers moi pour m'embrasser et murmurer au creux de mon oreille :

— Tu le mérites.

Je dois lever les yeux vers le plafond et prendre de grandes respirations. Je viens juste de finir mon maquillage. Je ne veux pas de mascara qui dégouline sur mon visage alors que je remonte l'allée vers l'autel.

Lizzy ferme la porte derrière elle en partant, et Max et moi restons plantés là à se regarder pendant de longues secondes avant qu'il ne s'approche et prenne ma main.

— Tu es prête ?

J'opine et il pose ses lèvres sur les miennes. Je lui rends son baiser. Une petite voix dans ma tête me traite de menteuse, mais je l'ignore parce que les lèvres de Max sont sur les miennes, déposant de légers baisers, et soulageant ma tension.

La porte s'ouvre à nouveau et Liz se glisse dans la pièce.

— C'est l'heure.

— On se retrouve en bas, me lance Max.

Je le regarde partir, même si j'ai envie qu'il reste. Je veux qu'il me tienne la main et m'accompagne jusqu'à l'autel. Je veux qu'il m'amène jusqu'à l'endroit où j'ai besoin d'aller. Parce que Max va prendre soin de moi, m'aimer. Mais puis-je vraiment épouser un homme, même un homme que j'aime plus profondément que moi-même, quand je ne possède plus que la moitié de mon cœur ?

On entend la musique en bas, et Liz me lance un sourire.

— C'est le signal.

Elle me laisse pour commencer à descendre les escaliers dans la galerie, et je m'appuie contre un mur pour essayer de trouver mon souffle.

J'entends les premières mesures de la marche nuptiale, je me redresse et fais un pas en avant, mais quelqu'un m'empoigne le bras et me force à revenir en arrière. Je me retourne et sursaute quand je vois les yeux marron foncé de Nate se plonger dans les miens.

J'essaie de respirer, mais je n'y arrive plus. J'essaie encore, mais un poids sur ma cage thoracique m'en empêche.

Nate me regarde de haut en bas, et je m'aperçois que je suis nue dans mon lit, entourée des bras de Max. Nate se couche dans le lit, et je me retrouve entre les deux. Il est allongé sur le côté sans me toucher avec autre chose qu'avec ses yeux. Je fais glisser le bras de Max pour qu'il ne me touche plus et je tends la main vers Nate, qui disparaît tout à coup.

Mes yeux s'ouvrent dans la nuit. Je suis seule et je me sens coupable. Max dort à mes côtés, nu, magnifique et sa main se tend vers moi dans son sommeil. Mon cœur bat la chamade et j'ai l'impression d'avoir monté trois étages en courant. *Respire*, j'essaie de reprendre le contrôle. *Juste respire.*

Je veux me blottir dans ses bras et le laisser apaiser mon angoisse, mais ce rêve me fait sentir trop coupable pour aller chercher du réconfort dans ses bras.

Je sors du lit, je vais m'enfermer dans la salle de bain, et je commence à pleurer.

MAX

*J*e garde les yeux fermés jusqu'à ce que j'entende la porte de la salle de bain se refermer. Je me retourne sur mon dos et je passe mes mains dans mes cheveux avant de presser la paume de mes mains sur mes yeux.

Elle a murmuré son nom dans son sommeil. Un mot. Une syllabe. *Nate.*

Ma poitrine se déchire sous le coup des émotions contradictoires. La jalousie, parce que nous avons fait l'amour hier soir, et elle a ensuite rêvé d'un autre homme. La souffrance, parce qu'elle a mal et pleure la mort de quelqu'un. Je ferais tout ce qui est en mon pouvoir pour l'aider à aller mieux. Si je le pouvais, je ramènerais Nate vivant et en forme sur le pas de la porte, juste pour effacer cette douleur de ses yeux.

Mais je ne peux pas. Alors je reste là, impuissant dans l'obscurité, jaloux d'un homme qui n'est plus.

HANNA

C'est peut-être à cause des hormones, mais le gâteau de mariage de William et Cally me fait monter les larmes aux yeux et serre ma poitrine. Un simple gâteau blanc à étage, recouvert de pâte à sucre soyeuse, il est magnifique, comme leur couple.

— C'est fini, constate Liz en arrivant derrière moi. Et c'est somptueux. Arrête de tourner autour et va prendre une douche.

La galerie est décorée pour la cérémonie, et comme la réception prendra aussi place ici, je dispose le gâteau dans un coin près de la fenêtre qui donne sur la rivière.

— Tu as besoin d'un coup de main ? me demande une voix grave derrière moi.

Je me retourne pour voir Max. Il tient dans ses bras un petit bébé coiffé d'une belle touffe de cheveux bruns.

J'ouvre la bouche. Je dois dire quelque chose. N'importe quoi. Mais j'en suis incapable. Ma bouche est cotonneuse et mon cœur fait des bonds dans ma poitrine parce que Max tient un bébé dans ses bras, serré contre sa poitrine, et ses lèvres dessinent un sourire chaque fois qu'il baisse ses yeux sur elle. Elle tente de toucher sa joue mal rasée avec son petit poing potelé. Ce spectacle me cause tant d'émotions conflictuelles que j'ai du mal à me tenir droite, et encore moins à les comprendre.

— C'est le bébé de Meredith ? demande Liz avec un peu trop d'hostilité dans la voix.

Max soulève un sourcil.

— C'est ma fille, Claire, répond-il patiemment.

Je tends la main vers elle. C'est instinctif. J'ai *besoin* de tenir ce bébé. Je suis récompensée par le sourire nonchalant et décontracté de Max alors qu'il la pose dans mes bras. Dès que je sens sa chaleur et l'odeur de sa peau, je me souviens d'elle. Je me souviens aussi de mon amour pour elle.

Tout ça n'a aucun sens, mais c'est un bébé, elle fait partie de Max. Aimer cet enfant est aussi naturel pour moi que de respirer.

— Comment une chose sortie de Meredith peut être aussi mignonne et adorable ? marmonne Liz.

— Ça vient de moi, réplique Max en lançant un clin d'œil à ma sœur. Est-ce que vous avez besoin d'aide ce matin ? J'allais déposer Claire chez ma mère pour la journée, alors je suis disponible.

Je rends Claire à Max à contrecœur.

— Je crois que tout est prêt ici. Je vais aller prendre une douche et commencer à me faire belle.

— Trop tard, répond-il. Tu es déjà belle.

Je regarde mon pantalon de yoga et mon vieux T-shirt tout détendu recouvert de taches blanches de farine et de glaçage.

— Tu dois revoir à la hausse tes standards.

Max plante un baiser léger sur mon front avant de repartir. C'est une fois qu'il est parti que je réalise que Liz me regarde comme si j'avais deux têtes.

— Tu vas me dire ce qu'il se passe ? me demande-t-elle.

Je sens la chaleur me monter aux joues, je hausse les épaules et commence à remballer les ustensiles que je dois ramener à la pâtisserie.

— Tu as fait *l'amour* hier soir, s'exclame-t-elle.

Mes joues passent de chaude journée d'été à fosses brûlantes de l'enfer.

— Nous *sommes* fiancés, je chuchote pour ma défense.

J'empoigne un torchon dans le carton et je commence à m'essuyer pour me donner une contenance.

Liz se racle la gorge.

— Alors, il était comment ?

Y a-t-il quelque chose de plus chaud que les fosses brûlantes de l'enfer ?

— Ça alors, s'écrie-t-elle en faisant rebondir ses boucles blondes alors qu'elle se penche pour prendre un carton. Je suis *trop* jalouse ! Si tu savais depuis combien de temps je n'ai pas fait l'amour !

— Je t'avais proposé un coup de main pourtant !

Bizarrement, je ne suis pas surprise de voir Sam

arriver sur le trottoir juste à ce moment-là. Il a tendance à apparaître comme par surprise à chaque fois que Liz se plaint de sa vie sexuelle.

Liz lui fourre le carton dans les bras.

— Merci !

Il ne se plaint même pas, il va juste le charger dans le coffre quand elle l'ouvre et vient m'aider à charger le mien.

— Besoin d'autre chose, les filles ?

— Je crois que c'est tout, je réponds.

— Rien d'autre du tout ? insiste-t-il en dévorant Liz des yeux.

— Dégueu, lui lance-t-elle en le tapant sur la poitrine du plat de la main. Viens, Han.

Nous montons dans la voiture et je prends ma bouteille d'eau sur le tableau de bord. Je bois en imaginant que l'eau à aussi bon goût que le café.

Elle s'éloigne juste du parking quand elle déclare :

— Je vais carrément baiser Sam, ce soir.

Et voilà pourquoi le tableau de bord est maintenant trempé.

*Q*uand je sors de la salle de bain, je trouve Meredith assise sur mon canapé, en larmes tandis qu'elle lit un bout de papier.

J'ai laissé Liz finir de ranger la pâtisserie pour avoir le temps de prendre une douche. Je voudrais tellement avoir un code secret avec elle, parce que *Meredith est dans mon putain d'appart.* J'ai dû laisser la porte ouverte. *Merde !*

Des larmes roulent sur sa joue et elle baisse les yeux sur le papier dans ses mains.

— Tu as de la chance, tu sais, j'ai dû traverser tout ça toute seule.

Sa tête dodeline légèrement quand elle la relève pour me regarder, et je suis quasiment sûre qu'elle est ivre. Le matin.

J'ai des problèmes plus importants aujourd'hui que cette conne qui est bien décidée à me pourrir la vie. Elle ne mérite pas mon énergie. Elle ne mérite pas la colère qui commence à bouillir en moi et qui me donne envie de la frapper. Je ne me suis jamais battue, je ne suis pas quelqu'un de violent, mais à cet instant, j'en ai tellement envie que je dois empoigner mon jean pour garder mes mains occupées.

— Que fais-tu ici ?

Je veux qu'elle s'en aille. Loin d'ici. Rien que de la regarder, je me souviens de moments douloureux auxquels je ne préférerais pas penser maintenant.

— Je voulais juste qu'il me choisisse.

Ses larmes coulent sur le papier. Non ce n'est pas un papier, c'est mon échographie. Je lui arrache des mains avant qu'elle n'ait une chance de l'abîmer et elle lâche un rire creux.

— Je voulais qu'il me choisisse et maintenant il va se marier avec elle.

Elle secoue la tête.

— Je voulais dire, avec toi.

— Va-t'en, je grince.

Mon estomac se tord, la nausée remonte dans ma gorge. Parce que je viens de comprendre maintenant qu'il ne s'agissait pas de Max. Max est juste le remplaçant de Will, l'homme qu'elle désire vraiment, celui qui se marie aujourd'hui, celui qui venait *juste* de demander sa fiancée en mariage quand elle a décidé de ruiner ma vie.

— Sors d'ici.

— William ne me parle plus, et Max ne m'appelle que quand il veut voir Claire. Will et moi formions un beau couple, tu sais ?

— Est-ce que tu entends ce que tu dis ? Il est amoureux d'une autre. Il n'a jamais voulu de toi.

Elle se relève et se rattrape au canapé quand elle perd son équilibre.

— Tu sais ce qui est incroyable à ton sujet ? bredouille-t-elle. Tout le monde pense que tu es tellement adorable et si généreuse, alors que tu ne penses qu'à toi.

— Tu ne me connais pas.

Elle me lance un sourire écœurant.

— Mais si je te connais, et tu sais qui je connais d'autre ? Ta sœur.

— Laisse-la en dehors de tout ça. Elle n'a rien à voir avec nous.

Elle soulève un sourcil.

— Rien du tout ? Elle a demandé à Max de t'inviter, non ? Même si elle était *tellement* attirée par lui, elle s'est effacée et lui a demandé de sortir avec toi, et toi tu n'as rien vu, parce que tu ne pensais qu'à toi. *Pauvre Hanna* qui n'a jamais l'homme qu'elle désire. *Pauvre Hanna* qu'on ne remarque jamais. Et *Pauvre Liz,* alors ?

— Ta gueule Meredith.

Je me retourne quand j'entends le son de la voix de Liz et je la regarde entrer dans l'appartement. Son visage se tord en un rictus alors qu'elle pose ses mains sur ses hanches.

— Dégage ! aboie Liz. Il ne t'a pas choisie. Maintenant arrête de bousiller la vie des autres juste parce que tu es tellement conne que tu as déjà gâché la tienne.

Meredith hausse ses épaules.

— N'importe quoi.

Je la regarde partir avant de me tourner vers ma sœur.

— C'est vrai ?

Liz mordille sa lèvre inférieure et soulève les épaules.

— C'est de l'histoire ancienne.

— Tu étais attirée par Max ?

Je suis bouleversée et ça m'énerve parce que c'est exactement ce que cherchait à accomplir Meredith. Elle sait encore très bien comment me faire du mal.

— Je ne serais pas sortie avec lui s'il ne me plaisait pas, mais ce n'est pas comme si j'étais amoureuse de lui.

— Mais il te plaisait, et quand tu as su qu'il me plaisait aussi, tu ne l'as plus jamais revu.

Elle hausse à nouveau les épaules.

— Tu es plus importante pour moi qu'un mec, Han.

Je me précipite vers elle et la prends dans mes bras.

— Meilleure. Sœur. De. La. Terre, je lui murmure. Je suis désolée.

---

*L*a fermeture à glissière de la robe de mariée a du mal à se fermer.

— Souffle un bon coup, et rentre le ventre ! commande Drew, la sœur de Cally, avec une voix nasillarde qu'elle se traine à cause d'un rhume qui la tourmente depuis le début de semaine.

— Liz, tu serres en haut. Nous allons y arriver.

Cally rentre son ventre plat, et Drew et Lizzy se battent avec la fermeture éclair.

— Je suis gonflée parce que je vais bientôt avoir mes règles, se lamente Cally quand elle a à nouveau le droit de respirer.

Elle pose une main sur son ventre gainé de satin blanc.

— Je respirerai plus tard, pas vrai ? demande-t-elle ensuite en souriant.

Elle est si heureuse de se marier avec William que rien ne va la contrarier aujourd'hui. Ni le fiasco lorsque le fleuriste a mélangé deux commandes et a livré les fleurs de quelqu'un d'autre. Ni ce petit-déjeuner gauche au cours duquel la grand-mère de Will s'est excusée auprès de Cally pour l'avoir maltraitée au début de la relation, non sans avoir justifié son comportement par le fait qu'il était dur de faire confiance à une fille dont la mère était propriétaire d'un salon de massage douteux.

J'envie la joie imperturbable de Cally. J'aime Max, et je sais que nous allons avoir une vie géniale ensemble, mais pour Cally c'est plus que de l'amour. Elle pense que le destin les a réunis. Et je croirais sûrement au destin si je devais endurer tout ce qu'ils ont eu à supporter pour en arriver là.

— Je suis si fatiguée, c'est incroyable, dit Cally en étirant ses bras au-dessus de sa tête en bâillant. Aujourd'hui, je me marie, et je serais capable de vous payer pour avoir le droit de faire une sieste de vingt minutes.

Drew lisse sa robe et fait une grimace devant le miroir.

— Tu ne te sens pas bien depuis des semaines, tu devrais aller voir un docteur.

Je m'approche de Cally.

— Quels sont tes symptômes ?

Cally hausse les épaules.

— J'ai des nausées le soir parfois. Pas grand-chose. Drew demande beaucoup d'attention, je crois que je m'inquiète à son sujet.

— Ah, intervient Lizzy en relevant le nez de sa trousse de toilette. Comme quand on est enceinte.

La pièce entière marque une pause, Cally reste immobile, la bouche bée, les yeux rivés sur Liz.

— Est-ce que ce serait possible ? demande Drew, en essayant de contenir le sourire qui menace de s'étaler sur son visage. À quand remontent tes dernières règles ?

— Plusieurs semaines, répond Cally en fronçant les sourcils et baissant la voix. Mais c'est impossible. Will ne peut pas...

Lizzy repose son mascara et se retourne.

— Calmez-vous ! Je *plaisantais* !

Cally pose une main sur son ventre.

— Tu crois qu'on pourrait avoir cette chance ?

— C'est dingue, intervient Lizzy. Nous ne sommes pas obligées de maintenir ce suspense insoutenable, il y a une pharmacie juste en bas de la rue qui vend d'excellents tests de grossesse.

— J'ai mieux ! je lance en m'emparant de mon sac. J'en ai un ici avec moi.

Je sors le test restant du pack de deux que nous avions acheté pour moi, et Cally le saisit d'une main tremblante.

Nous attendons toutes anxieusement près de la porte de la salle de bain pendant qu'elle fait le test. Et quand elle en ressort deux minutes plus tard, elle est si rayonnante qu'elle n'a pas besoin de dire un mot.

Après de multiples embrassades et cris de joie, nous reprenons conscience qu'il y a d'autres invités qui attendent en bas dans la galerie qui se demandent probablement si nous avons commencé la fête sans eux, mais nous ne nous en soucions pas. C'est Will et Cally. Ils le méritent tellement.

— Je n'arrive pas à croire que nous sommes *toutes les deux* enceintes ! s'écrie-t-elle quand c'est à mon tour de la féliciter.

J'opine et ravale mes larmes.

— Arrête ! Tu vas ruiner mon maquillage !

— Drew, tu pleures ? demande Liz.

Elle lève les yeux au ciel en guise de réponse, mais elle ne peut pas cacher ses larmes. Elle est aussi heureuse pour William et Cally que le reste d'entre nous.

— C'est juste qu'Asher m'a promis une danse à la réception, et j'ai peur qu'il m'oublie.

Cally renifle et prend un mouchoir, et je l'imite.

— OK, les filles, lance l'organisatrice du mariage. On se met en ligne, c'est l'heure.

C'est seulement quand je prends ma place dans la ligne que je m'aperçois que ma mère se trouve dans l'encadrement de la porte, ses yeux écarquillés, sa bouche grande ouverte alors qu'elle regarde fixement mon ventre. Depuis combien de temps est-elle dans la pièce ?

Elle pose ses yeux sur mon visage et reporte son attention sur mon ventre.

— C'est vrai ? Mais tu n'es pas mariée...

Derrière moi, Maggie inspire bruyamment, en comprenant brusquement de quoi nous parlons.

— Merde, marmonne-t-elle.

La musique commence et l'organisatrice me pousse en avant. Je lance un dernier regard désolé à ma mère et je commence à descendre les escaliers.

Il y a peu de choses dans le monde qui soient aussi plaisantes que la vue de Maximilian Hallowell dans son smoking. Et le voilà, ses cheveux bruns lui tombent dans les yeux, ses épaules larges remplissent sa veste. Il est sur la piste de danse, il tient le micro et parle au petit groupe d'invités qui remplit la galerie.

— J'ai toujours été ami avec Will, dit-il. Et il n'a jamais été aussi heureux qu'avec Cally. Je pourrais vous dire qu'ils ont de la chance d'avoir trouvé ce bonheur chez l'autre, mais la vérité est autre. C'est moi qui ai de la chance. C'est en regardant Will et Cally s'aimer que j'ai compris ce qu'était vraiment l'amour.

Ses yeux trouvent les miens de l'autre côté de la pièce, et j'ai le souffle coupé quand je vois avec quelle intensité il me regarde.

— Un homme devrait toujours avoir la chance d'avoir un ami qui lui montre quel courage il faut pour tout risquer en amour.

Il lève son verre et sourit aux jeunes mariés.

— À la santé de Will et Cally. On vous aime !

Quand Max rend le micro au DJ, il me surprend en train de le regarder, et me lance un sourire. Mon cœur fait une douloureuse petite galipette quand il s'approche.

— Tu danses avec moi ?

J'opine, incapable de prononcer un mot, et il me conduit jusqu'à la piste de danse.

Je pose ma tête contre son épaule, et je laisse la chaleur de son corps m'imprégner. Son souffle danse dans mes cheveux quand nous bougeons.

Il me tient contre lui, sa bouche contre mon oreille, ses doigts caressent mon dos.

— Tu es magnifique ce soir.

Je souris dans son cou et soupire. En dépit de tout le reste, c'était une belle journée. William avait l'air de l'homme le plus heureux du monde quand Cally a descendu les escaliers. Les voir échanger leurs vœux après tout ce qu'ils ont traversé... Mince, je crois que même Drew en avait les larmes aux yeux. Et si je peux juste rester dans cet état d'esprit, je pourrais presque croire que tout finira par s'arranger. Que tout va bien se passer.

— Toi aussi, je le complimente en glissant ma main dans sa veste pour sentir sa chaleur.

Je veux me blottir contre Max ce soir. Je veux oublier le reste du monde, le reste de mes souffrances et juste respirer son odeur jusqu'à ce que tout disparaisse autour de nous.

— Ça m'avait manqué, me dit-il. De te tenir dans mes bras. Ton odeur. La façon dont les choses rentrent en ordre quand tu es près de moi. Comment te sens-tu ?

— Je vais bien. Je suis fatiguée.

Sa question me rappelle ma mère, que j'ai soigneusement évitée depuis son apparition juste au mauvais moment avant la cérémonie.

— Cally est enceinte, je lui annonce en m'écartant pour le regarder.

Son sourire est lent et large alors qu'il cherche des yeux l'heureux couple, de l'autre côté de la piste de danse.

— Will doit être ravi.

— Elle aussi, j'ajoute. Mais quand nous l'avons découvert, Maman a entendu Cally me parler, et maintenant elle sait que je suis enceinte.

Il grimace.

— Mais elle va bien, quand même ?

Je hausse les épaules.

— Je l'évite depuis, mais je ne peux pas continuer longtemps. Je vais l'inviter à la pâtisserie demain avant d'aller à l'église. Je dois lui dire la vérité. Je dois lui dire qu'il n'y aura pas de mariage.

— Je serai à tes côtés quand tu lui diras.

— Vraiment ? je lui demande ?

— Je n'aurais jamais dû la laisser se précipiter dans ce mariage. C'était tout de suite après l'accident. Beaucoup trop tôt...

Il m'observe un moment, et quand il recommence à parler sa voix se fêle, comme s'il était nerveux.

— Et si la vérité, c'était que ni toi ni moi n'étions prêts à nous marier tout de suite, mais que nous projetions tout de même de construire une famille ensemble... À notre rythme. C'est nous qui décidons.

Mon estomac se serre, et mon cœur saute dans ma poitrine.

— Je ne t'ai pas demandée en mariage sur un coup de tête. Quand c'est pour toujours, on n'est pas obligé de se presser.

Lentement, il porte ma main à sa bouche et embrasse ma bague de fiançailles.

— Toi et moi, Hanna, on est bien ensemble.

Je secoue la tête.

— Tu n'es pas obligé, Max. Personne ne t'en voudrait si tu lâchais l'affaire, surtout pas moi.

Il sourit tristement.

— Tu entends la chanson ?

Je ne faisais pas attention, mais la chanson qui passe pendant que nous dansons est la reprise de *Wild Horses* par Alicia Keys et Adam Levine. Les paroles me causent un pincement au cœur.

— Réfléchis bien, Max.

J'arrête de danser mais il reste accroché à moi.

— Je ne veux pas que tu passes le restant de ta vie à regretter de m'avoir épousée.

Il m'embrasse dans le cou et murmure dans mon oreille :

— La seule décision que je regretterais un jour serait celle de te laisser partir. Je n'ai pas énormément d'argent, mais je peux te donner une belle vie. Si tu veux encore des bébés, je te les ferai. Si tu veux une carrière, je te soutiendrai. Je mangerai des sandwiches au beurre de cacahuètes pendant toute une année pour t'offrir quelque chose qui te fait vraiment envie. Je ferai tout pour te rendre heureuse, et je suis certain de vouloir être celui qui voit ton premier sourire quand tu te réveilles le matin.

Je reste muette, alors il s'écarte pour me faire un sourire gêné.

— Réfléchis bien. Tu n'as pas besoin de décider ce soir. Si nous nous lançons, c'est *nous* qui décidons quand, et personne d'autre.

— Max, je t'ai choisi.

— Je sais que tu as besoin de faire ton deuil, Hanna. Il fait partie de ton passé. Je...

— Non, il faut que tu comprennes. Je *t'ai choisi*. Avant l'accident.

— Tu en es bien sûre ?

J'opine.

— Cinq jours avant, Nate a décidé qu'il voulait aller plus loin avec moi. Il m'a dit qu'il fallait que je fasse un choix. Que je prenne une décision. Je ne me souviens pas des jours suivants, mais je t'ai choisi. J'ai mis ta bague.

Il joue avec ma bague, et dépose un baiser sur le sommet de mon crâne. Nous nous serrons fort et nous continuons à danser.

MAX

*P*rès de moi, dans le lit, elle gémit doucement. Ses cheveux bruns recouvrent son oreiller. Je voudrais la toucher, suivre ses lèvres moelleuses du doigt, la courbe de sa mâchoire, la rondeur de ses seins, faire le chemin vers ses douces cuisses et descendre jusqu'à sa voûte plantaire. Je veux la goûter à nouveau, je veux la réveiller en passant doucement ma langue sur sa chatte.

Je n'ai presque pas fermé l'œil de la nuit. Je n'arrêtais pas de me réveiller pour la regarder, pour l'attirer et la serrer fort contre ma poitrine afin de m'assurer qu'elle était toujours là. Toujours réelle.

Je commence par ses seins. Je passe ma langue sur son mamelon déjà endurci et je lui saisis l'entrejambe.

Puis je me glisse plus bas, je me positionne sur l'extrémité du lit et j'écarte ses cuisses avant d'abaisser mon visage pour la goûter.

— Et bonjour à toi aussi, fait-elle en se redressant sur ses coudes.

Je lève les yeux pour que nos regards se croisent en léchant son clitoris.

— Détends-toi, je murmure contre elle. Il faut que je finisse un truc.

Je vérifie du doigt qu'elle mouille, et ma queue pulse. Elle est déjà si excitée que je pourrais la prendre tout de suite si je le voulais. Elle serait prête. Je ferme les yeux pour ne plus penser au visage d'Hanna sous moi alors que je la pénètre, et au lieu de ça, je glisse deux doigts en elle.

Elle a le souffle coupé par cette soudaine intrusion, et ses muscles se serrent si fort autour de mon doigt que j'en ai mal à la queue. Quand je baisse la tête pour poser mes lèvres sur son clitoris, elle empoigne mes cheveux. Je sais que c'est un réflexe, un instinct primitif qui signifie qu'elle en veut encore, et, oh putain, j'adore être capable de déclencher cette réaction chez elle. Je suce doucement son clitoris en allant et venant avec mes doigts dans un rythme qui évoque tant la baise que même mes hanches au bout du lit se balancent.

Elle resserre ses doigts dans mes cheveux et se déhanche tant qu'elle finit par baiser mon visage et mes doigts de la façon la plus sexy possible.

Hier soir, je lui ai fait couler un bain, et je me suis glissé derrière elle. Je l'ai lavée et explorée, et je me suis servi du pommeau de douche pour la rincer avant de la glisser entre ses jambes. Elle a d'abord été surprise, la sensation de l'eau propulsée trop intense pour sa chair sensible, mais je l'ai serrée, j'ai aspiré la peau fine sur le côté de son cou jusqu'à qu'elle se détende et ressente du plaisir, jusqu'à ce qu'elle balance ses hanches et en réclame encore. Ses gémissements se sont faits plus forts et elle frottait ses fesses contre moi, encore et encore alors que le plaisir s'intensifiait. Je roulais ses mamelons entre mes doigts et je lui chuchotais des mots cochons à l'oreille quand elle a joui, violemment, magistralement, et j'imaginais que sa chatte serrait ma queue. C'était si bon de la toucher, de la sentir, que j'aurais pu jouir aussi, là dans l'eau comme un adolescent encore puceau. J'aurais pu jouir rien qu'au son de ses gémissements et à la pression de ses fesses qui frottaient contre moi. J'ai été récompensé pour mon autodiscipline quand elle s'est retournée dans l'eau, a passé ses bras et ses jambes autour de moi et m'a guidé en elle.

Après, elle a baissé sa tête sur ma poitrine et j'ai regardé ses cheveux s'étaler dans l'eau derrière elle, et j'ai compté ses respirations jusqu'à ce qu'elle s'endorme.

Elle ne dort plus maintenant. Sa main est dans mes cheveux, et ses petits cris de plaisir se font entendre doucement dans le silence de la chambre.

HANNA

— *J*e te prépare un latte ? je demande à ma mère. Elle est venue me voir à la pâtisserie comme je le lui avais demandé, sauf que j'ai l'impression qu'elle préférerait être autre part qu'ici et ne m'a pas encore regardé dans les yeux depuis qu'elle est arrivée.

— Ou tu veux peut-être un muffin ?

— Tu sais que je ne mange pas de sucre, me coupe-t-elle.

J'inspire. Oui. Je le sais bien. Et si je pensais que de lui annoncer qu'elle allait devenir grand-mère allait changer ça, c'est que je la connais mal.

— C'est vrai ? Tu es enceinte ? me demande-t-elle.

Elle ne me regarde toujours pas. Elle regarde par la fenêtre comme si elle attendait que quelqu'un vienne la sauver de cette conversation.

Je m'assieds dans une chaise à la table où je nous

imaginais assises toutes les deux, discutant des challenges à venir. Clairement, j'avais perdu la tête si je pensais que ma mère envisagerait mon mariage annulé comme un challenge à surmonter ensemble.

—Je suis enceinte, je confirme.

Max se tient derrière moi et me serre les épaules. Je lui suis si reconnaissante d'être ici avec moi. Une partie de moi voulait faire face toute seule, ce ne sont pas ses bébés, mais ça me fait du bien de le savoir si proche.

Ma mère reprend rapidement le dessus.

— Oh, et bien personne d'autre n'a besoin d'être au courant. Vous vous mariez dans deux semaines. Tout le monde pensera que tu es tombée enceinte pendant la lune de miel.

Ah oui, en parlant de ça...

— Nous annulons le mariage, intervient Max m'épargnant ainsi de trouver les mots. C'est trop tôt et trop rapide, Hanna doit se concentrer sur sa grossesse dans l'immédiat.

Ma mère reste bouche bée. Son expression est si dramatique que j'ai envie de rire, mais je l'ai sûrement déjà assez énervée pour une seule journée.

— C'est une erreur.

— Non, pas du tout, la corrige Max. L'erreur serait de se précipiter comme nous l'avons fait jusqu'à présent. Je veux partager ma vie avec Hanna, mais elle a traversé beaucoup d'épreuves au cours de ce dernier mois, et nous devons mettre les choses en ordre avant de prononcer nos vœux.

Elle mordille sa lèvre entre ses dents.

— OK, nous pouvons le repousser un mois, nous nous servirons de ma crise cardiaque pour justifier le contretemps. Et puis nous dirons juste que le bébé est prématuré.

Je secoue la tête.

— Non, maman. Je ne me marierai pas avant la naissance des bébés.

— Des bébés ?

— Des jumeaux, je murmure.

Je ne pensais pas qu'il soit possible que son visage se durcisse davantage, et pourtant c'est le cas.

— Dans ce cas, tu es encore plus bête que je ne le pensais. Est-ce que tu sais combien il est difficile d'avoir un bébé ? Alors deux ?

Elle se tourne vers Max, toujours grimaçante.

— Comment peux-tu la laisser avoir ces bébés sans être mariée ?

— Les bébés ne sont pas de lui, j'éructe avant qu'il ait une chance de répondre. J'ai couché avec quelqu'un d'autre et je suis tombée enceinte. Ce n'est pas la faute de Max.

Elle pose sa main sur sa poitrine et s'affale dans la chaise en face de la mienne, et je me dis *Je vais tuer ma mère. Cette révélation pourrait la tuer.* Heureusement que je cherchais une façon de lui annoncer la nouvelle en douceur.

— Pourrais-je parler avec ma fille seule à seule s'il te plait ?

Elle regarde à nouveau par la fenêtre. Apparemment, elle ne peut même plus tolérer de me voir.

Max serre doucement mon épaule, et ce petit geste est tellement chargé de sens. Il me dit qu'il est là si j'ai besoin de lui, qu'il m'aime et qu'il est fier de moi. Puis il dépose un baiser sur le dessus de ma tête et se rend dans la cuisine pour nous laisser toutes les deux.

— Mais que vont penser les gens? me demande maman dès que nous sommes seules.

Je hausse les épaules.

— J'ai passé ma vie entière à m'inquiéter de ce que penseront les gens. C'est toi qui m'as appris à le faire. Depuis que j'ai dix ans, je me demande si je suis trop grosse pour qu'on m'aime, je pensais que je devais compenser en étant plus gentille, en faisant semblant de ne pas avoir de sentiments. Je ne compte même plus le nombre de décisions que j'ai prises juste pour *te* faire plaisir. J'en ai plus *rien* à faire de ce que «les gens» pensent, parce «les gens» c'est *toi*, et toi tu devrais m'aimer sans condition. Avec toutes mes erreurs.

—Je t'aime.

Ses yeux se remplissent de larmes, mais elle se lève et me tourne le dos.

— Je voulais juste t'éviter de prendre de mauvaises décisions.

Je ne suis pas surprise quand elle part, mais juste parce qu'on s'attend à un événement ne signifie pas qu'il ne va pas nous bouleverser. Max a dû entendre la cloche de la porte parce qu'il est à côté de moi, et m'attire contre sa poitrine et me caresse les cheveux avant même que je ne m'aperçoive que je suis en train de pleurer.

Quand Liz arrive par la porte de derrière, je me suis calmée, mais je suis assise sur les genoux de Max, blottie contre lui.

— Allez-y, dit-elle en montrant le plafond du doigt. Retournez en haut faire une sieste ou baiser comme des lapins, faites ce que vous voulez, parce qu'il est bien trop tôt pour assister à une scène pareille.

Je souris.

— Tu as l'allure de quelqu'un qui vient de tomber du lit d'un mec.

Et c'est le cas. Elle porte un jean et une chemise blanche pour homme. En fait, elle a l'air de quelqu'un qui est tombé du lit et a cherché partout une tenue qu'elle pouvait enfiler. Je soulève un sourcil.

— Tu as passé une bonne soirée hier ?

Elle croise les bras.

— Tu n'as aucune preuve contre moi.

Max et moi éclatons de rire, mais nous nous calmons vite quand je lui raconte les dernières nouvelles.

— Nous annulons le mariage, je viens d'annoncer la nouvelle à maman.

Elle grimace.

— Mais vous êtes si heureux !

— Nous n'avons pas besoin d'être mariés pour rester heureux, dit Max.

— *E*nlève ta robe, chuchote Max derrière moi.

Un frisson me parcourt quand j'entends cet ordre. Une semaine s'est écoulée depuis le mariage de Cally, et Max est venu chez moi tous les soirs après le travail. Parfois, il vient avec Claire, et nous la câlinons, la nourrissons, et la gâtons de toutes les façons imaginables. Et parfois, il est seul, et il me déshabille pour faire toutes ces choses incroyables à mon corps.

J'obéis. Je fais passer ma petite robe noire à bretelles par-dessus ma tête et je la jette au sol.

Il me prend par les épaules et je le sens me dévorer des yeux alors qu'il me retourne pour que je lui fasse face.

Il relève mon menton du bout de ses doigts et pose sa bouche sur la mienne. Notre baiser n'est ni détendu ni gentil. Ce n'est pas un baiser de séduction, ou le baiser paresseux de ceux qui s'aiment depuis longtemps. Non, ce baiser est un cocktail de besoin, de regret et de désespoir. C'est le baiser sauvage de deux personnes qui se raccrochent à quelque chose qu'elles pensaient avoir perdu. C'est le baiser exigeant de deux cœurs solitaires à qui on offre une deuxième chance. C'est un baiser avec les lèvres, les langues et les dents. Je n'attends pas qu'il se termine pour passer mes bras autour de son cou et mes jambes autour de sa taille alors qu'il me soulève pour m'emmener au lit.

Il me pose sur le bord, et je m'allonge pour le laisser me regarder autant qu'il le désire. Au cours de ces deux dernières semaines, la grossesse a raffermi mes seins, et les a rendus sensibles au moindre effleurement.

— Tu es si belle, murmure-t-il.

Il fait glisser sa main entre mes seins, sur mon ventre et dessine des cercles sur mon pubis avec son pouce. Je n'arrive pas à croire que j'ai pu douter une seule seconde de son attirance pour moi. Elle est partout, dans ses mains, dans ses yeux et dans la façon dont il me parle pour m'exciter.

Je tends la main vers lui.

— Viens par ici.

Il retire sa chemise, déboutonne son jean et le fait glisser en même temps que son caleçon sur ses hanches. Quand il est nu, il ne vient pas sur moi. Il tombe à genoux et place son visage entre mes cuisses écartées. J'adore quand il met sa tête entre mes jambes, mais je me suis sentie particulièrement seule aujourd'hui, et j'ai besoin de l'avoir près de moi ce soir.

Je lui demande de remonter et il m'embrasse une dernière fois avant de parcourir mon corps pour se poser au-dessus de moi. Je relève mes genoux et il me pénètre en un long mouvement avide. Ses lèvres sont sur les miennes alors qu'il va et qu'il vient. Ses mains empoignent mes cheveux.

— J'ai pensé à ce moment toute la journée, murmure-t-il dans mon oreille. Te pénétrer, te sentir autour de moi, te faire jouir.

Je gémis sous lui, et il passe son bras sous mon genou pour s'enfoncer encore plus profondément, plus intensé-ment, plus fougueusement.

— Je t'en prie, je murmure.

— Je t'en prie quoi, bébé ?

Sa bouche est dans mon cou, ses dents mordillent le lobe de mon oreille.

— Tu veux ça ? me demande-t-il en posant une main sur mon sein entre nos deux corps pour jouer avec le mamelon.

J'en ai le souffle court, et il gémit contre mon oreille.

— Tu es si sexy. Si incroyable.

Il se décale légèrement, et tout à coup, il entre plus profond, ses poussées sont plus fortes et je perds le contrôle de mes hanches qui dansent selon leur propre rythme contre lui, un rythme désespéré, avide, exigeant. Je crispe mes doigts sur les muscles épais et tendus de ses bras et je le rejoins, coup après coup.

Quand il ralentit en dessinant des cercles avec ses hanches, je ne peux plus me retenir, et je laisse l'orgasme prendre possession de mon corps et exprimer toute la joie, l'amour et le regret que je ressens pour cet homme.

Après sa toilette, nous restons allongés dans le lit, nus, nos doigts explorant le corps de l'autre.

— Tu savais que je pensais que tu ne m'appréciais pas ? me demande-t-il.

Cette remarque me fait sourire.

— Quoi ? Non. Pourquoi est-ce que tu pensais ça ?

Il joue avec mes doigts.

— Quand nous étions au lycée, tu riais avec ta sœur et Cally. Tu as toujours eu le plus beau sourire, qui agissait comme un aimant sur les personnes autour de toi. Et donc, tu riais et tu souriais, et si je m'approchais, tu arrêtais. Comme si tu attendais que je reparte pour recommencer à t'amuser.

J'éclate de rire et mords ma lèvre.

— Je ne voulais pas que tu partes. Je voulais que tu me remarques, et j'étais si nerveuse.

Il opine.

— J'avais remarqué. Je ne me croyais juste pas capable d'aimer quelqu'un comme toi.

— Je suis assez compliquée à aimer.

Il me lance un petit sourire triste et repousse mes cheveux de mon visage. Ses yeux se remplissent de larmes et il m'embrasse sur le cœur avant de descendre sur mon ventre.

— Je sais que je ne mérite pas tout ça. Je ne te mérite pas. Mais je te jure que je vais me montrer à la hauteur. Une vie ensemble. Me réveiller à tes côtés le matin. Je vais être à la hauteur, Hanna.

— Max, je...

On tape à la porte. Il est vingt-deux heures passées. Qui peut bien me rendre visite aussi tard ?

Max sort du lit et enfile son jean, tandis que mon téléphone sonne sur la table de nuit.

— Je t'accompagne, dis-je à Max.

J'enfile mon peignoir et m'empare de mon téléphone sur la table de nuit pour lire le SMS en le suivant vers la porte.

— Liz nous dit de regarder les infos.

Max fronce des sourcils et le loquet claque quand il l'ouvre.

— Pourquoi ?

— Je ne sais pas, elle ne dit rien de plus, mais...

Mes mots restent coincés dans ma gorge alors que Max ouvre la porte.

Le voilà. Ma prière la plus désespérée et la plus grande complication de ma vie.

Nate Crane.

---

*M*erci d'avoir lu le deuxième volet de la série *Vivre l'instant présent*. Le voyage de Hanna se termine dans le troisième livre, *Tout ce que j'ai*.

À PROPOS DE L'AUTEUR

Lexi Ryan est l'auteur à succès USA Today bestselling author de romances émotionnelles sensationnelles encensée par le New York Times. Lexi est la lauréate 2018 de la Romance Writers of America® RITA® du prix pour la Best Contemporary Romance: Long. Elle se considère comme la plus chanceuse des femmes, ayant pu faire de sa passion pour l'écriture une carrière. Elle adore passer du temps avec ses enfants surexcités, la musculation, la glace, les héros romanesques, et les martinis.

Lexi vit dans l'Indiana avec son mari, deux enfants, et un chien très gâté.

Rendez-vous sur mon site internet : www.lexiryan.com

VIVRE L'INSTANT PRÉSENT